Leonhard Reinirkens

Geschichtsstationen am Rhein

Leonhard
Reinirkens

Geschichtsstationen am Rhein

K. H. Bock

Die Deutsche Bibliothek – CIP-Einheitsaufnahme

Reinirkens, Leonhard:
Geschichtsstationen am Rhein /
Leonhard Reinirkens. -Bad Honnef : Bock, 1998
ISBN 3-87066-490-8

ISBN 3-87066-490-8

Druck: FINIDR s.r.o
Gedruckt in der Tschechischen Republik

Vorwort

Der Titel „Geschichtsstationen“ darf nicht allzu streng und wörtlich genommen werden. Neben ernsthaften geschichtlichen Ereignissen stoßen wir bei vielen rheinischen Stationen auch auf amüsante oder unheimliche Geschichten, und nicht selten mischen sich Geschichte und Sage, die ohnedies untrennbar in der Landschaft nebeneinander existieren. Manches, was durchaus geschichtlich ist, wie die unverwüstliche Liebe des Grafen Otto auf Hammerstein zu seiner Nichte, mutet wie eine Sage an. Und fast jede Sage hat ihren geschichtlichen Kern.

Manch ein Leser wird es ungerecht finden, daß unsere Rheinfahrt an manchen Stationen lange verweilt, aber an anderen Orten, die durchaus Erzählenswertes bieten, vorbeigleitet; hier hat sich der Rheinreisende von der Fülle des Stoffs und der Ereignisse verführen lassen und bittet um Nachsicht zugleich mit der Versicherung, daß dies gewiß nicht seine letzte Rheinreise gewesen sein soll. Diesmal war dazu sein ganz persönliches Interesse auf den Beginn der Franzosenzeit am Rhein gerichtet, und deshalb sind die Geschehnisse zwischen Neuwied und Niederlahnstein, zwischen 1794 und 1797, mit besonderer Ausführlichkeit berichtet worden.

Daß auch Goethes Rhein-Erlebnisse ihren Platz fanden und die mit ihm verbundenen Schicksale der Familie La Roche, ist nicht mehr als gerecht, ist doch Clemens von Brentano, der Sohn der Maximiliane La Roche-Brentano einer unserer großen Rheindichter und längst vor Heinrich Heine der Begründer der Loreley-Sage.

Inhalt

Warnung vor dem Rhein

„An den Rhein, an den Rhein, zieh nicht an den Rhein,
mein Sohn, ich rate dir gut,
da geht dir das Leben zu lieblich ein,
da blüht dir zu freudiger Mut!

Siehst die Mädchen so frank und die Männer so frei,
als wär' es ein ad'lig Geschlecht,
gleich bist du mit glühender Seele dabei;
so dünkt es dich billig und recht.

Und zu Schiffe, wie grüßen die Burgen so schön
und die Stadt mit dem ewigen Dom!
In den Bergen, wie klimmst du zu schwindelnden Höh'n
und blickest hinab in den Strom.

Und im Strome da tauchet die Nix aus dem Grund,
und hast du ihr Lächeln gesehn,
und sang dir die Lurlei mit bleichem Mund,
mein Sohn, so ist es gescheh'n:

Dich bezaubert der Laut, dich betöret der Schein,
Entzücken faßt dich und Graus.
Nun singst du nur immer: Am Rhein! Am Rhein!
Und kehrst nicht wieder nach Haus."

Der das gedichtet hat, der war – trotz aller Warnung vor dem Rhein – selber ein rheinischer Junge: Karl Simrock. In Bonn war er geboren als Sohn eines erfolgreichen Kaufmanns. Das war im Jahre 1802, und es war jene Zeit, in der Bonn – bis 1794 Residenzstadt des Kurfürsten von Köln – nach dem Einzug der Franzosen nur noch ein Provinzstädtchen darstellte. Auf den Gassen wuchs zwischen den Pflastersteinen das Gras, und die einst blühende Universität war geschlossen und aufgelöst.

Gerade rechtzeitig wurde diese Universität vom König von Preußen 1818 neu gegründet, so daß sich Karl Simrock, als einer der ersten Studenten, dort immatrikulieren lassen konnte. Hoffmann von Fallersleben, der später unser Deutschlandlied gedichtet hat, war sein Kommilitone. Und die beiden hörten beim Professor August Wilhelm von Schlegel, dem genialen Shakespeare- und Calderon-Übersetzer, Vorlesungen über die ältere deutsche Sprache und Literatur, vor allem über das eben wiederentdeckte „Nibelungenlied“.

Diese Eindrücke haben Karl Simrock für sein Leben geprägt, wenn er auch – dem Wunsch des Vaters folgend – Juristerei studierte.

Dies Studium hat er dann in Berlin fortgesetzt und 1826 sein juristisches Examen glänzend bestanden, obwohl er wieder eifrig die Vorlesungen von Professor Lachmann gehört hatte, einem der wichtigsten Forscher auf dem Gebiet altdeutscher Literatur.

Als Referendar beim Berliner Kammergericht hat er manchesmal das Kopfschütteln der trockenen Juristen erregt. Er war mit Adalbert von Chamisso befreundet, mit Joseph von Eichendorff, verkehrte in der literarischen Mittwochsgesellschaft; und 1827 – man bedenke, er war eben 25 Jahre alt – erschien seine Übersetzung des Nibelungenliedes ins Neuhochdeutsche. Das war eine Riesenarbeit, die er bewältigt hatte. Und sie war wohlgelungen, denn sogar der kritische Goethe hat sie gelobt.

Aber sein Chef beim Kammergericht sagte: „Faul sind Sie ja nicht, aber Sie treiben zuviel Allotria!“

Das Maß war voll, als Karl Simrock die Julirevolution 1830, die in Frankreich die Bourbonenherrschaft beendete, in einem Gedicht feierte. Er hätte noch die Möglichkeit gehabt, sich zum Landgericht Insterburg, östlich von Königsberg, abschieben zu lassen, aber bei solchen Aussichten quittierte er lieber den preußischen Justizdienst und kehrte an den Rhein zurück.

Der Vater hatte ihm ein schönes Vermögen hinterlassen, ein Haus in Bonn und ein Weingut zwischen Honnef und Rheinbreitbach.

Dort hat Karl Simrock fortan mit seiner Gertrud, einer Forstmeisterstochter, am Rhein, mal in der Stadt, mal auf dem Lande gelebt. Ferdinand Freiligrath, der Dichter, der damals 1839/40 in Unkel wohnte, hat Karl Simrock auf seinem Weingut am Menzenberg oft besucht. Er berichtet davon:

„Ich komme gerade von Simrocks Weinbergen zurück. Ach, es ist doch ein superbes Stück Welt, der Rhein und das Siebengebirge! Ich beneide Simrock, den Redlichen, um sein Hausen daran. Da hat er sich in einer sonnigen, versteckten Bergschlucht ein Häuschen gebaut, läßt den Wein schneiden, legt Spargelbeete an, keltert und übersetzt bei alledem den ‚Parzival‘. Als ich neulich zu ihm kam, stand er mit seiner altdeutschen Ruhe mitten unter den Arbeitern, das Buch mit dem Epos von ‚Iwein‘ in der Hand ...“

Viele Größen der Germanistik und der Dichtung waren auf dem Gut Menzenberg zu Gast: Wilhelm und Jakob Grimm, Emanuel Geibel, Gottfried Kinkel, Wolfgang Müller von Königswinter und viele andere.

Man trank den Rotwein, den Simrock selber zog und kelterte. Er nannte ihn ‚Eckenblut' nach dem Riesen Ecke, den der Held Dietrich, in der Sage, wohl hier am Berghang erschlagen hat. Auch die Dietrichsagen hatte Simrock aus dem Althochdeutschen übersetzt.

Überhaupt hat er versucht, die gesamte mittelalterliche deutsche Literatur zu übersetzen, zu ergänzen und herauszugeben, von den frühesten Anfängen, dem „Hildebrand-Lied", bis zu Walter von der Vogelweides Gedichten. Daneben hat er aber auch deutsche Volkslieder gesammelt, Kinderverse, Rheinsagen, hat sich mit der Mundart der Gegend beschäftigt und sogar für den Karneval gedichtet.

1850 konnten die Preußen nicht mehr anders – vor allem nachdem ihm der König Max von Bayern eine Professur in München angeboten hatte – sie machten ihn, den längst weithin Berühmten, zum ordentlichen Professor an der Universität Bonn.

Warum er ein Leben lang sich mühte, die alte deutsche Poesie den Deutschen wieder zugänglich zu machen, das hat Karl Simrock einmal so erklärt: „Der Mangel an Selbstschätzung ist, vielleicht nicht der einzige, aber jedenfalls ein sehr großer Fehler unseres Volkes."

Die Drachenburg

Von Norden kommend betritt man die Gebirgsstrecke des Rheinstroms durch ein eindrucksvolles Portal gebildet aus Drachenfels und dem Berg des Rolandsbogens. – Der Drachenfels gilt als der meistbestiegene Berg Europas, ja, vielleicht der Welt, und schon der große britische Dichter Lord Byron hat ihn besungen, als er 1816 von den Niederlanden zur Schweiz reiste:

„Da schaut der Burg zerborst'ne Zinne
herab auf deine Wogen, Rhein.
Es braust der Strom in breiter Rinne,
die Ufer reich an Frucht und Wein."

Aber ehe wir zur Burgruine, die ja nur noch aus einem Turmrest besteht, hinaufgewandert sind, wird auf halber Berghöhe unser Blick von einem Schloß gefesselt, befremdlich mit seinen Türmen und Türmchen, Erkern, Treppen, Terrassen, Zinnen und figurenbesetzen Säulen, verwirrend in seiner Mischung aus staufischer Romanik, früher Gotik und spätem Mittelalter. Die ganze ausgedehnte Anlage könnte Hintergrund und Spielplatz für einen Walt-Disney-Zeichentrickfilm abgeben. So nannte denn auch zu Ende der 60er Jahre ein Gutachten das aufwendige Bauwerk „künstlerisch wertlos und abrißwürdig".

Ein Sturm der Entrüstung hat die Durchführung des grausamen Verdikts verhindert. Denn immerhin ist es so, wie der Kunsthistoriker Schäffke schreibt: „Überwältigender Kitsch, aber das erhöht nur die Freude der Besichtigung und mindert nicht die Dankbarkeit für die Erhaltung der Architektur ..."

Heute denkt man vollends anders als in den ideologisch strengen sechziger Jahren. Man weiß, es wird 10

bis 20 Jahre erfordern, ehe das Bauwerk in alter Pracht erneuert ist, und es wird über 50 Millionen DM kosten. Aber im heutigen Gutachten heißt es: „Die Kosten mögen ungewöhnlich hoch erscheinen. Die Tatsache jedoch, daß es sich um ein Bauwerk mit kaum zu überbietender Formenvielfalt, extremer Aufgelöstheit und komplizierten Details handelt, machen dem Fachmann den hohen Aufwand verständlich."

Es sind nicht nur manche Außenanlagen und Mauern zu erneuern – es sollen auch im Inneren die Wandgemälde und die farbigen Fenster restauriert und ersetzt werden. Überdies ist stilgerechtes Mobilar zu beschaffen. Die langwierige und komplexe Aufgabe hat sich die Nordrhein-Westfalen-Stiftung im Verein mit der Rubbel-Los-Lotterie vorgenommen.

Uns interessiert die Frage, wer dies weithin sichtbare Schloß errichtete. Wann das geschah, ist nicht schwer zu erraten, es müssen die letzten Jahrzehnte des 19. Jahrhunderts gewesen sein mit ihrer historisierenden Imitationslust. Wenig früher entstanden ja auch die phantastischen Schlösser Ludwigs II.

Der Erbauer der Drachenburg ist Stephan Sarter, ein Bonner Gastwirtssohn. Er hat nur vier Jahre Gymnasium und Handelsschule absolviert und sich dann in die Praxis einer Banklehre gestürzt. Er war ehrgeizig und unternehmungslustig und ließ sich an ein Pariser Bankhaus empfehlen. Da geriet er nun ins Zentrum der kühnen Finanzspekulationen. Es war die Zeit Kaiser Napoleons III., der die Franzosen über alle Mängel seiner Regierung hinwegtröstete, indem er ihnen Möglichkeiten verschaffte, mit Geld- und Aktiengeschäften reich zu werden.

Mit 27 Jahren arbeitet Sarter in London, wo er die Feinheiten des Wechselgeschäfts lernt. Danach finden wir ihn in New York, in Madrid und Konstantinopel.

Als er wieder in Paris seinen Wohnsitz nimmt, ist er ein Top-Manager der Finanzwelt. Er gibt eine Börsenzeitung heraus, verfaßt Broschüren zu Finanzfragen. Er wird zur Autorität. Seinen großen Aufstieg nimmt er, indem er sich an der Finanzierung des Suez-Kanals beteiligt. Er ist sogar geladener Gast bei den Eröffnungsfeierlichkeiten im Jahre 1869.

Wie es damals so war, als noch viele Fürstlichkeiten regierten: der Adel war für einen so verdienstvollen und begüterten Finanzmann relativ billig zu haben, und der Herzog von Sachsen-Meiningen befand sich beständig in Geldnöten.

Ein standesgemäßes Schloß für nunmehr Stephan *von* Sarter sollte die Krönung bilden. Das Grundstück auf der halben Höhe des Drachenfelses wurde 1880 erworben. Die Bauarbeiten begannen 1882. Drei Architekten aus Düsseldorf und Köln hatten alles zusammengehäuft, was der Zeitgeschmack an Pracht verlangte. Die Bauzeit war erstaunlich kurz. Eine ununterbrochene Kette von Tragtieren, Maultiere und Esel, war mit Baumaterial den Berg hochgetrieben worden. Jedes Lasttier trug zum Beispiel 40 Ziegelsteine. Außerdem wurden die kostbarsten Materialien verwendet.

Als der Bau stand, schrieb die Frankfurter Zeitung: „Ein Hochsitz deutscher Kunst am Rhein!“

Die „Bonner Zeitung“ hingegen krittelte: „ ...man hört Bedauern, daß der Bau nicht derb genug gehalten, sondern zuviel verziert sei. Man hätte sich die alten Rheinburgen mehr zum Muster nehmen sollen ...“

Die Inneneinrichtung übertraf an Pomp noch bei weitem den äußeren Eindruck: das majestätische Treppenhaus, der Empfangssaal, der Speisesaal, das Nibelungenzimmer, die Kunsthalle, das Kneipzimmer, alles kostbar möbliert und ausgemalt.

An jeder Bauphase hatte Baron von Sarter persönlich Anteil genommen, aber gewohnt hat er in seiner Drachenburg nie. Wenn er aus Paris in die alte Heimat kam, nahm er Quartier in Godesberg im Hotel Dreesen.

Und dann war er bald bemüht, den Prachtbau zu verkaufen. Er hatte wohl auch mit dem Panama-Skandal viel Geld verloren, obwohl er keineswegs verarmt war. Er ist 1902 in Paris verstorben. Sein Grab aber bekam er nach seinem Wunsch in Königswinter unterhalb seiner Drachenburg.

Natürlich hat die Legende eine ganz andere Geschichte gesponnen: da war's ein einfacher Junge, der ein Mädchen liebte. Das Mädchen sagte „Nein!". Er aber ging in die Welt und wurde reich. Er kehrte zurück und baute das Schloß. Und er fragte wieder: „Willst du mich?" Aber sie ließ sich nicht bestechen und sagte wieder „Nein!" – Da ist er denn fortgezogen und man hat nie mehr von ihm gehört.

Der Teufelsstein am Stuxberg in Unkel

Wenn man hinter Linz rheinab die Erpeler Ley passiert hat, dann öffnet sich in einer Biegung des Stromes eine Ebene. Darin liegt das Städtchen Unkel. Und in seinem Rücken hebt sich aus der Höhenkette der Stuxberg hervor. Für die Geologen ist er ein besonderes Lehrstück, denn hier bricht das geschichtete Sedimentgestein, von vulkanischer Kraft gehoben, in einer Falte ab, die gut sichtbar ist.

An der Schulter dieser Falte führt durch den Wald der Weg zum Gipfel. Und auf halber Strecke liegt ein mächtig großer Stein rechts am Rand. Dieser Stein – so ist uns erzählt worden – dreht sich einmal um sich selbst, jede Nacht, wenn er von der Pfarrkirche unten am Rhein die zwölf Glockenschläge hört.

Einmal sind wir zu dritt – wir waren vielleicht zehn Jahre alt – heimlich nachts dort hinauf und haben gewartet. Es schlug wohl Zwölf. Der Vollmond stand über'm Rhein. Der Teufelsstein war gut zu sehen. Aber er drehte sich nicht.

Wir hatten's beinah erwartet und lachten und wollten gerade schnell heim, da kam ein Mann den Berg hinunter, den wir von ungefähr kannten: ein Maler, der seit ein paar Monaten hier die Gegend durchstreifte. Er fragte uns, was wir hier mitten in der Nacht trieben. Wir erzählten ihm vom Teufelsstein und er sagte: „Ihr müßt genau aufpassen. Wie heißt es denn? ‚Wenn der Teufelsstein die Mitternachtsglocke hört, dann ...‘. – Er hört sie aber nicht, denn er hat keine Ohren und wird sich also auch nicht drehen! – Nein, mit dem Teufelsstein hat es eine ganz andere Bewandtnis!“

Und er erzählte: Da wohnte vor langer, langer Zeit in Unkel eine Witwe namens Steinfeld, die hatte viel

Land und Besitz und die besten Weinberge, war auch noch recht ansehnlich. Um die bewarb sich ein Witmann hier aus dem Ort, ein mächtiger Herr, der Schöffe war bei Gericht und Stadtrat. Aber die Witwe Steinfeld hat ihn abgewiesen, und sie hat es wohl nicht sehr rücksichtsvoll getan, sondern hat den Melchior, der von äußerer Gestalt nichts hermachte, auch noch ausgelacht. Der aber hat sich gerächt und die Witwe bei Gericht als Hexe angezeigt. Er hätte sie gesehen, am Rhein Kieselsteine sammeln, er hätte sie beobachtet, wie sie die Steine in seinen Garten warf, und es seien sofort lauter Schnecken daraus geworden, die ihm Kohl, Salat und alles Kraut weggefressen hätten. Es fanden sich auch Zeugen, vom Melchior bezahlt oder mit reicher Phantasie, die hatten die Witwe Steinfeld auf dem Besen und funkensprühend aus ihrem Kamin fahren sehen. Es kam – wie damals üblich: Anklage, Verhör, Kerker und Folter. Die Witwe gab nichts zu, obwohl man sie schlug und verrenkte, und gerade das, so sagten die Richter, sei ein Zeichen dafür, daß sie mit dem Satan im Bunde stehe.

Die Witwe Steinfeld wurde zum Tode durch das Feuer verurteilt. Den Scheiterhaufen errichtete man auf dem Stuxberg, genau da, wo heute jedes Jahr das Martinsfeuer brennt.

Eine ganze Prozession bewegte sich am Tag der Hinrichtung zum Gipfel: Vorauf der Pfarrer, dahinter die anderen Geistlichen, dann der Karren mit der armen Verurteilten gefolgt vom Henker mit seinen Gesellen, dann der Stadtrat, und hinterher alle Unkeler, die laufen konnten, in langem Zug.

So kam man an den großen Stein rechts vom Weg, und darauf saß schwarz und zottig der Teufel. Der Pfarrer erkannte ihn sofort und spritzte Weihwasser, der Teufel schüttelte sich bloß. Und er nieste nur, als die Meßdiener ganze Wolken von Weihrauch aus ihren Kesseln gegen ihn schwenkten. Der Pfarrer dachte: „Der will die Witwe persönlich holen, soll er!" und zog weiter. Aber als der Karren mit der Frau Steinfeld vorbeiholperte, rührte sich der Teufel nicht.

Der Henker riß mit Schwung sein Schwert, das Abzeichen seiner Gewalt, von der Schulter, schwang es gegen den Teufel und hieb ihn vom Kopf bis zum Hintern, auf dem er saß, mittendurch. Der aber lachte nur höhnisch und die beiden Hälften fuhren wieder zusammen.

Nun schritten Bürgermeister und Schultheiß vorbei, der Stadtrat folgte, alles langsamen Schrittes und wie gebannt zu dem Leibhaftigen starrend, der da ganz unbewegt saß, die glühenden Augen hin- und hergehen lassend. Der Schöffe Melchior kam vorüber, das Haupt tief gesenkt und laut betend. Da stieß der Satan ein gräßliches Geheul aus, fuhr vom Stein hoch, schwang seine schwarzen, gezackten Flügel breit auseinander, spreizte die riesigen Krallen und griff sich den Melchior. Die Prozession stockte, alle sahen, wie der Satan, den zappelnden Schöffen in den Krallen, am Himmel verschwand. Die Witwe Steinfeld hat eine hohe Entschädigung bekommen und später einen Weinhändler aus Bonn geheiratet.

Die Überfahrt bei Erpel

Wenn die Erpeler einem Fremden ihre Erpeler Ley zeigen, den steilen Basaltabsturz gleich hinter dem Dorf, dann sagen sie: „Man begreift es nicht, sie die Loreley so berühmt werden konnte; unsere Erpeler Ley ist doch viel eindrucksvoller.“

Mitten in der senkrechten Felswand öffnet sich ein scheunentorgroßes Loch. Und der Unkeler Fährmann, wenn er mit seinem Bötchen „Christine“, voll mit Ausflüglern, hier unten vorbeituckerte, versäumte nie zu berichten: „Da oben in der Höhle, da hat der Drache gewohnt, ehe er auf den Drachenfels umgezogen ist, wo ihn ja dann der Siegfried erschlagen hat.“

In Wahrheit führte aus dem Loch heraus eine Seilbahn, mit der die Basaltsteine zum Rhein hinab und auf die Schiffe befördert wurden. Der Stollen geht durch den ganzen Berg bis zur hinteren Flanke der Steilwand, wo der Basalt gebrochen wurde.

Dem Fährmann von Erpel aber ist vor langer Zeit Seltsames widerfahren.

Das ist gewesen, als am Rhein noch die Kurfürsten regierten, die zugleich Erzbischöfe waren. Da wurde eines Nachts – der Zwölfuhrschlag war schon vorbei – der Fährmann Pauls in Erpel von der Straße her angerufen, es sei eine Überfahrt zu machen, sehr eilig und dringend und sehr gut bezahlt. Eine dünne Stimme war's, die da drängte und trieb.

Die Frau Pauls sagte, während ihr Mann noch schlaftrunken auf der Bettkante hockte: „Das ist ein Fraumensch! Was die wohl um die Zeit drüben in Remagen will?!“ „Hauptsache sie bezahlt,“ brummte der Fährmann und zog sich die Stiefel an.

„Und daß du mir gleich zurückkommst!“ Die Frau

zupfte den Mann beim Jackenärmel. Es war bekannt, daß sie ihn scharf hinsichts der ehelichen Treue überwachte.

Draußen sah man die Hand nicht vor Augen, obwohl Vollmond im Kalender stand; aber der Himmel war mit schweren Wolken ganz zugehangen. So wunderte der Fährmann sich kaum, daß von seinem Aufwecker nirgends etwas zu erblicken war.

„He, wo seid Ihr?“ rief er.

Und dieselbe dünne Stimme von vorher antwortete aus der Richtung zum Rhein hin: „Wir sind schon zur Anlege“.

Wir? dachte Pauls, also mehr als einer oder eine! Und er fluchte, daß er seine Blendlaterne vergessen hatte.

Aber der Kahn schaukelte als dunkler Schatten auf dem Wasser; der Strom hat ja in finsterster Nacht immer ein wenig Licht an der Oberfläche mitgebracht vom Weiß der Schneefelder oben in den Alpen.

Der Fährmann setzte sich also auf die Ruderbank, legte die Ruder in die Dollen, trieb dicht an den Uferrand und wurde nun doch ungeduldig: „Wo bleibt Ihr denn?“ – Und er dachte schon, er wäre zum Narren gehalten worden.

Aber da hörte er ein feines Getrappel, von Schrittchen, leichter als Kinderfüßchen den Weg aus Basaltpflaster herab zur Anlege kommen. Kein Laut, keine Stimme war vernehmbar. Das sprang nacheinander in den Nachen. Und sicher war schon ein halbes Dutzend drin, ehe der Fahrmann in seiner Verblüffung zu zählen anfing. Gegen fünfzig zu verhaspelte er sich, weil er mit Schrecken bemerkte, daß die Bordwände immer tiefer ins Wasser eintauchten. Und doch war nichts zu sehen, wenigstens die Umrisse seiner Fahrgäste hätten sich doch ein wenig vom lichteren Wasser abheben müssen.

„Jetzt sind wir alle eingestiegen," sagte die Stimme. „Du kannst losfahren!"

Der Fährmann Pauls war kein Feigling, doch der Atem ging ihm rascher, als er nun abstieß und ruderte, denn es war ihm klar geworden, sein Kahn war voll von unsichtbaren Geistern, die aber durchaus ihr irdisches Gewicht hatten, und wußte man denn, ob sie Gutes oder Böses im Schilde führten! Es geschah nichts Ungewöhnliches während der Überfahrt. Und schon als er den Nachen am Remagener Ufer anband, hörte er wieder den Schritt der vielen kleinen Füße, die über die Bordwand auf den Ufersand sprangen. – Aber er hörte noch etwas anderes: da gab es vor jedem Absprung ein Klingen auf dem rückwärtigen Sitzbrett, so daß der Fährmann die Luft anhielt und die Augen weit aufriß, wenn auch vergeblich, es klang nämlich wie von Silbermünzen. Und wieder kam er mit dem Zählen nicht nach, soviele waren es, mehr jedenfalls, als er je im Leben beieinander gesehen hatte. – Mit der Hand zu tasten, wagte er nicht; dabei hat sich, so wird erzählt, schon mancher die Finger verbrannt.

Während er ganz beschäftigt war seine Aufgeregtheit zu zügeln, kam die dünne Stimme wieder an sein Ohr, ganz nah vom Ufer her. Sie sagte: „Damit du nicht fürchtest, du hättest böses Gelichter übergesetzt, will ich dir erklären, was es mit uns auf sich hat: Wir sind Zwerge und kommen vom Virneberg über Rheinbreitbach. Da haben wir viele Jahrzehnte friedlich und fleißig in den alten Stollen vom Kupferbergwerk gewohnt. Aber jetzt nehmen sie die verfallenen, verlassenen Gänge wieder in Betrieb. Zwanzig, dreißig Bergleute hacken und schaufeln schon dort. Da mußten wir denn ausziehen. Wir wollen ins Brohltal. Da soll's bequeme Höhlen geben."

In dem Augenblick drängte der Vollmond sein großes, gelbes Gesicht durch einen Wolkenriß und ließ alle Welt aufleuchten: die Silbermünzen auf der Heckbank und für zwei Pulsschläge auch den Zwerg am Ufer, der wohl mit Absicht aus seiner Unsichtbarkeit herausgetreten war.

Er sah aus wie ein Mann in den besten Jahren, hatte aber einen langen grauen Bart und war kaum drei Spannen hoch, hat der Fährmann später erzählt.

Pauls hat sich von den Silbergulden einen großen Lastkahn angeschafft, hat zwei Knechte eingestellt und fortan Handelsgüter zwischen Neuwied und Königswinter befördert, wobei er zu gesegnetem Wohlstand gelangt ist.

Die Remagener Apollinariskirche

Wer von der Stadt Linz rheinabwärts fährt, dem kommt bald am rechten Ufer der Basaltfelsen der Erpeler Ley in den Blick. Dort fährt das Schiff über jene Stelle des Stromes, über die sich die Eisenbahnbrücke spannte, auf der 1945 die ersten amerikanischen Truppen den Rhein überschritten, ehe sie dann – zehn Tage später – zusammenstürzte.

Das Schiff legt am linken Ufer in Remagen an. Und nun sieht man voraus auf halber Höhe des Uferberges eine zierliche gotische Kirche mit vier schlanken Türmen, die Apollinariskirche auf dem Apollinarisberg.

Im bloßen Vorüberfahren wird man kaum auf den Gedanken kommen, daß diese Kirche, die sich so harmonisch der Landschaft einfügt, erst im vorigen Jahrhundert, um 1840, erbaut wurde. Nur der Kenner sieht, daß hier der strenge Geist der klassizistischen Baukunst die gotischen Elemente in Zucht genommen hat. Es war denn auch ein klassizistisch geschulter Baumeister, ein Schüler des großen Karl-Friedrich Schinkel, der diese neugotische Kirche entworfen hat: Ernst-Friedrich Zwirner. Ein Schlesier war er, und er hat unter Schinkel bei der obersten preußischen Baubehörde gewirkt. Von König Friedrich-Wilhelm IV., dem Romantiker auf dem preußischen Thron, bekam Zwirner den Auftrag, die Pläne zur Vollendung des Kölner Domes zu erarbeiten; und er hat dann auch – bis zu seinem Tod 1861 – den Weiterbau geleitet. – Zwischendurch hat er im Rheinland allerlei andere Pläne verwirklicht, so auch die Apollinariskirche. Finanziert hat den aufwendigen Bau der Graf Franz-Egon von Fürstenberg-Stammheim aus frommen rheinisch-westfälischem Adel.

Abgesehen davon, daß der Bau der Apollinariskirche für Zwirner sozusagen eine Pilotstudie für seine Aufgaben am Kölner Dom war, haben wir hier eines der wichtigsten Werke der deutsch-romantischen Baukunst vor uns. Auch die Wandbilder im Inneren sind von hohem Kunstwert. Düsseldorfer Maler der Nazarener-Schule haben sie ausgeführt. – Seit mehr als zehn Jahren werden außen wie innen hochnötige Konservierungs- und Restaurierungsarbeiten durchgeführt, wozu das Innenministerium und die „Deutsche Stiftung Denkmalschutz“ hohe Zuschüsse geben.

Es wäre seltsam, wenn auf diesem hervorragenden Platz über'm Rhein, von wo man den Strom bis zum Siebengebirge und bis Bad Hönningen mehr als 20 Kilometer weit überblickt, nicht früher schon eine Kirche und ein Kloster gestanden hätten. Und tatsächlich hatten hier die Benediktiner ihre Abtei und dabei stand eine – wohl kurz nach 1100 gebaute – Kirche, die dem im Rheinland so beliebten Sankt Martin geweiht war.

Im gleichen – im 12. – Jahrhundert, als Kaiser Friedrich-Barbarossa regierte, war Erzbischof von Köln der mächtige und kriegerische Rainald von Dassel. Er war zugleich Kanzler des Reiches. Die reiche Stadt Mailand hatte sich gegen den Kaiser erhoben und war besiegt worden. Und die für damalige, mittelalterliche Zeiten herrlichste Beute waren die Gebeine der Heiligen Drei Könige. Sie schenkte Barbarossa seinem Kanzler. Der kam eben von Rom, wo er dem Gegenpapst Paschalis auf den Thron geholfen hatte, und brachte weitere kostbare Reliquien mit für seine Stadt Köln. – Die Alpenpässe waren überwunden. Und nun reiste man bequem zu Schiff rheinabwärts.

Es soll eine helle Mondnacht gewesen sein, als das Schiff des Erzbischof Rainald, getrieben von Ruderern aus dem Elsaß, in rascher Fahrt an Remagen vorüberfuhr. Plötzlich aber stockte die Fahrt; wie sich die Schiffsleute auch mühten, man kam nicht mehr von der Stelle. Der Erzbischof Rainald erkannte den Fingerzeig des Himmels. Er ging an seinen Reliquienschätzen vorbei, und als er an den Schrein mit den Gebeinen des heiligen Apollinaris kam, fingen die Glocken der Kirche oben auf der Berghöhe an zu läuten. Da begriff der Erzbischof, daß nicht Köln allein all die segensvollen Überreste der Heiligen haben sollte. Er schenkte den Mönchen und der Kirche auf dem Berg die Gebeine des heiligen Bischofs und Märtyrers. Seitdem kamen viele Pilger zum Apollinarisberg und zur Apollinariskirche, wie sie dann hieß. Und auch heute noch, in der neugotischen Kirche, wird das Reliquiar gezeigt, welches das Haupt des Heiligen birgt.

Ein Kampf um Burg Hammerstein und die Liebe

Zwischen Neuwied und Linz tritt ein steiler hochragender Fels am rechten Rheinufer in den Blick. Bahn und Straße an seinem Fuß haben erst nach vielen Sprengungen Platz gefunden. Vom Rhein her sieht man dort oben nur den Stumpf eines runden Turms. – Wer aber emporsteigt und durch die Mauerreste geht, der bekommt wenigstens noch einen schwachen Eindruck davon, daß hier einmal eine gewaltige Burg gestanden hat: Hammerstein. Wie ausgedehnt die Bauten gewesen sein müssen, das läßt sich aus einer Rechnung vom Jahre 1576 schließen, als die Burg wiederhergestellt wurde. Damals waren 96 neue Fenster und 30 neue Türen einzusetzen.

Natürlich ist die Burg Hammerstein viel älter. Schon eine kaiserliche Urkunde aus dem Jahre 1018 erwähnt sie und erzählt zugleich eine dramatische Geschichte.

Damals war der Burgherr der Gaugraf des Engersgaus, Otto mit Namen. Er liebte seine Nichte Irmengard. Das Mädchen war ihm hold, die Kirche allerdings nicht. Sie verbot die Heirat wegen der zu nahen Verwandtschaft der Liebenden. Da aber der Gaugraf Otto ein reicher Mann war, fand sich auch ein Priester, der trotz kirchlichen Verbots die Ehe vor dem Altar schloß.

Die Sache sprach sich herum und kam auch dem Kurfürsten und Erzbischof von Mainz zu Ohren. Der freute sich, denn nun hatte er gegen seinen alten Feind Graf Otto ein Mittel in der Hand. Erkenbold von Mainz schickte feierliche Abmahnungen nach Hammerstein, dann ernste Verweise, schließlich Drohungen. Aber Graf Otto trennte sich nicht von seiner Irmengard. Da schließlich verhängte der Kurfürst und Erzbischof den Kirchenbann über die beiden.

Doch auch jetzt zeigte man sich auf Burg Hammerstein ungerührt. Da berief Kurfürst Erkenbold eine Kirchenversammlung nach Neumagen an der Mosel ein. Der Ort war so gewählt, daß auch der Trierer Kurfürst und Erzbischof teilnehmen konnte, und der Kölner wenigstens seine Abgesandten schickte. Graf Otto aber gedachte nicht abzuwarten, bis die geistlichen Herren ihn mit versammelter Kraft auf Hammerstein angreifen würden. Längst hatte er seine Freunde und Verwandten von seinen Schwierigkeiten unterrichtet. Und die waren gerne bereit, ihm gegen den unbeliebten Erkenbold beizustehen.

Und so fiel man denn mit einer ansehnlichen Streitmacht in das Gebiet des Mainzers ein, raubend und brandschatzend. Und der wilde Haufen gelangte gar bis vor die Tore von Mainz. Schon damals war die Stimmung derart, daß ein solcher Kampf gegen die allzu verweltlichte Macht der Kirche weithin Zustimmung fand.

Wenn aber Graf Otto gemeint hatte, auf diese Weise den Kurfürsten von Mainz einzuschüchtern, so hatte er sich getäuscht. Seine Vertrauensleute aus Mainz meldeten vielmehr, Erkenbold wolle zu Schiff nach Köln reisen, um sich dort die Mithilfe seines mächtigen Amtsbruders zu sichern.

Das wäre natürlich eine glänzende Gelegenheit gewesen, den Feind Erkenbold in die Hand zu bekommen. Graf Otto lauerte mit seinen Mannen im Weidengebüsch der Westerholder Rheinaue. Die Schiffe des Kurfürsten kamen tatsächlich rheinab. Alle wurden festgehalten, nur eines entkam im Morgennebel, und ausgerechnet auf ihm befand sich der Kurfürst Erkenbold. Der fand nun auch beim Kaiser Heinrich II. Gehör und bewegte ihn, der bis dahin ein Freund Ottos gewesen war, gegen den Friedensstörer und Gebannten mit Waffengewalt vorzugehen.

Im Jahre 1020 erschien Kaiser Heinrich II. mit einem stattlichen Heerhaufen vor Hammerstein. Noch einmal wurde Graf Otto aufgefordert, sich von Irmengard zu trennen. Und als er wie immer mit einem harten „Nein" geantwortet hatte, begannen die Stürme gegen die festen Mauern. Unerschütterlich wie die Mauern selbst verteidigten Graf Ottos Gefolgsleute die Burg. Erst als der Kölner und der Trierer Kurfürst Verstärkung schickten, konnte man die Einschließung so eng ziehen, daß keine Lebensmittel mehr in die Feste gelangten. Graf Otto, der sah, wie die Seinen am Hunger zugrunde gingen, gab auf. Die Ehe wurde getrennt, Graf Otto hatte schwere Kirchenbußen auf sich zu nehmen, Irmengard verschwand in einem Kloster.

Aber Otto gab seine Liebe immer noch nicht verloren. Er bestürmte den Kaiser solange mit Bitten, bis dieser beim Papst in Rom eine Ausnahmegenehmigung für diese Verwandtenehe erwirkte. Und nun, nach langen Jahren, wurden Otto und Irmengard rechtmäßig getraut und kehrten auf Burg Hammerstein zurück.

Geschichten um die Burg Hammerstein

Schon die Chronik des 11. Jahrhunderts berichtet von einem CASTELLO FIRMISSISIMO, QUOD HAMMERSTEIN DICTUR. Also von einer „sehr starken Burg, Hammerstein genannt". Vor allem der Salierkaiser Heinrich IV. hatte diese Burg ausbauen lassen, und sie ist ihm denn auch Zuflucht geworden, als sein Sohn, der spätere Heinrich V., sich gegen den Vater auflehnte. Hier auf Hammerstein haben die beiden miteinander verhandelt, ergebnislos. Danach schien es, als ob der Sohn dem Vater die Chance gäbe zu entfliehen, aber der Schein trog. Heinrich IV. wurde gefangengesetzt.

Auf die Burg Hammerstein hatte der Kaiser auch die Reichsinsignien gerettet: die Krone König Ottos I., den Reichsapfel, und das Reliquienkreuz.

Der Sohn, Heinrich V., hat dann, als er selber Kaiser war, seine Widersacher gern auf dem Hammerstein gefangengehalten, so den Herzog von Böhmen oder den Grafen von Thüringen, der hier gestorben ist.

200 Jahre später endete die Reichsunmittelbarkeit von Burg Hammerstein. Kaiser Karl IV. gab sie als Lehen dem Erzbischof von Trier. Allerdings verlieh ein Vierteljahrhundert später Kaiser Wenzel – den man des Reiches Schlafmütze nannte – auch dem Erzbischof von Köln einen Anteil an der wichtigen und mächtigen Burg.

Das konnte nicht gutgehen, zwei Burggrafen so dicht beieinander, Statthalter zweier verschiedener Kurfürsten! Der eine hieß Ludwig, der andere Wilhelm. Man geriet in Streit wegen neuer Fenster und Türen, die gebrochen wurden, der eine versuchte seinen Wehrturm höher zu bauen als der andere. Es kam zu gegenseitigen Raufereien und Überfällen, und das endete damit, daß Burggraf Ludwig seinen Nachbarn, Burggraf Wilhelm, gefangensetzte.

Das war nun ein unerhörtes Vergehen. Und Kaiser Wenzel schrieb denn auch abmahnenden Briefe. Ludwig jedoch störte sich nicht daran, bis endlich der Reichstag ihn in die Acht erklärte; das bedeutete, streng genommen war er nun aller Rechte verlustig und vogelfrei. Aber so ernst war das nicht zu nehmen. Es dauerte fünf Jahre, bis endlich benachbarte Herren, wie der Graf von Katzenelnbogen sich vermittelnd einschalteten und Ludwig den Wilhelm laufen ließ. Worauf beide gelobten, fortan keinen Anlaß mehr zum Streit zu suchen.

Zu Anfang des 15. Jahrhunderts wurde Burg Hammerstein voll und ganz Trierisches Lehen. Der Kölner Kurfürst erhielt als Entschädigung die Orte Sinzig, Königsfeld und Remagen.

Wie verzwickt die damaligen Steuer- und Pachtverhältnisse waren, das wird an einem Beispiel deutlich, das die wechselseitigen Verpflichtungen zwischen Amt und Burg Hammerstein und dem doch sehr weit entfernten Sankt Switbert-Kloster in Kaiserswerth bei Düsseldorf zeigt: Die Burgleute hatten jährlich rund 5 Ohm Wein nach Kaiserswerth zu liefern, das sind – grob gerechnet – 750 Liter. Die Mönche des heiligen Switbert brachten dafür in jeder Fastenzeit 420 Pfund Rheinsalm nach Hammerstein, und im Herbst acht Gänse. Außerdem für den Pförtner der Burg noch ein Messer ohne Scheide.

Im Jahre 1426 haben die Mönche die Hammersteiner ersucht, sie möchten lieber statt mit Naturalien mit Geld bezahlen. Vor allem der Fang der vielen Rheinsalme hielte sie zu sehr vom Beten ab. Sie wollten auf den Wein aus Hammerstein verzichten und fortan jährlich

Hammerstein.

45 schwere rheinische Gulden an die Hammersteiner entrichten.

Die ganze bedeutende Ausdehnung der Burg Hammerstein ist auf einer Zeichnung ersichtlich, die noch existiert. Aber als Merian in der Mitte des 17. Jahrhunderts die Ansicht in einem Stich festhielt, da waren die meisten Gebäude bereits durch den Dreißigjährigen Krieg zerstört.

Hammerstein im Dreißigjährigen Krieg

Die Burg Hammerstein auf ihrem steilen Felsklotz oberhalb von Rheinbrohl gelegen, war eine der stärksten Burgen am Rhein. Sie gehörte, als der Dreißigjährige Krieg begann, dem Trierer Kurfürsten, und stand also auf katholischer – kaiserlicher – Seite. Als Besatzung erhielt sie bereits 1622 Spanier, die ja mit dem habsburgisch-kaiserlichen Haus verbündet waren. Natürlich lagen die Truppen auch in den Ortschaften rund um die Burg, und sicher war es kein Vergnügen für die Bewohner dort, die fremden Soldaten zu beköstigen. Zehn Jahre lang mußten die Bauern und Winzer die spanischen Söldner bewirten, und dann kam's noch schlimmer.

Denn im Juni 1632 hieß es, die Schweden haben Koblenz besetzt, und da machten sich auch um Hammerstein die Spanier davon. Nun lernten die Dörfler die Gegenseite kennen, die protestantischen Landsknechte aus dem Norden. Nicht umsonst ist der Ruf „Die Schweden kommen!" jahrhundertelang ein Schrekkensruf geblieben. Aber es waren nicht nur die Plünderungen, die Verlust und Zerstörung brachten, die Kämpfe wollten nicht enden; denn die Spanier kamen zurück, eroberten die Burg für sich, worauf im Februar 1633 der schwedische Feldmarschall Baudissin die Feste erneut stürmte und einnahm.

Diese Besatzung blieb auch nicht endgültig. Der große Wallenstein war auf kaiserlichen Seite wieder in Aktion getreten und hatte in Mittel- und Süddeutschland die Schweden besiegt. Und bei ihrem allgemeinen Rückzug räumten die Schweden denn auch Hammerstein und die Spanier kehrten zurück.

Im Jahre 1646 übergab die katholisch-kaiserliche Partei den Schutz der Burg dem Herzog von Lothringen, der Vasall des Reiches war. Ein Obristleutnant lag nun hier oben mit dem Auftrag, im Land umher Soldaten zu werben; denn Lothringen, das damals bis Flandern und Brabant reichte, war von den Franzosen hart bedrängt und teils schon erobert. Auch auf die Burg Hammerstein versuchten die Franzosen mit 400 Mann ein tollkühnes Stoßtruppunternehmen. Sie wurden allerdings von den Lothringern zurückgeschlagen und verloren die Hälfte ihrer Männer.

Nun lernen wir ja in der Schule, daß der Dreißigjährige Krieg mit dem Frieden von Münster und Osnabrück sein Ende fand, daß im Jahre 1648 der Friede verkündet wurde. Das aber ist eine sehr grobe Vereinfachung. Die fremden Truppen sind noch lange im Reich geblieben. Und auch der lothringische Kommandant von Hammerstein, der General-Feldwachtmeister Feldberger sammelte weiter Truppen, als man schon das Jahr 1650 schrieb. Im Herbst 1652 unternahm er eine Reise nach Köln, und der Kriegszustand galt immer noch, so daß ihn kurz vor der Stadt französische Truppen abfingen. Er wurde nach Diedenhofen gebracht. Und dort entschloß sich Feldberger, den einfachsten Weg aus der Gefangenschaft zu wählen, nämlich in französische Dienste zu treten.

Er bekam denn auch – als Kenner des Geländes – den Auftrag, die Burg Hammerstein für Frankreich zu erobern. Der inzwischen zum General-Major beförderte Überläufer fuhr auf Kähnen mit 300 Mann und zwei Kanonen die Mosel abwärts. Es war der 11. Oktober 1652, als die kleine Armada den Rhein erreichte. Das ganze Tal war in dichten Nebel gehüllt. Und so war es den Franzosen ein leichtes, die 100 Mann lothringischer Truppen, die im Ort Hammerstein in Quartier lagen, zu überwältigen.

Aber die Feste Hammerstein war mit den zwei Kanonen des General Feldberger nicht sturmreif zu schießen. Versucht hat er's. Doch in Linz, Andernach und Breisig lagen lothringische Truppen, die die Franzosen zwar nicht angriffen, aber ihnen immerhin den Nachschub sperrten.

Inzwischen war von den Diplomaten endlich vereinbart worden, alle fremden Truppen hätten das Deutsche Reich zu verlassen. Die Franzosen zogen ab. Aber der Lothringische Kommandant von Hammerstein blieb. Es mußten Kurtrierer-, Kurkölner- und Brandenburgische Truppen mit Kanonen und Mörsern eine Belagerung beginnen, ehe dieser Kommandant kapitulierte. Fünf Jahre war nun schon Friede, und in Hammerstein war erst jetzt der Krieg zuende. – Man kann sich denken, daß die Umwohner gejubelt haben, als die verhängnisvolle Burg bald darauf gesprengt und geschleift wurde.

Der Junker von Leutesdorf

Fährt man von Neuwied rheinabwärts, so kommt man nach Leutesdorf, das ist wohl einer der wichtigsten Weinorte, die vor der Weingrenze im Norden noch vor uns liegen.

Hier haben denn auch viele Herren, Klöster und Stifte ihre Weinberge gehabt, und davon zeugt an der Rheinfront noch manch ein burgähnlicher Adelssitz.

In einem dieser Häuser wohnte ein Junker, der sich durch seinen Reichtum und sein anmaßendes Wesen zu einem wahren Dorfdespoten aufgeschwungen hatte. Er feierte rauschende Feste mit allen nur denkbaren Wein- und Tafelfreuden, mit Jagden und Ausritten, auch mit fremden Weibern, die schön und sittenlos für die Winzer und Bauern allen christlichen Regeln zu spotten schienen.

Aber niemand wagte es, den Junker ins Gesicht hinein zu tadeln. Selbst als er den Herrn von Rokkenfeld wegen eines Jagdstreites aus dem Hinterhalt erschoß, fand keine Anklage statt, obwohl der Dorfschulze darauf gedrängt hatte und im Rat dafür eintrat, nun müsse endlich dem übermütigen Tunichtgut das Handwerk gelegt werden.

Eines Tages – der Dorfschulze will gerade mit der Hacke auf der Schulter in seinen Weinberg – begegnet ihm der Junker mit seinen Saufkumpanen und hält ihn an: „Jetzt, verdammter Kerl, habe ich dich, und jetzt sollst du für deine Frechheit büßen!“ Unter dem Gelächter der anderen stellt er den Dorfschulzen vor die Wahl: „Entweder du frißt hier auf der Stelle hundert Zwiebeln oder wir traktieren dich mit hundert Hieben auf den Hintern oder du zahlst mir hundert Groschen!“

Dem Schulzen erscheinen die 100 Zwiebeln erträglicher als hundert Schläge und jedenfalls billiger als 100 Groschen, die für seine Verhältnisse ein Vermögen darstellen.

Der Junker läßt also die Zwiebeln herbeischaffen, und der Schulze beginnt mit Todesverachtung zu essen. Der Mund brennt, die Augen tränen, der Magen fängt an zu schmerzen. Nach der 48sten Zwiebel stöhnt der Schulze: „Ich kann nicht mehr! Gebt mir die hundert Schläge auf den Hintern."

Laut zählt der Junker die Schläge, die mit aller Kraft auf den blanken Hintern des Schulzen klatschen. Der beißt die Zähne zusammen, stöhnt und ächzt, beim 52sten Schlag kann er nicht mehr an sich halten, er schreit: „Hört auf! Ich zahle die hundert Groschen!"

Mit der Zeit aber ging dem Junker das Geld aus, er machte Schulden, und dann hörten die Feste auf, die Freunde blieben weg, schon hofften die Leutesdorfer, nun würde er endlich Ruhe geben.

Aber das dauerte nicht lange, da rollten wieder die Kutschen vor das Burghaus, Lärm und Musik klang aus den Fenstern, die betrunkenen Gäste veranstalteten ihre wilden Jagden durch die Gassen, und wieder sah man die verdächtigen, glutäugigen Frauenzimmer in den Fenstern und im Park. Kein Fürst hätte auf die Dauer so leben können, ohne ans Ende seines Vermögens zu kommen, aber die Kassen des Junkers von Leutesdorf schienen unerschöpflich. Das weckte nun doch den Verdacht, hier ginge nicht alles mit rechten Dingen zu. Und eine geheime Kommission des Schöffengerichts zu Koblenz untersuchte bereits den Fall, ob es sich vielleicht um einen Pakt mit dem Satan handele.

Zu einem Ende kam die Untersuchung nicht. An einem Gründonnerstag – also mitten in der Karwoche – fand auf der Burg wieder ein Fest statt mit Tanzen, Zechen und Schmausen. Und am Morgen des Karfreitag, nachdem es eine Zeit ein wenig still geworden war, jagten die betrunkenen Festgenossen auf ihren Pferden durch Leutesdorf, die schönen Weiber halbbekleidet vor sich im Sattel.

Die wilde Jagd schwenkte erst wieder zur Burg ein, als von dort die Glocke zum Mittagsmahl rief. Wieder hörte man die Musik, wieder das Klingen der Gläser, das Klappern von Geschirr, die lauten Reden.

Aber mit einemmal erscholl ein furchtbares Getöse, ein gräßlicher Schrei gellte auf, und danach wurde alles totenstill.

Als sich die mutigsten Leutesdorfer in die Nähe wagten und dann das Haustor öffneten, quoll ihnen ein beißender Schwefelgestank entgegen. Sie schoben sich vorsichtig zur Saaltür und sahen die verwüstete Tafel, die zerbrochenen Schüsseln, die umgestürzten Sessel, aber keinen Menschen mehr. Nur ein Küchenjunge kroch totenbleich aus einem Wandschrank und berichtete, der Teufel selber sei herabgefahren durch den Kamin und habe die ganze lästerliche Tischgesellschaft in die Hölle gestürzt.

Zollstreitigkeiten in Leutesdorf

Nachdem die Truppen der Revolution 1794 das ganze linksrheinische Gebiet erobert hatten, war der Rhein zur Grenze zwischen der französischen Republik und dem Deutschen Reich geworden. Und wie immer, wenn ein Fluß zur Grenze wird, erhob sich der Streit: verläuft nun die Demarkationslinie am rechten oder am linken Ufer, oder in der Mitte.

Die französische Verwaltung in Mainz hatte den Grundsatz vertreten, daß auch die Schiffe, die am rechten Ufer entlang fuhren, ihren Zoll bei den französischen Stationen zu entrichten hätten. Die kurtrierische Verwaltung in Tal-Ehrenbreitstein aber war mit dieser Auffassung nie einverstanden gewesen.

Im Oktober 1801 wurde der Streit schließlich zu einer handfesten, beinah kriegerischen Auseinandersetzung. Und das lag daran, daß die Zollstation Hammerstein in Leutesdorf von dem energischen und gesetzkundigen Zolldirektor Johann Faßbender geleitet wurde.

Es kamen in diesen ersten Oktobertagen ein paar Schiffe der nassauischen Regierung rheinab. Sie waren mit Getreide beladen und fuhren am rechten Ufer. Deshalb glaubten sie, keine Notiz von der Koblenzer Zollstation nehmen zu müssen und reagierten nicht auf die Zurufe der Franzosen von dort.

Aber kaum waren sie unterhalb der Moselmündung, da wurden sie vom linken Ufer her beschossen. An sich waren die damaligen Musketenschüsse auf solche Entfernung wenig gefährlich, wenn aber eine Truppe von 360 Mann Salvenfeuer gibt, dann konnte doch allerhand Unheil auch auf rund 300 Meter Distanz angerichtet werden.

Die nassauischen Schiffe folgten aber auch jetzt nicht der Aufforderung, zum linken Ufer beizudrehen, sondern flüchteten sich bei Engers ans rechte Ufer.

Zolldirektor Faßbender, der herbeigerufen wurde, konstatierte, daß nach den bestehenden Verträgen kein Zoll zu entrichten sei.

Damit aber gaben die Franzosen sich nicht zufrieden. In der Nacht ruderten in Kähnen Soldaten über den Rhein, und besetzten die Schiffe. Die kurtrierischen Soldaten, die zur Bewachung aufgestellt waren, wurden gleich über den Rhein mitgenommen, die Schiffe nach Koblenz gebracht. Die kurtrierische Regierung protestierte, worauf die Soldaten frei kamen, aber die Schiffe und die Ladung wurden versteigert.

Es vergingen nur wenige Tage, da bekam der Zolldirektor Faßbender Gelegenheit, sich zu revanchieren. Es kamen nämlich zwei Schiffe an Leutesdorf vorbei, die angehalten wurden, aber ebenfalls keinen Zoll zahlen wollten, mit der Begründung, sie hätten Getreide geladen, das für die französischen Militärmagazine bestimmt sei ...

„Das kann jeder behaupten", sagte der Zolldirektor. „Die Papiere reichen nicht aus, um das zu beweisen." Er schickte einen Eilboten an die kurtrierische Regierung in Tal-Ehrenbreitstein. Und der kam zurück mit der Weisung: „Wenn kein Zoll bezahlt wird, dann ist das Getreide auszuladen!" So geschah es. – Aber noch in der gleichen Nacht setzte ein französisches Gendarmerie-Kommando von 130 Mann über den Rhein. Von Andernach kamen sie. Das kleine Leutesdorf – damals hatte es wenig mehr als 200 Häuser – wurde umzingelt. Das Wohnhaus des Direktors Faßbender wurde durchsucht. Aber man fand ihn nicht. Er hatte sich davongemacht. Und so nahmen die französischen Gendarmen statt seiner seinen Schwiegersohn, einen kurtrierischen Jägermeister, den Schultheißen und den Bürgermeister als Geiseln mit auf die linke Rheinseite. In Koblenz wurden die drei nicht unkomfortabel in einem Gasthof untergebracht, aber von Gendarmen bewacht.

Nun begannen schwierige Verhandlungen. Sogar an die Regierung in Paris gingen die Proteste der Kurtrierer. Es dauerte von Anfang Oktober bis zum 20. Dezember 1801, ehe die Franzosen die drei Leutesdorfer laufen ließen.

Dafür wurde das von Faßbender beschlagnahmte Getreide wieder in die Schiffe eingeladen. Allerdings behielt er ein Drittel zurück zur Deckung der Unkosten.

Der Arm des Apostels Simon in Sayn

Von der Umgehungsstraße, die um Neuwied herumfährt, sind es nur ein paar Kilometer landeinwärts, dann kommt man in das Sayntal und die Ortschaft Sayn. Die heutige Pfarrkirche im stillen Seitental des Brexbaches gehörte einst zu einer bedeutenden Prämonstratenserabtei, die ein Graf von Sayn begründet hatte. Die Burg des Geschlechtes sieht man als Ruine auf schmalem Bergrücken über dem Ort.

In der Klosterkirche wurde eine höchst wertvolle Reliquie verehrt: ein Arm des Apostels Simon. Er soll wohlerhalten gewesen sein, nur der kleine Finger fehlte.

Ein Bischof aus Armenien hatte diese Reliquie einst mit sich geführt, als er nach Köln zum Schrein der heiligen drei Könige wallfahrte. Es war im Jahre 1203, und der Bischof reiste mit stattlichem Gefolge. Aber die Gegenden am Rhein waren damals unruhig, denn hier wurde der Kampf zwischen König Philipp aus Schwaben und dem Gegenkönig Otto IV. ausgetragen. Die Kriegsknechte Philipps hausten übel im Gebiet des Erzbischofs von Köln, weil der zum Gegenkönig hielt. Bei Wesseling gerieten die Pilger aus Armenien zwischen die streitenden Parteien. Der Bischof – nur darauf bedacht, die kostbare Reliquie zu retten – vergrub den Arm des Apostels, in eine Urne eingeschlossen, auf dem Friedhof von Wesseling. Er glaubte, niemand hätte seine nächtliche Arbeit beobachtet, und um keinerlei Verdacht zu erregen, befahl er die Weiterreise.

Doch nun wurden die Pilger von plündernden Kriegern überfallen und beraubt, der Bischof wurde verprügelt und verwundet, als er nicht sagen wollte, wo er seine Kostbarkeiten verborgen hätte.

Aber ein paar Bürger von Wesseling hatten den Bischof auf dem Friedhof beobachtet. Sie gruben dort nach, fanden die Urne und den Arm des heiligen Simon darin. Sie konnten sich denken, daß es sich um eine besondere Reliquie handele, Genaueres wußten sie natürlich nicht.

Der Bischof, endlich von den Kriegsknechten freigelassen, suchte auf dem Friedhof nach, aber er fand das Versteck leer und zog tiefbetrübt ans Ziel seiner Pilgerfahrt, nach Köln.

Unter den Dieben von Wesseling war aber einer – Herklin mit Namen – den das Gewissen drückte. Er machte sich auf den Weg nach Bonn und übergab den Arm des Apostels dem Propst des Stiftes von den Heiligen Cassius und Florentius; es war der Graf Bruno von Sayn.

Zu Anfang des Jahres 1204 kam der Bischof aus Armenien auf der Rückreise nach Bonn. Die Pilgerschar war ohne Mittel. Der Bischof selber litt noch schwer an den Mißhandlungen.

Der Propst nahm ihn auf und pflegte ihn. Man kam ins Gespräch, der Bischof erzählte von seinem Mißgeschick, von dem Verlust der Reliquie. Nun erkannte der Graf von Sayn erst, welche Kostbarkeit ihm da zugefallen war. Es kostete viel Mühe, den Bischof zu bereden, ihm den Arm des Apostels zu überlassen. Aber immerhin stattete der Graf dafür die ganze Pilgerschar mit guten Pferden, neuen Kleidern und einer stattlichen Reisekasse aus.

Den Arm des heiligen Simon aber schickte er seinen Brüdern nach Blankenberg, wo diese eben eine neue Burg erbaut hatten, und dort kam die Reliquie in die Kirche des eben gegründeten Klosters nach Sayn.

Als im Jahre 1212 der Arm des Apostels zum erstenmal dem Volk gezeigt wurde, war der Andrang so groß, daß die Mönche beschlossen, mit der Reliquie durchs Land zu ziehen, wobei sie natürlich auch daran gedacht haben, daß sich auf diese Weise reichliche Spenden einsammeln ließen.

Als man in Hersel übernachtete, brach in dem Quartier der Mönche ein Feuer aus. Die geistlichen Herren flüchteten Hals über Kopf und vergaßen dabei ihre Reliquie. Aber als man am Morgen den Brandschutt des völlig vernichteten Hauses durchwühlte, da fand sich der Arm ganz unversehrt, und sogar das Tuch, in das er gewickelt war, hatten die Flammen nicht einmal versengt. – Die Chroniken berichten von einer Unzahl von Wunderheilungen durch den Arm des heiligen Simon.

Die Reliquie ist jeweils am vierten Sonntag nach Ostern in der Sayner Kirche ausgestellt worden, und eine alte Wetterregel hat sich danach gebildet, die sagt: »Es wird nicht eher warm, bis man zeigt Simonis Arm.«

Burg Sayn bei Bendorf: Der Ringkampf

Oberhalb von Neuwied fließt die Sayn – aus dem Westerwald kommend – in den Rhein. Folgt man ihrem Tal über das Städtchen Bendorf hinaus, kommt man an die Stelle, wo der Brexbach mit seinem eigenen tiefeingeschnittenen Tal sich mit der Sayn vereint. Dort auf der Anhöhe im Winkel der beiden Flüßchen liegen die Ruinen der Burg Sayn. Man hat von da oben einen herrlichen Blick durchs Tal und über den Rhein weg bis in die Eifel.

Die Grafen von Sayn sind arge Raubritter gewesen, die sogar die Kauffahrteischiffe auf dem Rhein überfielen. Einen allerdings hat schließlich die Reue gepackt. Er hat das geraubte Gut der Kirche geschenkt, und die hat's mit Dank angenommen.

Mitte des 13. Jahrhunderts starb der letzte Graf von Sayn, ohne männliche Nachkommen zu hinterlassen, und so wurde seine Tochter Adelheid die Erbin. Sie heiratete den Grafen von Sponheim. Mit den Sponheimern von der Nahe waren die Sayner seit Generationen befreundet.

Es war eine rauschende Hochzeitsfeier auf der Burg Sayn. Und die Herren saßen am Abend – voll des guten Weines – und prahlten mit ihren Heldentaten und Abenteuern. Da gebot der frisch gebackene Ehemann Gottfried von Sponheim Ruhe. Er habe eine Wette anzubieten, sagte er. „Ihr Herren mögt ja alle wahre Herkulesse und Samsons an Kraft sein, aber ich habe einen Leibknappen, der würde euch alle in den Sack stecken." Protest und Gelächter waren die Antwort. Die Wette wurde angenommen von sieben Herren in der Runde. Ein Faß vom besten Wein war der Preis. „Und nun herein mit Eurem Leibknappen!" schrien die Herren.

Da wurde er gerufen, der Michel Mort, ehemals ein Kreuznacher Metzgersgeselle. Der war nun allerdings von ungeheurer Größe und Breite und offenbar ein Riese an Kräften. Michel Mort war nicht sehr erfreut von dem, was bevorstand. „Ich bin kein freier Mann, sondern dem Herrn Grafen von Sponheim leibeigen", gab er zu bedenken. „Wenn nun die Herren, mit denen ich kämpfe, sich beleidigt fühlen und sich an mir rächen?"

Michel Mort wurde beruhigt: Keine Rache, im Gegenteil, von jedem der Herren gibt es 3 Gulden auf die Hand.

Der Graf von Isenburg erhob sich. Waffen und Obergewand waren abzulegen. Der Isenburger galt als bärenstark. Es hieß von ihm, er habe schon mehrmals einen Feind mit einem einzigen Schwerthieb in zwei Teile gehauen. Säcke von ausreichender Größe wurden bereitgelegt, die Wette war wörtlich zu nehmen. – Der Kampf hub an mit Keuchen und Stampfen. Doch auf einmal lag der Graf von Isenburg am Boden und war so hart dorthin geschleudert worden, daß er nicht gleich wieder hochkam, und schon hatte Michel Mort ihm den Sack über den Kopf gezogen.

Der Ritter von Kobern stellte sich als zweiter zum Kampf. Er suchte den Michel Mort mit Faustschlägen mürbe zu machen. Der aber steckte alles weg, kam mit rascher Wendung hinter seinen Gegner und umklammerte ihn mit beiden Armen, daß er blau im Gesicht wurde. Und schon steckte der Ritter von Kobern ebenfalls im Sack.

Dann trat Ritter Nikolaus von Winneburg in den Kreis. Er war siegessicher, denn er dachte, die beiden vorausgegangenen Kämpfe müssen den Riesen müde gemacht haben. Zudem kannte er allerlei nicht ganz saubere Kunstgriffe. Doch dauerte es nur kurze Zeit, da geriet er unter den linken Arm des Gegners, das war wie ein Schraubstock, aus dem es kein Entrinnen gibt, und der Sack, den Michel ihm mit der Rechten überzog, verbarg, daß er rot wurde vor Zorn und Scham.

Die restlichen vier, die noch zum Kampf anstanden, verzichteten, zahlten je ihre drei Goldgulden an Michel und gratulierten dem Grafen von Sponheim zu seinem unbezwinglichen Leibknappen. – Der Graf von Sponheim aber erklärte inmitten der vergnügten Festrunde den Michel Mort zum freien Manne.

Das Schloß zu Engers und sein Vorgänger, die Burg Cuno-Stein

Das kurfürstliche Schloß zu Engers hat schon eine sehr wechselvolle Geschichte: heute ist es eine Klinik, im vorigen Jahrhundert war's eine Kriegsschule, der preußische Staatskanzler von Hardenberg hat hier gewohnt, der preußische Kronprinz und nachmalige König Friedrich-Wilhelm IV. Dem Fürsten von Nassau-Weilburg diente das Schloß als Sommeraufenthalt, und noch weiter zurück waren es die Kurfürsten und Erzbischöfe von Trier, die hier am Rhein Hof hielten.

Der Schloßbau des 18. Jahrhunderts aber steht auf viel älteren Fundamenten. Hier ließ 1372 der streitbare Kurfürst und Erzbischof von Trier Cuno von Falkenstein eine wehrhafte Burg errichten.

Das hatte seinen besonderen Anlaß. Damals war das Raubritterunwesen auch hier im Mittelrheingebiet zum Haupterwerbszweig des niederen Adels geworden. Aber selbst ein höherer Adeliger, der Graf Wilhelm von Wied scheute sich nicht, mit den Herren Rittern Gerlach von Arenfels und Velten von Isenburg gemeinsame Sache zu machen, als die Meldung eintraf, ein Wagenzug von Kölner Kaufleuten mit kostbaren Waren sei auf dem Weg zur Frankfurter Messe. Den drei vereinten Schnapphähnen mit ihren Leuten war's ein leichtes, die Kaufleute und ihre Knechte zu überwältigen.

Das geraubte Gut – vorweg kostbare Stoffe und Gewänder – wurde sicher eingelagert zu späterem Verkauf, die Handelsleute selber kamen in die Verliese der Burg Arenfels oberhalb Hönningen; und bis nicht reichlich Lösegeld gezahlt wäre, sollten sie bei Wasser und Brot keine frohen Stunden haben.

Nun war aber einer der Fuhrknechte entkommen und meldete in Köln, was da auf dem Rheinweg zwischen Hönnigen und Engers geschehen war. Die Stadtregierung begann zu planen, ob man nicht mit bewaffneter Macht ausziehen solle, aber der Kölner Kurfürst und Erzbischof ging den diplomatischen Weg: er wandte sich an seinen Trierer Kollegen, Erzbischof und Kurfürst Cuno von Falkenstein. Der zögerte nicht, sondern forderte in ernstem Ton von den Herren zu Wied, Isenburg und Arenfels Freilassung der Kaufleute und Herausgabe der Waren. Die aber rührten sich nicht.

Da kamen sie allerdings bei Cuno von Falkenstein an den Falschen. Die Limburger Chronik schildert den geistlichen Herrn derart: „Es war Cuno; ein herrlicher, starker Mann, groß an allen Gliedern, und er stand auf seinen Beinen wie ein Löwe." Der Löwe zog mit aller kurtrierschen Macht zu Felde. Engers und Dierdorf wurden erobert, die drei Burgen wurden eingeschlossen. Und während Herr Cuno ruhig abwartete, daß der Hunger die drei Raubritter fromm mache, baute er in Engers am Rheinufer seine Burg als immerwährende Aufsicht und Mahnung für die Herrschaften ringsum, eine Zwingburg im wahrsten Sinne.

Schließlich drohte der Kurfürst mit dem Sturm auf Burg Arenfels. Da bekam Herr Gerlach das Zittern, und er machte die Tore auf.

Die Kölner Kaufleute stiegen aus ihren Kellerverliesen ans Licht, die geraubten Waren wurden herbeigeschafft. Friede kehrte wieder ein. Aber das eroberte Amt Dierdorf mußte Graf Wilhelm von Wied nun als Lehen vom Kurfürsten nehmen, und Burg Cuno-Stein blieb stehen als Zuchtmeister für den Übermut der Herren. Sie war aber auch den Kurfürsten von Trier lange Zeit ein beliebterer Aufenthalt als Stolzenfels. Sogar der Rheinzoll wurde von dort nach Cuno-Stein verlegt. Das dauerte, bis die Franzosen zur Zeit ihres großen Ludwig XIV. sich hier festsetzten. Da erschienen die Reichstruppen, es war im Jahre 1693 und die Kanonen waren schon prächtig entwickelt. Dem Beschuß widerstanden die alten Mauern nicht mehr. Zwar wurden die Franzosen vertrieben, aber die Burg Cuno-Stein war auch dahin.

Schloß Friedrichstein bei Neuwied

Wenn man die B 42 von Neuwied rheinab fährt, dann kommt man an einer steil abfallenden Felswand vorbei. Und von dieser Steilwand grinst einen eine in Basalttuff gehauene Teufelsmaske an. Sie erinnert an das Teufelsschloß, das einmal hier gestanden hat.

Sein Erbauer, der Graf Friedrich von Wied hatte ihm allerdings den Namen Friedrichstein gegeben. Er hat den immerhin 80 x 20 Meter großen Bau in schwerer Zeit angefangen, gegen Ende des Dreißigjährigen Krieges. Richtig fertiggeworden ist denn auch das Schloß nie, obwohl der Graf einige Zeit dort wohnte. Dann diente der Bau allen möglichen Zwecken. Zum Beispiel war er eine Zeitlang Salmiakfabrik. Aber da gab's ein kleines Umweltproblem: die giftigen Dämpfe aus der Fabrik verdarben den Pflanzenwuchs, sogar bis zum Neuwieder Schloßgarten richteten sie Schäden an. Da kündigte der Graf von Wied dem Fabrikanten die Pacht. Schließlich hat das Schloß als Steinbruch gedient, und als 1867 die Eisenbahn längs des Rheins gebaut wurde, da mußte es ganz verschwinden.

Woher aber hat das Schloß Friedrichstein im Volksmund seinen Namen „Teufelsschloß" bekommen? Das war in der zweiten Hälfte des 18. Jahrhunderts, da hörten die Leute aus den Ortschaften Fahr und Irlich, wenn sie in die Nähe des leerstehenden Gebäudes kamen, Ketten rasseln und ein Donnern, als ob schwere Lasten gerollt würden. Da gruselte allen und keiner wagte sich mehr in die Nähe der Ruine.

Nun war zur Zeit des Siebenjährigen Krieges ein österreichischer Major mit dem Regiment in Neuwied einquartiert. Der hörte von dem Spuk. Er lachte über den Aberglauben der Leute, ließ sich Tisch und Stuhl in ein leidlich erhaltenes Zimmer bringen, zündete vier Windlichter an, legte seine beiden doppelläufigen Pistolen vor sich hin und ließ es sich bei einer Flasche Wein gut sein.

Plötzlich wird die Tür aufgerissen, vermummte Gestalten stehen in der Öffnung. Der Major greift nach seinen Pistolen. Aber einer der Vermummten sagt ganz ruhig: „Lassen Sie Ihre Schießeisen, Herr Major. Wir sind in der Übermacht."

Und während der Offizier noch zögert, wird er mit eins von hinten ergriffen; zwei Männer, die durch eine Tapetentür hereinschlichen, entreißen ihm die Pistolen. Der Wortführer schlägt seine Kapuze zurück, tritt vor den Wehrlosen und sagt: „Herr Major, Sie sind ohne triftigen Grund hierher gekommen und haben uns gestört. Nun gibt es nur noch eine Möglichkeit für Sie, hier lebend herauszukommen; wenn Sie uns nämlich bei Ihrer Offiziersehre schwören, daß Sie keinem Menschen sagen werden, was Sie hier gesehen und erlebt haben. Sie sollen dann auch erfahren, was wir hier treiben." Der Major besann sich nicht lange. Seine Lage war ausweglos er tat den verlangten Schwur.

Nun führt ihn die ganze Schar durch die Kellergewölbe des Schlosses, und er sieht eine komplett eingerichtete Falschmünzerwerkstatt.

Viele Jahre vergingen. Der Major war längst zum Oberst befördert und lebte wieder in seiner Heimatstadt Wien.

Da werden ihm eines Tages zwei Herren gemeldet. Sie nennen ihre Namen nicht. Nur der eine sagt lächelnd: „Sie müßten mich eigentlich erkennen, Herr Oberst."

Der Oberst schüttelt ratlos den Kopf.

„Sie werden sofort wissen, wer wir sind, wenn ich Ihnen sage, daß wir einander zum erstenmal vor vielen

Jahren in einem Spukschloß bei Neuwied begegnet sind.“

Der Offizier lachte: „Das hatte ich fast vergessen. Und was möchten die Herren heute von mir?“

„Nichts!“ sagt der eine. „Im Gegenteil, wir wollen Ihnen danken, daß Sie wirklich Ihr Wort gehalten und geschwiegen haben.“

„Ich hatte mein Ehrenwort gegeben“, meinte der Oberst.

„Manch einer findet genug Gründe, auch ein Ehrenwort zu brechen. Sie haben es treu gehalten. Schauen Sie bitte einmal aus dem Fenster!“ Der Oberst beugt sich zum Fenster hinaus und sieht unten zwei wunderbare Pferde angebunden stehen. Als er sich wieder ins Zimmer wendet, sind seine Besucher verschwunden. „Es waren Pferde“, erzählte später der Oberst, „um die hätte mich der Kaiser beneiden können.“

Ein absonderlicher Erbprinz

Das kleine blühende Fürstentümchen Wied zwischen Rhein und Westerwaldhöhen wurde von einem sehr ernsthaften Souverän regiert, dem Fürsten Alexander. Dessen schwerste Sorge war, ob sein Sohn und damit Nachfolger, der Erbprinz Friedrich-Karl in der Lage sein würde, eines Tages die Regierung zu übernehmen. Im Jahre 1787 schreibt der bedrückte Vater: „Wie soll ich es halten mit meinem einzigen Sohn? 46 Jahre ist er alt, zuweilen von guten Einsichten in die Geschäfte, steckt aber voller Torheiten. Nach des Doktor Kämpf Aussage stehen bei ihm Verstand und Narrheit in der Waage ..."

Verrückte Ansichten, religiöse Skrupel, unsinnige und kostspielige landwirtschaftliche Experimente, eine in die Brüche gegangene Ehe, ein Bauernmädchen als Maitresse, all das war dem Erbprinzen zur Last zu legen.

Viele medizinische Kapazitäten wurden befragt, und schlußendlich kam man zu dem Ergebnis: Der Erbprinz ist zwar kein völliger Narr, aber sowohl unfähig, seine Kinder zu erziehen, als auch das Land zu regieren.

Fürst Alexander beschloß also, seinen Sohn von der Nachfolge auszuschließen, und statt dessen seinen Enkel als Erbprinz einzusetzen. Bei dessen Unmündigkeit sollte die Großmutter, später die Schwiegertochter die Vormundschaft ausüben. Diese Schwiegertochter Fürst Alexanders war die hartgeprüfte Ehefrau des Erbprinzen, die verständlicherweise schon lange von ihm getrennt lebte.

Allerdings, man war sich bewußt: Erbprinz Friedrich-Karl war bei der Landbevölkerung beliebt, denn mit seiner Beischläferin Katharina besuchte er die

Dorffeste ringsum, tanzte mit den Bauern und galt infolgedessen auf dem Land als der ideale Nachfolger des strengen Fürsten Alexander. Wie, wenn der nunmehr kaltgestellte Prinz sein Erbe mit Hilfe der Bauern ertrotzen würde?

Man machte also den kühnen Beschluß über die Nachfolge wieder rückgängig, ließ Friedrich-Karl schwören, als Fürst keine Schulden zu machen und die Waldungen, den wertvollsten Besitz des Hauses Wied, nicht für seine Agrarexperimente abzuholzen, sondern forstgemäß zu pflegen.

So kam es, als 1791 Fürst Alexander starb, daß sein Nachfolger, trotz aller Bedenken, Friedrich-Karl hieß. Aber kaum hatte der nunmehr Fünfzigjährige die Zügel in der Hand, da begann eine ruinöse Mißwirtschaft und eine Verwaltung ohne Recht und Gesetz.

Die Fürstinmutter, Witwe des Fürsten Alexanders, alarmierte die anderen Vormünder, den Grafen zu Runkel, den Grafen von Berleburg, und vereint erhoben sie beim Reichskammergericht zu Wetzlar die Forderung, den Fürsten unter Kuratel zu stellen.

Friedrich-Karl verlangte nun von seinen Regierungs- und Kammerräten, daß sie ihm bestätigen sollten, er sei kein Narr, und als sie das nicht taten, brüllte er sie an: „An eurem Urteil ist mir ein Saudreck gelegen!"

Um anderweitig Stimmen zu seinen Gunsten zu gewinnen, schickte er zwei Notare in Neuwied von Haus zu Haus: die Bürger sollten unterschreiben, daß er, der Fürst, nicht verrückt sei. Aber die meisten Bürger wiesen die Herren von ihrer Tür.

Nach Wetzlar, der Stadt des Reichskammergerichts, reiste der Fürst höchstpersönlich. Er sprach auf den Straßen wahllos Bürger an und fragte sie, ob sie fürstlich-wiedische Regierungsräte werden wollten. Bejahte einer, dann mußte er vor den Richtern des Kammergerichtes bezeugen, der Fürst sei ganz normal.

Aber gerade sein persönliches Auftreten vor den Richtern des höchsten Reichsgerichts wurde ihm zum Verhängnis. Der Senat kam zu dem Beschluß: Fürst Friedrich-Karl ist unter Kuratel zu stellen.

Der aber gab sich mit dem Spruch nicht zufrieden, brachte vielmehr seinen Fall vor den Reichstag in Regensburg. Und auch dorthin reiste er, reiste auch nach Wien an den Kaiserhof und fand tatsächlich Fürsprecher. Zudem, die Franzosen hatten ihre Revolution durchgesetzt und trugen ihre Ideen nicht nur mit Büchern und Flugblättern ins alte Römische Reich Deutscher Nation, sondern auch ganz ernsthaft mit ihren Revolutionsarmeen. „Die Aristokraten an die Laterne!“ sangen sie. Und in diesen Zeiten wollte man ungern einen Aristokraten und regierenden Fürsten für verrückt erklären.

Die Kriegszeiten hielten den närrischen Fürsten ohnedies von seinem Fürstentum fern. Er wartete in Sachsen ab, bis der Friede geschlossen war. Seine von ihm vielgeschmähte Gattin Luise führte währenddem in den turbulenten Kriegszeiten umsichtig die Regentschaft. Aber dann kam der Narr zurück.

Weitere Nachrichten über den seltsamen Fürsten Friedrich-Karl

Sie waren die tolerantesten Souveräne im alten Deutschen Reich, die Grafen und später die Fürsten zu Wied. Woher einer auch kam, welchen Glauben er auch hatte, wenn er nur sich und dem kleinen Ländchen durch seine Arbeit nützlich sein konnte, dann wurde er aufgenommen. Daher gab es im 18. Jahrhundert kaum eine Stadt in Deutschland, wo Bildung und Gewerbefleiß derart blühten, wie im kleinen Neuwied, mit seinen damals wenig über 3 000 Einwohnern.

Den Fürstentitel verlieh der Kaiser dem Grafen Alexander zu Wied, und auch der war ein beliebter Herrscher. In dem Nachruf auf ihn hieß es: „Er hätte ein großes Reich glücklich machen können ..."

Nur in der Erziehung seines Sohnes, des Erbprinzen Friedrich-Karl tat er des Guten zuviel. Manchmal wurde der Junge wochenlang mit seinem Lehrer eingesperrt, um ja recht intensiv Religion und Wissenschaften aufnehmen zu können. Dann wieder durfte er ebenso ausgiebig Feld und Wald mit seinem Erzieher durchstreifen, war aber niemals frei und stets Belehrungen ausgesetzt. – Auch das Studium in Erlangen und Göttingen machte er streng behütet von einem Hofmeister durch, ebenso die anschließende Kavaliersreise nach Wien, Mailand, Rom, Paris und Amsterdam.

Und nach abgeschlossener Ausbildung – mit 27 Jahren – verheiratete der Vater ihn mit einer jungen Dame, die allgemein als intelligent und liebevoll beurteilt wurde, der Gräfin Marie-Luise-Wilhelmine von Wittgenstein-Berleburg.

Die Ehe wurde rasch zur Tragödie. Und da dem Prinzen Friedrich-Karl daran gelegen war, seine Nöte und Beschwerden jedermann mitzuteilen, und er deshalb ein ausführliches Ehetagebuch schrieb, sind wir recht genau über seine Qualen orientiert. Er schreibt: „Schon in den ersten Nächten meines Ehestandes weinte ich laut, als ich ihren Kaltsinn und mein Unglück sah ... Sie aber blieb gegen meine Tränen wie auch gegen meine Liebe kalt und schien ein unbelebtes Wesen."

Das änderte sich nicht, und eines nur ist dabei schier unglaublich, daß diese Frau ihrem unzufriedenen Mann Kinder geschenkt hat.

Ausgerechnet er aber stellte lange Betrachtungen darüber an, ob es nicht überhaupt Sünde sei, Kinder zu zeugen; denn dadurch würde der Mist auf Erden vermehrt, aus Mist entstünde Salpeter und der aufsteigende Salpeter wiederum – so folgerte der Erbprinz – erzeuge Gewitter; Blitze aber erschlagen viele Menschen. Mit derlei Gedanken, die er auch gedruckt verbreitete, quälte er seine geistlichen Berater und brachte sich in den Ruf eines Sonderlings und Spintisierers. Zudem machte er im Land Versuche mit Ackerbau und Viehzucht, die kostenschwer fehlschlugen.

Die wahre Tragödie des Erbprinzen aber blieb seine Ehe, die auch nach vielen Jahren nicht harmonischer wurde. Er schrieb: „Achtzehn Jahre lebte ich in schändlicher Pantoffeltyrannei. Zuweilen versuchte ich mich in die Ausübung meiner ehelichen Rechte zu setzen, was doch so vielen Ehemännern gern vergönnt wird. Aber welchen Widerstand fand ich ... wie zahlreiche Faustschläge versetzte sie mir auf Augen, Nase und Mund. Wie oft hat sie mich mit Nägeln gekratzt, mit Füßen getreten und mit ihren Zähnen gebissen. Endlich drohte ich mit ernsten Vorkehrungen ..."

Diese Vorkehrungen bestanden darin, daß Prinz Friedrich-Karl sich eine Maitresse nahm, ein schlichtes

Bauernmädchen aus Grenzhausen. Und er schrieb an seine Gattin, die inzwischen nach Berleburg ausgewichen war: endlich könne er im Bett anstellen, wonach ihm zumute sei. Und sogar ein Bild der „Madame Katharina“ – wie er sie nannte, legte er dem Brief bei, dazu hat damals – vor Erfindung der Fotographie – das Bauernmädchen einem Zeichner oder Maler Modell sitzen müssen.

Mit diesem geliebten Mädchen zog der Prinz auf die Kirmesfeste im Land, tanzte bei Fackelschein mit den Bauern und küßte und herzte die Madame Katharina in aller Öffentlichkeit. Allerdings hielt Friedrich-Karl der Geliebten auch täglich Vorlesungen über die ehelichen Pflichten, aber offensichtlich erfolgreich, denn er schreibt: „Sie ist der beste Teil meines Herzens. Sie läßt sich alles gefallen und tut alles willig und gern, was ich verlange: sie ißt mir zu Gefallen kein Schweinefleisch, kein Wildpret und keine Fische, und wäscht sich täglich viermal wie der König David.“

Die Ehe mit einem Gespenst – Eine Spukgeschichte, von einem Neuwieder berichtet

Von einem Dachdeckermeister namens Lorenz, der in Neuwied sein Geschäft betrieb und der erst in den vierziger Jahren des vorigen Jahrhunderts verstarb, wurde die folgende rätselhafte Begebenheit berichtet:

Er kommt eines Nachts, nachdem er tüchtig gezecht hat, nach Hause zu seinem Meister – er ist damals noch Geselle gewesen – legt sich in sein Bett, kann aber nicht einschlafen, weil ihn ein kalter Luftzug stört, der durch eine zerbrochene Fensterscheibe sein Gesicht trifft. Immer im Begriff aufzustehen, sieht er den Vollmond im Fenster emporsteigen.

Plötzlich taucht ein düsterer Schatten im Mondlicht auf, ein dunkler Arm schiebt sich durch das Loch in der Scheibe, ein Kopf folgt und endlich ein ganzer Leib, der sich schlangenhaft durch die enge Öffnung windet und mit einem Satz auf das Bett des Gesellen springt.

Mit Entsetzen und Atemnot hat der arme Kerl das Gewicht des affengleichen Ungeheuers zu erdulden, bis er in Ohnmacht oder Schlaf sinkt. Am Morgen ist der Spuk verschwunden.

Der Geselle ist so erschöpft, daß er weder arbeiten, noch viel erzählen kann. Eines aber sagt er dem Meister: „Ich bleibe keinen Tag und keine Nacht mehr hier. Die Arbeit war angenehm, das Essen hat mir geschmeckt, aber einen solchen Alptraum will ich nicht noch einmal mitmachen müssen."

Der Meister, dem an dem Gesellen gelegen war, suchte ihn umzustimmen: „Lieber Lorenz", sagte er, „bleibe doch hier, und wenn dir nochmal derlei passieren sollte, ich werde fortan in der Kammer neben dir schlafen. Du brauchst, wenn du in Not bist, nur an die Wand zu klopfen, ich werde da sein."

Der Geselle ließ sich auf den Versuch ein. Und so liegt er die nächste Nacht wieder angstzitternd und schwitzend unter dem Deckbett, als erneut der Schatten im Fenster auftaucht, wieder mit geisterhafter Verwandlung durch das Loch in der Scheibe schlüpft und wieder auf ihn springt. Gerade kann der Geselle noch die Schreckensstarre überwinden und an die Wand klopfen, da wird er schon umklammert und fast erdrückt.

Aber nun geht die Tür auf, der Meister, eine Kerze in der Hand, stürzt in die Kammer. Er sieht das Unwesen, greift beherzt zu, aber er greift ins Leere.

Die beiden suchen im Zimmer, ohne etwas zu finden, bis der Meister unter das Bettgestell greift. Da faßt er etwas Lebendes. Er zieht, und im Schein der Kerze kommt ein wunderschönes Mädchen in einem blauen Kleide zum Vorschein.

Sie wirft sich vor den Männern auf die Knie, jammert und weint und kommt endlich soweit zu sich, daß sie in einem sehr fremden und unvollkommenen Deutsch von ihrem Schicksal erzählen kann: Sie stammt aus einer reichen Familie Venedigs. Feinde ihres Vaters haben sie verhext und in dies ferne Deutschland gebannt. Bettelnd ist sie umhergezogen. Und manchmal widerfuhr ihr das noch größerer Unglück, daß sie in das Unwesen sich verwandelte, als das die beiden sie gesehen hatten. Sie versichert, sie habe nichts als Schutz und Ruhe in dieser Dachkammer gesucht.

Die beiden Dachdecker, Meister und Geselle, verliebten sich augenblicklich in das traumhaft schöne, unglückliche Mädchen. Sie waren wie von Sinnen, so daß sie noch in derselben Nacht sich stritten und beinah prügelten, wer die Fremde die Seine nennen dürfe. Die aber entschied sich für den Meister, der auch noch jung und dazu nicht unbegütert war.

Gleich am Morgen schnürte der Geselle Lorenz sein Bündel und suchte sich anderswo Arbeit.

Aber trotzdem hat er seinen früheren Meister und dessen Schicksal, das so eng mit dem seinen verbunden war, im Auge behalten.

Der Meister und die rätselhafte Frau lebten Monate und Jahre zusammen, so glücklich, daß die Nachbarn sie beneideten. Dann aber verschwand die Frau plötzlich.

Der Meister hat dem Gesellen Lorenz dies erzählt: „Ich war mir wohl bewußt, es war ein Zauberspruch der meine Liebste hierhergetrieben hatte, und ich fürchtete, er könne immer noch wirksam sein. Deshalb verstopfte ich, wenn es dunkelte, alle Ritzen und Öffnungen. Doch eines Abends, als wir wieder recht liebevoll beieinandergewesen waren, dachte ich, diese Vorsicht sei doch geradezu ein Unrecht gegen meine Frau; denn wie oft hatte sie mir nicht geschworen, sie würde mich nie verlassen. Ich zog also den Stopfen aus dem Schlüsselloch. Im selben Augenblick sah ich einen weißen Hauch vorüber und hindurchziehen, ich wende mich um, meine Frau ist verschwunden, und sie blieb verschwunden bis auf den heutigen Tag."

Die Neuwieder als Kriegszuschauer im Winter 1794 auf 1795

Im Herbst 1794 besetzten die französischen Revolutionsarmeen Köln und Bonn. Der Kurfürst hatte seine Residenz Bonn verlassen. Und nun marschierten sie rheinauf. Der Trierer Kurfürst war schon seit Wochen aus Koblenz abgereist. Eine Zeitlang stand die Frontlinie an dem Flüßchen Nette, das gerade gegenüber von Neuwied in den Rhein mündet.

Und vom sicheren rechten Ufer konnten die Neuwieder beobachten, was sich da abspielte, wie ungarische Husaren und französische Dragoner aufeinanderzu galoppierten, sobald sie nur noch auf Schußweite voneinander entfernt waren, wurden die Rosse pariert und die Pistolen und Karabiner abgefeuert, bevor man wieder zurückpreschte. Das war ein beinah anmutiges Schauspiel.

Aber einmal sahen die Neugierigen, wie ein Beritt von Franzosen sich vom Berghang her in die Flanke der Ungarn vorschob. Die Neuwieder schrien und winkten, um die Husaren zu warnen. Umsonst, die sahen nur den Gegner vor sich. Und dann wurden sie von der Seite her angegriffen und zurückgetrieben bis zum Bubenheimer Berg. Und wenig später, als die Franzosen zurückkamen, da führen sie die Pferde der Ungarn am Sattelknauf und die Reiter liefen nebenher als Gefangene.

Österreicher waren's, die den Rhein verteidigten. Die Preußen standen längst in geheimen Verhandlungen mit den Franzosen – sie sollten diese Untreue noch bitter bereuen, Jahre später.

Auch nach Neuwied war österreichisches Militär verlegt worden, und die Bürger lernten nach und nach allerhand aus dem Völkergemisch der Donaumonarchie kennen: Grenadiere aus dem Breisgau, der ja damals habsburgisch-österreichisch war, Scharfschützen aus dem ungarischen Varasdin vom Grenzschutz, Serben und Slowenen vom Michailowisch-Freikorps, böhmische Infanterie nicht zu vergessen.

Im November 1794 feierte der österreichische Kommandant von Neuwied in der katholischen Kirche sein 60jähriges Dienstjubiläum. Die Bevölkerung nahm lebhaft Anteil. Oberstleutnant Eder von Hartenstein war für einen österreichischen Offizier keineswegs überaltert. Sein Vater hatte es als Hauptmann sogar auf 72 Dienstjahre gebracht. – Der Altersunterschied zu den französischen Offizieren und Generälen war bedeutend und typisch.

Natürlich wurde mit der Artillerie über den Rhein geschossen, und natürlich fielen die Kugeln auch in die Stadt. Da wurde der Oberleutnant Beremanns im Nachen mit weißer Fahne über den Rhein geschickt. Die Franzosen brachten ihn nach Andernach zu ihrem Divisionsgeneral. Und wie alt war der? Ganze 32 Jahre; und es war kein geringerer als Johann Baptist Bernadotte, der schon elf Jahre später von Napoleon zum Marschall ernannt wurde, um endlich 1818 König von Schweden zu werden.

Der Divisionsgeneral Bernadotte sagte Schonung der Stadt Neuwied zu. Das war keine Ausnahme. Auch die Kanonen von Ehrenbreitstein, das noch von Kurtrierern und Reichstruppen besetzt war, haben vereinbarungsgemäß nicht in das französisch besetzte Koblenz hineingeschossen. Vom „totalen Krieg“ war man noch weit entfernt.

Der Winter 1794 auf 1795 war streng. Der Rhein fror zu. Und nun fürchtete man, die Franzosen würden über das Eis Streifzüge zum rechten Rheinufer machen.

Aber das geschah nicht. Im Gegenteil, die Posten näherten sich einander. Die Franzosen parlierten eifrig, die Österreicher sagten indessen befehlsgemäß kein Wort. – Und zwischen den Fronten liefen die Neuwieder Schlittschuh. – Aber das schien nun doch dem Stadtkommandanten zu gefährlich. Er untersagte das Schlittschuhlaufen.

Koblenz zittert vor den Franzosen – Oktober 1792

In der Pfalz rückten die Franzosen unter ihrem Revolutionsgeneral Custine ziemlich ungehindert vor, nahmen Speyer und Worms und nun fürchtete man, sie kämen rasch rheinabwärts nach Koblenz. Schon flüchten sich die begüterten Bürger und vor allem die Adeligen, schon sind Archiv, Staatsschatz und Wertgegenstände des Kurfürsten verpackt.

Am Mittag des 6. Oktober 1792 weckt der erste Minister, Herr von Duminique, den Kurfürsten Clemens-Wenzeslaus, der erst morgens früh auf seinem Lustschloß zu Kärlich angelangt ist: „Durchlaucht, es ist Zeit, daß Durchlaucht sich zumindest bis Andernach begeben. Es heißt, daß Custine über den Hunsrück gegen Koblenz marschiert!“

Aber der Kurfürst will noch ausharren. Er beruft Regierung und Kriegsrat zusammen. Die Herren kommen zu folgender Entschließung:

1. Dem Feind sind Abgesandte der Regierung, der Hofkammer und des Stadtrates nach Waldesch entgegenzuschicken, damit dort über die Zahlung verhandelt werden kann, mit der man Plünderung und Zerstörung der Stadt abwendet.
2. Dem Feind wird die Stadt Koblenz ohne Gegenwehr übergeben. Auch die preußischen Magazine werden ihm geöffnet.
3. Die Festung Ehrenbreitstein ist dem Feind ebenfalls zu übergeben.

Nur gegen den letzten Punkt erhebt der Kurfürst Einspruch. Ehrenbreitstein ist eine sehr starke Grenz-

und Reichsfestung. Preußen und Österreicher werden sicher versuchen, sie zurückzuerobern, und bei derlei Kämpfen kann es der Stadt Koblenz schlecht ergehen.

Dem Minister von Duminique dauern die Verhandlungen zu lang. Er macht sich davon, zuerst nach Andernach, dann nach Bonn. Und hier hat er immerhin die Ausrede für seine Hasenfüßigkeit, er müsse mit dem Kölner Kurfürsten Max-Franz über militärische Hilfe verhandeln. Der Kölner sagte denn auch einige Kanoniere für Ehrenbreitstein zu, die aber nie dort angekommen sind.

Durch Eilpost-Depeschen wird dem ersten Minister Herrn von Duminique befohlen, unverzüglich zurückzukehren. Das tat der aber erst, als der Kurfürst auf seine Forderung eingegangen war, eine Kompanie Soldaten zum Schutz von Schloß Kärlich abzuordnen.

Das machte wieder böses Blut bei den Bürgern, die sagten: „Stadt und Festung läßt man unverteidigt, aber für den Herrn von Duminique steht eine ganze Kompanie Wache."

Am 8. Oktober 1792 kam von Trier der Domsyndikus Sonntag nach Koblenz und erhielt beim Kurfürsten auf Schloß Kärlich Audienz. Er meldete: „Kurfürstliche Durchlaucht können sich beruhigen: Die in Trier stationiert gewesenen Truppen sind befehlsgemäß per Schiff auf dem Weg nach Koblenz."

Der Kurfürst beruhigte sich keineswegs, fuhr vielmehr hoch und rief wütend: „Wer hat denn einen solchen Befehl erteilt?"

„Ich habe den Befehl selber gelesen," antwortete der Domsyndikus.

„Haben Sie meine Unterschrift gesehen?" fragt der Kurfürst.

„Darauf habe ich im Besonderen nicht geachtet", sagt Domsyndikus Sonntag nun schon recht unsicher.

Sofort werden berittene Boten moselauf geschickt: das Trierer Bataillon ist auszuladen und zurück nach Trier in Marsch zu setzen!

Bei Alf treffen die Boten die Schiffe. Die Soldaten werden wenig erfreut gewesen sein, den beschwerlichen Rückmarsch antreten zu müssen.

Sie brauchten nicht allzuweit zu marschieren, denn am folgenden Tag war es dem Kurfürsten eingefallen, er hatte den Befehl zum Transport des Bataillons nach Koblenz tatsächlich gegeben. Er hatte es nur vergessen, überstrapaziert durch die turbulenten Ereignisse. – Also durften die Trierer Soldaten wieder auf die Schiffe steigen und Richtung Koblenz treiben.

Und um die Mittagszeit des 12. Oktober 1792 langte die kleine Flotte in Koblenz an und landete beim Judenfriedhof. Alles war ausgeladen und stand sauber in Reih und Glied als der Kurfürst mit seiner Schwester heranritt und die Meldung des Hauptmanns von Trapp entgegennahm. Der Hauptmann wurde sofort zum Major befördert.

Der Grund: ihm war Unrecht geschehen. Er hatte sich bei Merzig klug gegen eine französische Übermacht verteidigt, was ihm als Feigheit ausgelegt worden war. Es gab noch weitere Beförderungen und für die gesamte Mannschaft eine Sonderration an Wein und Brot.

Der Kurfürst erteilt Befehl, die Archive, die Kassen und wichtigsten Wertgegenstände per Schiff rheinab zu schicken. Und das ist das Signal für die Wohlhabenden in der Stadt und Umgebung, sich ebenfalls davonzumachen. Die Schiffer haben es bald heraus, daß hier ein Riesengeschäft mit der Angst zu machen ist. Für ein großes Schiff nach Köln verlangen sie 50 bis 60 Karolin. Der Karolin war eine Goldmünze von mehr als 10 Gulden Wert. Ein Maurer oder Zimmermeister verdiente damals am Tag nicht viel mehr als einen Gulden. Was die Schiffer forderten, war also schon recht unverschämt: ein kleines Boot bis Bonn wurde noch mit 5 bis 6 Karolin berechnet.

Die Panik in Koblenz steigerte sich, als eine ganze Flotte aus Mainz ankam, die Domherrn und sonstige Adelige mit dem kurfürstlichen Archiv und dem Silberschatz. Von Bingen her machte der Statthalter Herr von Hohenfeld in Koblenz Zwischenlandung, er brachte sämtliche Weinfässer aus dem kurfürstlichen Keller mit.

Nun wurde auch der Trierer Domschatz, der auf dem Ehrenbreitstein in Sicherheit gebracht worden war, wieder verladen und nach Düsseldorf geschickt.

Gerüchte schwirrten umher: General Custine käme nicht über Kreuznach, sondern marschiere über Saarlouis Richtung Koblenz.

Nun wurde es auch den einfachen Bürgern von Koblenz, die nicht an Flucht denken konnten, unheimlich. Man hockte in den Weinschenken zusammen, und es hieß: Die Reichen schleppen alles an Gut und Geld aus der Stadt, wenn nun der Franzose kommt und mit Plünderung droht, womit soll man sich freikaufen? Damals war es üblich, daß vor der Besetzung einer Stadt über die sogenannte Brandschatzung verhandelt wurde. Es war dies eine Art von Humanisierung früherer Kriegsgepflogenheiten, als die Sieger noch hemmungslos plünderten und niederbrannten. Jetzt mußten die Städte, die erobert wurden, eine bestimmte Summe bezahlen, und wurden dafür von weiteren Schäden bewahrt. – Die Bürger sagten sich deshalb: Geld und Gut müssen in Koblenz bleiben. Und noch am selben Abend besetzten sie die Stadttore und gingen mit Fackeln in den Straßen Patrouille. Sogar die Schiffe am Ufer wurden von Bürgertrupps besetzt.

Der Kurfürst und seine Schwester, eine königliche Prinzessin von Sachsen immerhin, wollten an diesem Abend von Koblenz nach Kärlich auf ihr Schloß reisen. Auch sie wurden gezwungen, in der Stadt zu bleiben.

Schon hörte man recht revolutionär klingende Reden: „Laßt nur die Franzosen kommen, wir werden ihnen schon die richtigen Adressen zeigen.“ Und: „Die Herrschaften, die sich jetzt davonmachen wollen, die sollte man an die Laternen hängen!“

Im Haus des kurfürstlichen Kanzlers von Hügel waren die meisten Fenster erleuchtet. Das weckte Verdacht. Der Kanzler selber ließ die Bürgerwache ins Haus: „Bitte, meine Herren, überzeugen Sie sich! Hier werden nur Briefschaften der Regierung verpackt.“ Aber die Antwort war: „Wir haben nun mal beschlossen, es kommt nichts mehr aus der Stadt.“

Am nächsten Morgen, es war der 6. Oktober 1792, bekam die Bürgerschaft, vertreten durch Magistrat und Zunftmeister, einen gehörigen Rüffel. Allerdings versprach der Kurfürst auch, er werde genügend Geld in der Stadt lassen, um die Plünderung abzuwenden. Und die Bürger mußten versprechen, fortan jeden, der es wolle, samt seiner Habe, frei aus der Stadt abziehen zu lassen.

Was die Neuwieder im Jahre 1795 mitmachten

Fünf Jahre waren vergangen seit der französischen Revolution, da hatten die Truppen des neuen republikanischen Frankreichs bereits das linke Rheinufer in Besitz genommen: 1794.

Auch gegenüber von Neuwied standen sie, und die Neuwieder hatten mit Recht Angst, sie kämen über den Rhein. Denn hier liegt im Strom eine Insel und macht den Übergang leicht.

Aber es standen ja genügend österreichische Truppen im Fürstentum Wied. Die würden den Franzosen schon Respekt einflößen. – Doch dann entwickelte sich die ganze Kriegslage anders als vermutet: weit unten am Rhein, bei Düsseldorf überquerten die Revolutionstruppen überraschend den Strom. Da war kein Halten; sie zogen über die Sieg in den Westerwald und durch den Westerwald bis zur Lahn. Und nun waren sie den Österreichern am Rhein im Rücken. Die zogen sich deshalb eilig zurück, auch aus Neuwied. Das war im September 1795.

Und nun kamen die Franzosen nach Neuwied, zuerst in Nachen, dann über eine von Weißenturm herführende Schiffbrücke. Die Neuwieder hatten damit gerechnet, daß die Soldaten Wein und Lebensmittel wegnehmen würden, wo sie in die Keller, Geschäfte, Lagerhäuser und Speisekammern gerieten. Das regte sie nicht weiter auf. Aber dann fingen die Kerle an und kauften, was sie haben wollten. Dagegen wehrten sich die Bürger; denn bezahlt wurde mit dem wertlosen Papiergeld der Revolution, mit den Assignaten. Das führte zu Streit, Schlägereien, sogar Morden, und besonders schlimm sah es aus in den Dörfern rund um Neuwied. Dahin hatten sich viele begüterte Bürger mit ihren Kostbarkeiten geflüchtet. Sie wären besser daheim in der Stadt geblieben.

Denn hier, in Neuwied selber, sorgte der französische Platzkommandant Poton schließlich für Ordnung. Wein durfte an die Soldaten nur noch bis zum Zapfenstreich verabfolgt werden. Und der Wert der Assignaten wurde festgesetzt auf 2 1/2 zu 100. – Damit ließ sich leben. – Als warnendes Beispiel ließ Poton einem Soldaten, der gestohlen hatte, die Haare abscheren und ihn an den Pranger stellen.

Leider waren aber die amtlichen Forderungen, die die Franzosen an die Neuwieder und die umliegenden Dörfler stellten, ruinös. 90 000 Livres Kriegsabgaben waren zu bezahlen, und dazu war für die Nahrung der Soldaten und das Futter der Pferde zu sorgen. Später kam die Verpflegung für die Truppe per Schiff aus den Niederlanden, weitgehend Zwieback in Säcken, aus dem sich die Soldaten einen Brei kochten.

Es kam einmal vor, daß der Kriegskommissar Lachauffée dem Neuwieder Stadtrat neue und ganz unerfüllbare Forderungen stellte. Da geschah etwas Merkwürdiges. Während alles bedrückt schwieg, sprang der Stadtschultheiß und Regierungsrat Greiß auf. Alles sah verblüfft auf diesen Mann, der seit Jahren weder im Rat noch daheim den Mund aufgemacht hatte. Er litt an einer Gemütskrankheit und viele hielten ihn für schwachsinnig. Nur wegen seiner früheren Verdienste hatte man ihm seine Titel und Würden belassen. Jetzt aber war er plötzlich der Alte, hielt eine flammende Rede, begegnete jedem Einwand Lachauffées mit überzeugenden Argumenten, und brachte es fertig, daß die französischen Forderungen erheblich ermäßigt wurden. Und von Stund' an hatte der Stadtschultheiß Greiß seine alte Aktivität und Frische zurückerlangt.

Man hatte sich gerade einigermaßen mit der französischen Besatzung arrangiert, da drangen im Oktober 1795 die Österreicher wieder im Neuwieder Becken vor und kamen in die Stadt. Die Franzosen wären gern Hals über Kopf abgerückt, aber die Schiffbrücke stand in Flammen. Oberhalb Neuwied, in Vallendar, hatten die französischen Soldaten alle Schiffe und Kähne angezündet und rheinab treiben lassen. Auf diese Weise wollten sie es den Österreichern unmöglich machen, rasch auf das linke Ufer überzusetzen. Aber die brennenden Schiffe hatten auch die Schiffbrücke in Brand gesetzt.

Und weil sich die Franzosen nun in Neuwied verteidigen mußten, kam es zu Straßenkämpfen, zur Beschießung der Stadt, zu schweren Plünderungen. Und als endlich die Österreicher siegreich in die Stadt eindrangen, da waren es ausgerechnet die wilden Truppen aus Kroatien und Slawonien, und die fingen mit dem Plündern da an, wo die Franzosen aufgehört hatten.

Das General-Hoche-Denkmal in Weißenthurm

Aus der Mitte und ersten Hälfte des neunzehnten Jahrhunderts sind mancherlei Stahlstichserien auf uns gekommen, die Sehenswürdigkeiten am Rheinlauf darstellen. Bei kaum einer fehlt das Denkmal des Generals Lazare Hoche auf einer Anhöhe über dem Rhein bei Weißenthurm.

Wer dies Denkmal bei dem Ort Weißenthurm – über Koblenz-Lützel, Mülheim Kärlich und Urmitz fahrend – sucht, findet heute das ehemals freie Gelände zum Rhein hin dicht bebaut. Die Hauptstraße von Weißenthurm führt unterhalb vorbei. Man muß die Kirche rechts passieren und dann in eine Abzweigung einbiegen, die mit einer Kurve aufwärts führt.

Das sarkophagartige Unterteil, der darüber aufragende Obelisk bieten sich noch genauso wie auf den alten Stichen; darunter aber ist ein Sockel aus Basalt und Tuffsteinen aufgemauert, die Umgebung rundum ist parkartig gepflegt und mit aufwendigen Mauern und Gittern umgeben.

Eine Bronzetafel berichtet, daß diese grandiose Erweiterung im Jahre 1928 vorgenommen wurde, und daß bei der Einweihung der Hochkommissar der französisch besetzten Rheinlande und der General der Rheinarmee anwesend waren. Darüberhinaus nahmen damals an der Feier Nachkommen General Hoches teil sowie der Marschall Ferdinand Foch, der entscheidend zum Sieg Frankreichs im Ersten Weltkrieg beigetragen hatte.

Gewiß hat es damals für die Rheinländer einen bitteren Geschmack gehabt nach verlorenem Krieg, nach dem Friedensvertrag von Versailles und neun Jahren

französischer Besatzung einen General geehrt zu sehen, der rund 130 Jahre zuvor hier ebenfalls siegreich gewesen war. Lazare Hoche ist einer jener Revolutionsgeneräle, die durch ihre Tüchtigkeit in den kriegerischen Zeiten nach 1792 rasch emporstiegen.

Er hatte als Stallbursche im königlichen Marstall zu Versailles angefangen und war mit 16 in die Gardes Françaises aufgenommen worden. Mit Ausbruch der Revolution 1789 wechselte er zur Nationalgarde und war vier Jahre später als Leutnant Adjutant des Generals Dumouriez. Allerdings lief dieser General zu den Österreichern über, und Leutnant Hoche geriet in Verdacht bei den radikalen Konventsmitgliedern. Er kam ins Gefängnis. Aber dort entwarf er einen Kriegsplan, der Bewunderung erregte. Man ließ ihn frei und übertrug ihm die Verteidigung der Festung Dünkirchen gegen die Engländer.

Der Erfolg brachte Hoche die Generalsepauletten und den Befehl über die damals ziemlich aus den Fugen militärischer Disziplin geratene Mosel-Armee.

Er bekam seine Soldaten rasch in den Griff, siegte in der Pfalz gegen Preußen und Österreicher, warf den österreichischen Generalfeldmarschall von Wurmser aus den Befestigungen der Weißenburger-Linie im Elsaß, sprengte den Einschließungsring der Festung Landau. – Diese Kämpfe sind auf einem Bronzerelief am Obelisken in Weißenthurm verherrlicht.

Ein anderes Relief zeigt General Hoche bei der Vertreibung der Emigrantenarmee von der Halbinsel Quiberon.

Die Schreckensherrschaft ging 1794 mit dem Sturz Robespierres zuende. Aber die Weisung blieb bestehen, alle Gegner der Revolution schonungslos niederzumachen. Dagegen wandte sich der junge General. Und es zeigte sich, daß mit Schonung der Besiegten mehr zu erreichen war als mit unmenschlicher Härte. Der jahrelang immer wieder aufbrechende Widerstand der Vendee-Bevölkerung gegen das Revolutionsregime endete. Die Aufständischen legten die Waffen nieder. Auch von diesem Sieg der Fairness kündet eine Bronzetafel.

Anfang 1797 erhielt General Hoche den Oberbefehl über die Sambre und Maas Armee, achtzigtausend Mann stark.

Und das Weißenthurmer Denkmal ist denn auch von dieser Armee ihrem General gewidmet worden:

„L'Armee de Sambre et Meuse a son General en Chef Hoche" steht in Bronzebuchstaben auf dem Obelisken. Man sieht von hier über den Rhein, über die Neuwieder Ebene bis zu den Vorhöhen des Westerwaldes; man sieht die moderne Brücke, die wenig unterhalb den Strom quert.

Auf einer Schiffbrücke überschritt General Hoche mit seiner Armee hier am 18. April 1797 den Rhein. Die vierte Bronzetafel stellt die „Schlacht von Neuwied" dar. – Alle Tafeln sind übrigens Kopien aus Versailles.

Aber ehe wir uns diesem Rheinübergang und der darauf folgenden Schlacht zuwenden, wollen wir die Lebensbeschreibung des Lazare Hoche abschließen. Sie umfaßt jetzt nur noch wenige Monate.

In Frankreich, in Paris war die Revolution zuende. Die neue Exekutive, das fünfköpfige Direktorium, versprach ruhigere Zeiten, Ausgleich der Gegensätze, Aufhebung der Verfolgungen. Aber die politischen Führer kamen aus der Gesetzlosigkeit der Revolution. Man intrigierte gegeneinander, bekämpfte einander. General Hoche ließ sich in diese Machenschaften hineinziehen. Mit 12 000 Mann marschierte er von der Lahn nach Paris. Vorwand war ein Unternehmen gegen Irland.

Jahre zuvor war Hoche dabei gescheitert; ein Sturm hatte die Landungsflotte auseinandergetrieben.

Übrigens hatte Barras, der Hauptdrahtzieher im Direktorium, sich vorher an den anderen berühmten und erfolgreichen General um militärische Hilfe gewandt, an Napoleon Bonaparte. Der aber hatte nicht einmal geantwortet.

Ob General Hoche ganz begriffen hat, daß es um nicht mehr und nicht weniger ging als um die Aufhebung der Volksvertretung, mag offen bleiben. Jedenfalls wartete er – mit seiner Truppe an der Bannmeile von Paris angelangt – vergebens auf den Befehl zum Einsatz. Die Aufrührer vom Direktorium hatte der Mut verlassen.

Hoche zog sich zurück. Er war wütend und beantragte eine amtliche Untersuchung, auch gegen sich selbst.

In seinem Hauptquartier in Wetzlar ist er noch im September desselben für ihn so entscheidenden Jahres 1797 gestorben. Es heißt, er sei vergiftet worden. Er war 29 Jahre alt. – Den damals geplanten Staatsstreich führte zwei Jahre später Napoleon Bonaparte in eigener Regie aus.

Aber nun von der großen Politik zurück zum kleinen Fürstentum und zur Stadt Neuwied.

Die Schiffbrücke, die im September 1795 über den Rhein geschlagen worden war, blieb bestehen, auch als die Österreicher die Franzosen auf einen Brückenkopf am rechten Ufer zurückgedrängt hatten. Von diesem Brückenkopf aus beschossen die Franzosen wohlverschanzt die Stadt.

Der Magistrat raffte sich endlich auf und entsandte eine Delegation an den Divisionsgeneral Bernadotte, mit dem ja schon mehrfach verhandelt worden war. Bernadotte blieb zunächst hart. Er sagte: „Ihr Neuwieder habt, während wir in der Stadt gegen die Österreicher kämpften, die Sturmglocke geläutet. Und damit habt ihr bewiesen, daß ihr Feinde der Französischen Republik seid."

Die Herren vom Magistrat widersprachen: „Die Sturmglocke wurde nur geläutet, weil geplündert worden ist." „Geplündert?" tat der General sehr erstaunt. „Aber das können ja nur die Österreicher gewesen sein. Ein französischer Soldat plündert nicht."

Die Herren vom Magistrat hüteten sich wohl, eine andere Meinung zu äußern. Und so wurde Bernadotte zugänglich und sagte: „Eigentlich haben die Neuwieder immer gezeigt, daß sie friedliche Leute sind. Sie sind unseren Truppen auch sehr entgegenkommende Wirte gewesen. Die Stadt soll also fortan nicht mehr beschossen werden."

Der herannahende Winter machte ohnedies – wie damals üblich – den Kampfhandlungen ein Ende. Es wurde ein Waffenstillstand geschlossen.

Die Fürstin Luise zu Wied war inzwischen bemüht, für ihre Stadt größere Sicherheit zu bekommen. Sie war zum damaligen General en Chef der Sambre und Maas Armee nach Frankfurt gereist. Es war General Jourdain, der Sieger der Entscheidungsschlacht von Fleurus, die den Franzosen ganz Belgien und das linke Rheingebiet geöffnet hatte.

Eine Reise in dieser militärisch ereignisreichen Zeit war für die Fürstin sicher kein Vergnügen. Aber ihr Gatte Friedrich-Karl, von dem wir ja schon genug Kurioses gehört haben, trieb sich in Wetzlar beim Reichskammergericht, in Regensburg beim Reichstag und schließlich in Wien am kaiserlichen Hof herum.

General Jourdain ließ sich erweichen und stellte für die Stadt Neuwied einen Schutzbrief aus.

Der Winter und das Frühjahr vergingen in erfreulicher Ruhe und Ereignislosigkeit. Aber am 1. Juni

1796 kündigten die Österreicher den Waffenstillstand. Sie sollten es bereuen; denn am selben Tage noch griffen die Franzosen an. Sie trieben die Österreicher von der Sieg in den Westerwald hinein, marschierten auch am Ufer rheinauf. Am 3. Juni waren sie schon in Unkel, am 4. Juni in Hönningen. Österreicher und Reichstruppen zogen sich zurück. Am 5. Juni verließen die letzten Truppen Neuwied. Es waren Münstersche Dragoner, also Truppen, die zur kleinen Armee des Kurfürsten von Köln gehörten.

Anderthalb Stunden herrscht atemlose Stille. Dann ertönt von neuem Pferdegetrappel und das Rattern der Geschützräder, der Marschtritt der Kolonnen, die Befehle, französische Befehle.

Auf dem Rathaus werden Wein, Bier und Brot an die Soldaten verteilt. Aber das langt natürlich nicht. Es muß requiriert werden: Brot, Fleisch, Pferdefutter.

Schlimmer ist, daß man von ferne Geschützdonner hört. Offenbar leisten die Österreicher Widerstand. Und über die Schiffbrücke rückt französische Verstärkung heran, Regiment auf Regiment. Sogar der General en chef Jourdain nimmt in dieser Nacht im Neuwieder Schloß Quartier.

Am nächsten Morgen reitet er mit seinem Stab weiter zur Lahn.

Von da treffen Bauernwagen ein, beladen mit Verwundeten, die bald alle Spitäler und die größeren Privathäuser füllen.

Französische Soldaten gehen von Haus zu Haus: Ein Mann aus jedem Gebäude mit Hacke und Schaufel heraus! – Sie müssen die Erdbefestigungen, die die Österreicher rund um die Stadt angelegt haben, einebnen.

Die Nachricht, daß der junge Feldherr Österreichs, der Erzherzog Karl die Franzosen bei Wetzlar geschlagen hat, trifft verspätet in Neuwied ein; denn schon

Stunden danach erscheint auf den Heddesdorfer Höhen österreichische Kavallerie. Artillerie protzt am Höhenrand ab. Die ersten Kugeln fliegen in die Stadt.

Und wieder vollzieht sich das nun schon gewohnte Schauspiel: Die Franzosen ziehen sich in ihren befestigten Brückenkopf zurück. Diesmal sind sie gerade vierzehn Tage in der Stadt gewesen.

Jetzt aber eröffnen sie vom linken Ufer und vom Brückenkopf eine rücksichtslose Kanonade. Zwanzig Häuser werden beschädigt. Bei der reformierten Kirche wird ein zehnjähriger Mädchen getötet. Ein französischer Offizier, der mit weißer Fahne nach Neuwied hereinkommt – er hat Depeschen an das österreichische Hauptquartier zu bringen – versichert der wütenden Bevölkerung, der Kommandeur habe streng verboten, in die Stadt zu schießen. Und die Kanoniere würden sicher bestraft. Aber das glaubt man nun nicht mehr.

Die Hauptmacht der Österreicher, die inzwischen in der Ebene angekommen ist, zählt nach Tausenden. Sie kampiert, sehr zur Freude der Neuwieder, draußen im Feld zwischen Wied und Saynbach. Die Bauern allerdings jammern: das Getreide mußte in aller Hast und viel zu früh abgemäht werden.

Mit den Truppen ist auch der Erzherzog Karl gekommen, noch keine 25 Jahre alt, ein strahlender Feldherr und Held, der eben noch bei Kircheib im Westerwald den berühmten General Kleber blutig geschlagen hat.

Selbstverständlich erscheint der Magistrat im Neuwieder Schloß, vom Erzherzog huldvoll empfangen, und versichert Devotion und Anhänglichkeit. Aber lange blieben die Österreicher nicht, kaum eine Woche. Die Franzosen haben vom linken Ufer mit einer grausamen Beschießung der Neuwieder Ebene begonnen, aber das kann nicht der Grund sein, weshalb die Österreicher so rasch sammeln, die Geschütze bespannen und abziehen.

Die Franzosen setzen diesmal mit Elan nach, und es geht nicht ohne Verluste ab. Im Westerwald und an der Lahn kommt es zu Rückzugsgefechten. Österreichische Gefangene werden in die Stadt gebracht.

Im Neuwieder Schloß residiert wieder General Jourdain.

Es wird still am Rhein, denn die Österreicher haben sich diesmal bis über den Main zurückgezogen.

Die Konstellation auf dem europäischen Kriegstheater hat sich verändert, das ist der Grund für den Rückzug. Ein neuer General hat die seit langem stockenden Operationen in Italien wieder in Gang gebracht, ist durch Piemont und die österreichische Lombardei vorgestoßen, hat Piacenza erobert: Napoleon Bonaparte.

Gegen ihn müssen Verstärkungen herangeführt werden, und das bedeutet, die Verteidigung des Reiches wird geschwächt. Schon bricht die österreichische Front am Oberrhein zusammen, und die Franzosen dringen bis zum Lech vor.

Am Rhein wehrt sich nur noch die Festung Ehrenbreitstein gegen die Franzosen. Sie wird 11 Wochen eingeschlossen aushalten müssen, ehe wieder einmal Erzherzog Karl aus der Gegend von Ingolstadt zum Gegenstoß ansetzt, den Main erreicht, überschreitet und am 29. September 1796 auf den Höhen über der Rheinebene steht.

Diesmal nehmen die Franzosen den Kampf an. Es kostet die Österreicher viel Blut, ehe sie Heddesdorf erobert haben. Dann dringen sie durch den Schloßgarten in die Stadt Neuwied ein. Stundenlang tobt ein furchtbarer Straßenkampf, in den die französische Artillerie mit Kugeln und Kartätschen eingreift. Die Neuwieder hocken in den Kellern.

Endlich um sieben Uhr, die Dämmerung sinkt, hört das Schießen auf. Die Gegner haben einen Waffenstillstand vereinbart.

Aber was soll am Morgen werden? Die Front geht mitten durch die Stadt. Die Soldaten schleppen Möbelstücke, Fässer, Gerätschaften, Wagen aus den Häusern und Höfen und errichten Barrikaden.

Aber während die Soldaten sich auf den neuen Kampf vorbereiten, treffen sich die feindlichen Generäle im Schloß. Man beschließt – und soviel Humanität und Vernunft mag uns heute beschämen – die Stadt zu räumen und für neutral zu erklären.

Da atmeten denn die Neuwieder auf. Die beiden Kriegsparteien werden ihnen und ihrer Stadt nichts antun. Aber der Haken war, nun ließ man niemand mehr hinein und niemand heraus!

Abgewiesen wurden die Bauern, die Müller, die Lebensmittel bringen wollten, zurückgescheucht wurden die Neuwieder, die sich auf den Weg gemacht hatten, um in den Dörfern einzukaufen. Gewiß, es gab Gärten genug, es gab auch Vieh in der Stadt, und doch begann man zu hungern, denn die Nahrung wurde immer teurer. Im Oktober 1796 zahlte man für ein Pfund Butter 26 Stüber, der normale Preis lag bei 7 Stüber. Da die Mühlen draußen vor der Stadt waren, mußte man die Kaffeemühlen nehmen, um Roggen und Weizen zu mahlen.

Man konnte nur auf die kalte Jahreszeit hoffen, in der der Krieg erfahrungsgemäß seinen Winterschlaf hielt. Und schon beobachtete man hoffnungsvoll, wie die gegnerischen Vorposten draußen im Feld sich trafen und Branntwein und Tabak tauschten.

Auch die Generalität vergaß die Feindseligkeit. Am 7. Dezember sagten sich die Österreicher zu einem Essen im Schloß an. Sie verlangten vom Stadtmagistrat

30 Gedecke. Einen Tag später erschienen die Franzosen, um das gemeinsame Bankett vorzubereiten. Sie erboten sich sogar, die erforderlichen Zutaten zu bezahlen und brachten einen eigenen Koch mit.

Man traf sich im Verlauf des Winters noch öfter zu friedlichen Schmausereien, aber das konnte die Neuwieder nicht von der Sorge befreien, im nächsten Frühjahr würde sich der Vorhang erneut über dem Kriegsschauspiel heben.

Der Magistrat nutzte die Ruhe. Abordnungen baten beim österreichischen Oberbefehlshaber, bei Erzherzog Karl, der Stadt den Status der Neutralität zu geben. Der Erzherzog fand sich bereit.

Und nun reiste die Deputation rheinab nach Köln. Dort war das Hauptquartier des neuen General en chef der Maas und Sambre Armee. Es war nun seit Februar 1797 General Lazare Hoche. – Der schüttelte den Kopf. Was maßten diese Bürger sich an, wieso sollte ausgerechnet Neuwied von den Operationen ausgeschlossen bleiben?

Als dann die Franzosen – diesmal recht früh – am 13. April – den winterlichen Waffenstillstand für beendet erklärten, da begannen die Bewohner von Neuwied zu zittern; denn zu allem Unglück kam der österreichische Generalfeldmarschall Jellachich mit 6 000 Mann in die Stadt und schwor, Neuwied zu verteidigen, bis es nur noch ein Steinhaufen wäre.

Jellachich war Kroate, man kannte diese wilden Draufgänger.

Lob dem Magistrat, der seine Furcht überwandt und nicht resignierte, sondern, obwohl der Kampf jede Stunde ausbrechen konnte, nocheinmal eine Abordnung losschickte. Diesmal brauchte man nur bis Koblenz zu reisen. General Hoche hatte sich dem Hauptpunkt des Geschehens bereits genähert. Wir wissen, er war kein Unmensch. Er hörte sich die kläglichen Bitten der Stadtvertreter an.

Drüben in Neuwied schleppten die Bürger bereits die Möbel in den Keller, vergruben die Wertsachen, füllten die Wasserbehälter, um Brände zu löschen.

Da, es war der 15. April, kamen die Abgeordneten zurück. Sie winkten von weitem mit strahlenden Gesichtern. General Hoche hatte eingewilligt. Nun war Neuwied von beiden Kriegsparteien für neutral erklärt worden.

Die Neuwieder haben die ganze Nacht auf den Straßen getanzt und weit ins Land schallten ihre Jubelrufe: „Wir sind neutral! Wir sind neutral!“

Noch in dieser Nacht wurden Schilder gemalt, Pfähle zugespitzt. Und am Morgen wurden diese Schilder draußen im Feld zweihundert Schritt vor den Mauern rundum aufgestellt: „Neutrale Stadt – Ville neutre –“

Man hatte gut daran getan, sich zu beeilen. Den ersten Osterfeiertag konnte man noch in Ruhe und Frieden begehen, es war der 18. April 1797. Aber in der Nacht hob das Rumpeln der Wagen, der Marschtritt der Kolonnen auf der Brücke an. Musik erscholl, die Clairons schmetterten, Regiment auf Regiment quoll aus dem Brückenkopf in die Ebene nach Engers zu. Und als die Sonne aufging, da standen dort 40 000 Franzosen.

Die Österreicher – es waren kaum 8 000 Mann – hätten vernünftigerweise und nach allem Kriegsbrauch zurückgehen müssen. Aber sie standen und warteten.

Ein österreichischer Parlamentär preschte über die Ebene den Franzosen entgegen. „Wo finde ich den General?“

Wollten die Österreicher sich ergeben?

Er reichte dem General Hoche eine Depesche: „Von General Freiherr von Kray!“

Kray war derzeit Befehlshaber am Rhein.

Der General Hoche las, im österreichischen Lager sei an diesem Morgen die Nachricht eingetroffen, daß Erzherzog Karl mit dem General en chef Bonaparte in Leoben in der Steiermark Frieden geschlossen habe.

Er schüttelte den Kopf. Davon wußte er nichts. Er wußte nicht einmal, daß dieser Bonaparte bereits bis in die Steiermark – also in österreichisches Stammland – vorgedrungen war.

Aber man traf sich; Kray und Hoche begrüßten sich an diesem Morgen beim allgemeinen Friedhof. „Von einem Friedensschluß ist mir nichts bekannt," sagte Hoche. „Aber immerhin bin ich bereit, einen Waffenstillstand abzuschließen."

„Wie wären Ihre Bedingungen, General?" fragte Kray.

Die österreichischen Truppen müßten sich sofort bis zur Lahn zurückziehen und die Festung Ehrenbreitstein öffnen."

Es herrschte eine Zeitlang Schweigen, ehe der Österreicher mit müder Stimme sagte: „Das kann ich nicht, das ist zuviel verlangt."

Man trennte sich salutierend. Kray wußte genau, für einen geordneten Rückzug war es zu spät. Und eine überstürzte Flucht würde vielleicht mehr Verluste kosten als der Kampf. Überdies, die militärische Ehre war nun im Spiel trotz der hoffnungslosen Unterlegenheit.

Der Kampf entbrannte mit einem Vorstoß der reitenden französischen Artillerie auf der Heddesdorfer Straße. Der Ort war im Augenblick erobert. Und nun wurden die schwachen österreichischen Linien überall durchbrochen. Nur eine einzige mit Geschützen bestückte Erdbefestigung auf halber Höhe hielt sich noch lange, während die zersprengten Österreicher schon in die Westerwaldtäler flüchteten.

Die „Schlacht von Neuwied" war bald geschlagen.

Die Österreicher verloren alle Geschütze, 3 000 Mann wurden gefangen. Die sinnlose Schlacht hatte auf beiden Seiten insgesamt 1 000 Tote gekostet. Die Franzosen unter General Hoche rückten vor. Und sie hatten schon die Mainlinie erreicht, als endlich am 24. April die Nachricht bestätigt wurde, daß tatsächlich am 18. April 1797 in Leoben der Präliminarfriede geschlossen worden war, dem dann sechs Monate später der Friede von Campo Formio folgte.

Neuwied blieb nun wegen der Schiffbrücke ein wichtiger Ort und bekam reichlich französische Einquartierung. Aber nun blieb Zeit, daß sich das Verhältnis zwischen Bürgern und Soldaten eher freundschaftlich entwickeln konnte. Es blieb lange Zeit und Ruhe, bis 17 Jahre später, auf Neujahr 1814 die Kosaken kamen, die hier einen Rheinübergang in umgekehrter Richtung vornahmen, genauso wie weiter oberhalb in Kaub der alte Blücher.

Das Denkmal für den General Hoche war inzwischen verfallen. 1839 wurde der preußische König Friedrich Wilhelm III. darauf aufmerksam, und er ließ das Monument wiederherstellen. – Napoleon hatte keinen Wert darauf gelegt. Hoche war ein General, der sich in die Politik gemischt hatte, und das stand nur dem General Bonaparte zu.

Nach dem Ersten Weltkrieg wurden die sterblichen Überreste Lazare Hoches neben dem Obelisken beigesetzt, sie waren bis dahin in Koblenz-Lützel bestattet gewesen. Sein Herz aber blieb im Invalidendom zu Paris.

Nun, von 1919 an, stand ein französischer Doppelposten bei dem Denkmal. Er stand dort bis zum Kriegsausbruch 1939. Aber auch heute noch ist der Park um das Denkmal exterritoriales französisches Gebiet.

Die Rheinländer haben dem General Lazare Hoche einiges zu danken, wenigstens seinen guten Willen. – Die Französische Verwaltung der eroberten Gebiete hatte auf Druck von Paris hin das „befreite“ Volk kräftig ausgebeutet. Es waren nicht nur die bisherigen Abgaben an die ehemaligen geistlichen und weltlichen Herren jetzt an die Franzosen zu zahlen, die für die Zivilverwaltung eingesetzten „Volksrepräsentanten“ verlangten von den linksrheinischen eroberten Gebieten eine Kriegskontribution von 25 Millionen Livres, in vollwertiger Münze innerhalb eines Monats zu zahlen. Dazu kamen die Requisitionen, die jede Truppenabteilung auf eigene Faust betrieb: Getreide, Schlachtvieh, Stroh, Heu, Kleider und Schuhe und was sonst benötigt wurde.

Kaufleute, Wirte, Handwerker wurden ruiniert, weil die Franzosen sie mit den mittlerweile völlig wertlosen Assignaten – dem Papiergeld der Revolution – bezahlten.

Das alles wurde anders, als das Direktorium in Paris im Februar 1797 dem General Hoche die Verwaltung der eroberten Gebiete übertrug. Er bestimmte sofort daß alle Geld- und Sach-Kontributionen sofort aufzuhören hätten und daß alle Lieferungen für die Truppen ordentlich und mit echter Münze zu bezahlen seien. – Die Verwaltung wurde geordnet mit der Zentrale in Bonn und den sechs Bezirken: Kreuznach, Zweibrükken, Köln, Trier, Jülich und Geldern.

General Hoche trug damit einer gewissen Kriegsmüdigkeit Rechnung, die sich in Frankreich zeigte und in dem Bestreben Ausdruck fand, die eroberten Gebiete friedlich an die Französische Republik zu binden.

Es gab genug rheinische Köpfe, die eine „Cisrhenanische Republik“ unter der Schutzherrschaft Frankreichs für die beste Konsolidierung der Lage hielten, allen voran der junge Koblenzer Joseph Görres, mit dem Lazare Hoche in Verbindung stand.

Daß dann – noch im selben Jahr 1797 in Paris erneut die Kriegspartei die Oberhand gewann, zerschlug die Pläne General Hoches. Und der Tod dieses jungen, erfolgreichen und damit einflußreichen Generals im September 1797 kam den Kriegstreibern in Frankreich sicher sehr gelegen.

Die Franzosen in Koblenz

Die französische Revolutionsarmee hatte Koblenz fast ohne Kampf besetzt. Das geschah im Oktober 1794.

Die Koblenzer Bürger hatten genug zu stöhnen über die Kosten der Einquartierung und die Unbequemlichkeiten, die damit verbunden waren. Aber richtig gefährlich war die Situation, weil gegenüber auf der Höhe am anderen Rheinufer die Festung Ehrenbreitstein immer noch von österreichischen, kurtrierischen und anderen Truppen gehalten wurde, die gern, wenn sie französische Truppen im Feld und auf den Hängen um Koblenz sahen, die Kanonen dorthin richteten. Und die damalige Artillerie war nicht allzu treffsicher. So fiel manche Kanonenkugel in die Straßen und auf die Dächer von Koblenz.

Die Franzosen machten sich zum Beispiel den Spaß, ein Schiff die Mosel abwärts und zum Rhein treiben zu lassen, auf das sie mit Stroh ausgestopfte Uniformen gesetzt hatten. Sofort begann die Kanonade vom Ehrenbreitstein herunter. In Koblenz hat man 150 Schuß gezählt, ein einziger traf das leere Schiff.

Immerhin haben die Koblenzer das Glück gehabt – wenigstens zu Anfang – daß der General Marceau mit seinen Truppen die Stadt besetzte, und das war ein höchst anständiger und nobler Offizier.

Seine Truppe aber, 7 000 bis 8 000 Mann, bot einen Anblick, wie die Koblenzer ihn noch nie gesehen hatten, nichtmal bei den preußischen Soldaten, als die, von endlosen Märschen, Krankheit und den Wetterunbilden geschwächt, zwei Jahre zuvor aus Frankreich zurückmarschierten.

Ein großer Teil der französischen Truppen war ohne Schuhe und Strümpfe, die Hosen waren zerrissen, die

Röcke hielten oft nur mit Bindfäden zusammen, neben Zivilhüten und -mänteln sah man alle Farben, alle Uniformen der Gegner, mit denen die Franzosen von den Niederlanden bis hierher an den Mittelrhein zu tun bekommen hatten. Diese Truppe war ja tatsächlich immer an der Front gewesen gegen Holländer, Österreicher, Kurkölner, Bergische, Preußen, Kurtrierer, Hessen und so weiter, eine Lumpenarmee, aber sie hatte gesiegt.

Aber natürlich hatten die Soldaten das Bedürfnis, jetzt, da sie überlebt hatten und endlich einigermaßen zur Ruhe gekommen waren, das Leben ein wenig zu genießen.

Die Koblenzer Bürger, die alles Interesse hatten, sich bei der neuen Besatzung lieb Kind zu machen, gaben den Franzosen am ersten Abend nach der Eroberung soviel Wein wie sie nur wollten, und das war nicht wenig.

Die Folge war, die armen Kerle wurden aufmüpfig gegen ihre Offiziere, verprügelten einige und zeigten, daß ihnen im Grunde dieser Eroberungskrieg in fremdem Land zum Halse heraushing.

Gleich am nächsten Tag wurde denn auch die strengste Verordnung erlassen, daß kein Soldat eine Wirtschaft betreten dürfe und es den Bürgern verboten sei, Wein auszuschenken.

Die Österreicher drüben auf der rechten Rheinseite beobachteten das Treiben des Feindes. Und einer schreibt:

„Wie ich durch mein Fernrohr sah, waren die Franzosen am Rheinufer mit Waschen, Flicken und Läusesuchen beschäftigt. Es waren elende Kerle, zerlumpt, verhungert, barfuß. Man sah manch einen, der sein dürres Hinterteil entblößte und gegen die Festung Ehrenbreitstein kehrte."

Es war bei den Posten am Rhein üblich, die Österreicher drüben in ihren weißen Uniformen mit den wüstesten Beschimpfungen zu ärgern. Das ging soweit, daß der österreichische Befehlshaber, der auf der rechten Rheinseite das Kommando hatte, einen Parlamentär mit der weißen Fahne im Nachen über den Rhein schickte. Der legte beim General Marceau Beschwerde ein wegen der ständigen Beleidigungen gegen die österreichische Armee. Und tatsächlich, der General Marceau sorgte dafür, daß man fortan auf Posten den Mund hielt. Den Hintern aber zeigten die Franzosen weiterhin, denn das ließ sich unbemerkt von den eigenen Offizieren machen.

Der gute General Marceau

Im Oktober 1794 war die französische Revolutionsarmee auf ihrem raschen Siegeszug nach Koblenz gekommen. Der General der Truppen war François Marceau, ein ehrenwerter und vernünftiger junger Offizier.

Er forderte von den Koblenzer Bürgern nicht mehr als nötig war: für die nächsten vier Tage jeweils täglich 7 000 Brote und insgesamt 20 000 Pfund Salz, dazu Bettzeug für die Lazarette und vor allem 2 500 Paar Schuhe.

An Schuhen fehlte es der französischen Infanterie vor allem, schließlich war sie siegreich von Holland bis zum Mittelrhein marschiert. Für die Pferde war natürlich auch das Futter zu liefern.

Leider wurde bald bekannt, daß der General Marceau Befehl bekommen habe, von Koblenz mit seinen Truppen wieder nach Bonn zurückzugehen.

In diesen Tagen kam ein junger Leutnant der kaiserlich-österreichischen Truppen vom rechten Rheinufer herüber: der Graf Hugo von Eltz. Er hatte einen Trompeter dabei. Die Signale, die der blies, wiesen den Leutnant als Parlamentär aus. Er war allerdings ein Parlamentär in eigener Sache. In seinem elterlichen Haus in Koblenz logierte der General Marceau mit seinem Stab. Graf Eltz bat den General, das Portrait des 1790 verstorbenen Kaisers Joseph II. mitnehmen zu dürfen. Er war erstaunt über die Generosität des Franzosen. Marceau sagte: „Lieber Graf, aus Ihrem elterlichen Hause dürfen Sie mitnehmen, was immer Sie wollen!“ – Man kam ins Gespräch, und Marceau versicherte, er sei sehr traurig, Koblenz wieder verlassen zu müssen. Und er sagte: „Die armen Bürger werden mit dem neuen Befehlshaber recht unruhig leben. Das ist nämlich kein sehr gnädiger und umgänglicher Herr."

Das waren trübe Aussichten für die Koblenzer. Sie hatten inzwischen alle Waffen abgeben müssen. Und alle trugen laut Vorschrift die blau-weiß-rote Kokarde. Sogar dem blinden Jeckes, der vor den Kirchentüren bettelte, hatte man so ein Emblem angesteckt.

Ganz unversehrt war Koblenz nach den Schäden durch die kurze Beschießung nicht geblieben unter der Besatzung. Das Sankt Thomas-Kloster war abgebrannt. Die Nonnen waren beizeiten, ehe die Franzosen auch nur in die Nähe kamen, ins Sauerland geflüchtet. Sie hatten den Wein aus dem Keller, die Möbel aus den Räumen, die Vorräte mitgenommen. Natürlich waren die Franzosen wütend, als sie den prächtigen Bau leer und ohne Beute fanden, und sie zündeten ihn an.

Überhaupt waren die Ordensfrauen besonders ängstlich vor den französischen Heiden – wie man sagte. Die Fräulein von Oberwerth waren über den Rhein nach Kamp geflohen; die Damen aus dem Hohen Kloster von Boppard hatten sich nach Frankfurt davongemacht.

Allerdings, auch bei den leidlich disziplinierten Truppen des Generals Marceau lockerte sich die Ordnung, als bekannt wurde, daß sie aus Koblenz abmarschieren würden.

Eine Kompanie, die bis dahin friedlich im Karmeliter-Kloster einquartiert gewesen war, brach in Küche und Keller ein, obwohl die Patres für beste Verpflegung gesorgt hatten. Was die Soldaten nicht mitnehmen konnten, das zerschlugen und verdarben sie. Der Kellerboden soff den Wein.

Die Patres läuteten Sturm mit allen Glocken. Aber niemand kam, ihnen zu helfen.

General Marceau versuchte den Koblenzer nocheinmal zu zeigen, daß seine Truppen diszipliniert seien.

Bevor er morgens um sechs ausmarschierte, defilierten die Soldaten zwei Stunden durch die Stadt.

Für die Bürger aber begannen jetzt schwere Zeiten.

Teure Freiheit

In Koblenz vor dem Schloß stand seit dem Oktober 1794 der Freiheitsbaum der Franzosen, geschmückt mit Jakobinermütze und blau-weiß-roten Bändern. Der sehr humane und korrekte General Marceau, der die Stadt eingenommen hatte, war mit seinen Truppen zum großen Bedauern der Bürger abgezogen. Statt seiner war mit 3 000 Mann ein General der Moselarmee gekommen, der als bösartig bekannt war.

Viel schlimmer aber war die französische Zivilverwaltung, die jetzt mit der Arbeit anfing, das heißt mit unerhörten Geldforderungen, die sich auf anderthalb Millionen Livres beliefen. Angesehene Bürger der Stadt waren als Geiseln ausgewählt und sollten nach Frankreich abtransportiert werden, wenn nicht pünktlich gezahlt würde.

Drei Honoratioren reisten aus Koblenz nach Paris, um dort den Wohlfahrtsausschuß zu bitten, die Zahlungsforderung zu ermäßigen.

Aus Paris aber kam ein neuer Volksrepräsentant, noch unerbittlicher als der bisherige. Dieser Neveu pflegte die Stadträte nur als „vereinigte Aristokraten" zu bezeichnen, und behandelte sie entsprechend. Er forderte unter schärfsten Strafandrohungen die sofortige Zahlung. Der Befehl wurde noch abends um sieben Uhr in den Straßen von Koblenz verlesen. Der Vorlesende war von zwei Fackelträgern flankiert. Und den armen Bürgern lief ein Schauder über den Rücken.

Am folgenden Tag brachte der Magistrat eine weitere Zahlung von 100 000 Livres zustande. Aber das war dem Repräsentanten Neveu nicht genug. Er drohte, die Stadtväter allesamt nach Metz auf die Festung zu transportieren, alle reichen Bürger einsperren zu lassen.

Und, was noch schlimmer war, er belegte die Stadt mit einer Strafe von weiteren 100 000 Livres

Bürgermeister und Stadtrat gaben die Hoffnung auf.

Da faßte sich eine Bürgerdelegation ein Herz und sprach bei dem unerbittlichen Repräsentanten vor. Und wirklich, diese Deputation schaffte es, die Geldstrafe abzuwenden und eine neue Zahlungsfrist herauszuhandeln. Ja, der sonst so brutale Neveu klagte, daß ihm selber der Wohlfahrtsausschuß in Paris im Nacken säße und ihn zu dieser Härte dränge. Dort, in Paris war ja inzwischen die Zeit des Terrors angebrochen und die Guillotine bedrohte jeden; waren doch bereits 16 Generäle unter dem Fallbeil geendet.

Die Geldforderungen waren nicht das einzige, was die Koblenzer Bürger bedrückte. Matratzen und Bettdecken mußten abgegeben werden, die Handmühlen für Getreide wurden beschlagnahmt, die Schlitten wurden requiriert. Die Gerber mußten ihre Ledervorräte ausliefern.

Inzwischen aber kehrte der General Marceau, der gute General, nach Koblenz zurück, und man atmete ein wenig auf.

Seine erste Maßnahme war ein Befehl, daß Offiziere bei ihrer Quartiersleuten nicht je ein Zimmer beanspruchen dürften, sondern gefälligst zu zwei und drei zusammenlogieren sollten.

Am 11. Januar 1795 hatte er einen Ball für die Bürger und die Offiziere angeordnet. Die erforderlichen Weine und Lebensmittel waren allerdings requiriert worden. Trotzdem, man nahm die Festlichkeit allgemein als Geste der Versöhnung.

Schon der Anfang der Vergnügung wurde gestört. Zehn einfache Soldaten vom Reiterregiment hatten sich eingeschlichen und bereits über das Buffet hergemacht. Sie prahlten, ihre Kameraden würden noch nachkommen. Kaum war General Marceau eingetroffen, da warf er die Chasseurs eigenhändig die Treppe hinunter. Soweit ging bei ihm die Egalité nun doch nicht.

Als der Tumult, der natürlich entstanden war, sich gelegt hatte, stellte man fest, das Glanzstück des Buffets, ein gefüllter Wildschweinkopf war verschwunden. Ein Offizier, der den Saal eben verlassen wollte, wurde mit der Beute erwischt. Er wurde vom General gehörig abgekanzelt und für den nächsten Tag zum Rapport befohlen.

Auch dieser Sturm legte sich, doch als man erneut beginnen wollte, mußte festgestellt werden, daß von den Erfrischungen und Süßigkeiten, die für die Damen bereitgestellt waren, nur noch die leeren Teller und Gläser übrig waren.

Die Franzosen gaben den deutschen Gästen die Schuld. Die schwiegen verbissen. Und die schönste Tanzmusik konnte die Mißstimmung nicht mehr beheben.

Oberlahnstein zur Zeit der Revolutionskriege

Als die Franzosen mit ihrer Revolutionsarmee ins Rheinland kamen, da existierte das Heilige Römische Reich Deutscher Nation ja noch, und in Wien regierte der Kaiser Franz. Und es waren deshalb vorwiegend österreichische Truppen, die am rechten Rheinufer standen und wenn möglich ein Übersetzen der Franzosen zu verhindern hatten. So war auch das Städtchen Oberlahnstein zur Verteidigung eingerichtet worden. Aber die Franzosen kamen im Rücken der Verteidiger heran. Sie waren unterhalb von Bonn über den Rhein gesetzt und kamen durch den Westerwald und die Lahn abwärts. Und so wurde also zum schnellen Rückzug geblasen.

Es dauerte nicht lange, da verschwanden die französischen Truppen wieder, und die Österreicher rückten erneut in Oberlahnstein ein. Diesmal waren Elitetruppen dabei, die sogenannten Rotmäntler – die Seressaner – die sonst an der unruhigen Grenze gegen die Türken eingesetzt waren. Obwohl diese Ungarn und Kroaten kaum ein Wort deutsch sprachen, waren sie bei der Bevölkerung sehr beliebt ganz im Gegensatz zu den Granitzer Scharfschützen in ihren blauen Hosen, Riesenkerle, die neben dem Gewehr einen Spieß mitführten, an dem in der Mitte ein Haken war zum Auflegen des Gewehrs. Mit diesen Spießen langten sie über die Gitter vor den Läden und in die Kellerlöcher und angelten heraus, was sie brauchen konnten.

Die Rotmäntler aber brachten den Franzosen, die nun bereits auf dem rechten Rheinufer die Feste Ehrenbreitstein eingeschlossen hatten, mit tollkühnen Vorstößen oft das Fürchten bei.

Anfang Juli 1796 aber kam wieder der Befehl zum Abrücken. Die Franzosen stießen erneut von Limburg aus vor.

Kaum waren die Österreicher weg, da ruderte im Morgengrauen ein großer Nachen über den Rhein, voll mit wilden Kerlen von den Revolutionstruppen und dazu noch Anwohner aus den linksrheinischen Dörfern, die auch für Gleichheit, Freiheit und Brüderlichkeit waren. Und kaum kamen die nach Oberlahnstein, da fingen sie auch schon an zu plündern.

Die Oberlahnsteiner wehrten sich. Vor allem ein junger Mann, der bei den kurmainzischen Kürassieren gedient hatte, packte ein paar von dem Gesindel und schmiß sie aufs Pflaster. Da stach ihn ein Franzose mit dem Bajonett ins Bein. Der Verwundete rennt dem Franzosen nach, wird aber von einem anderen in die Brust geschossen.

Endlich traf aus Horchheim eine kleine Truppe regulärer französischer Truppen unter einem Hauptmann ein. Die sorgten für Ordnung. Der Hauptmann ließ vier Soldaten in der Stadt zurück zum Schutz gegen weitere Plünderungen, sogenannte Sauvegarden; solche Posten genossen damals im Kriegsrecht einen ähnlichen Schutz wie heute die Blauhelme. Sie durften nicht angegriffen werden.

Aber daran störten sich die Rotmäntler nicht. Die kamen nämlich, kaum daß die Haupttruppe der Franzosen abgezogen war, von Braubach zurück. Die Oberlahnsteiner hielten die Tore geschlossen. Sie wollten keinen Ärger mehr. Die Rotmäntler aber kannten sich aus. Die schlüpften durch eine kleine Öffnung in der Stadtmauer. Und nun gingen sie los gegen die vier Mann Sauvegarden. Einer wurde erstochen, die anderen drei verwundet. Die luden die Rotmäntler auf einen Karren, und weil eben Nachricht eintraf, die Franzosen kämen mit ziemlich bedeutenden Kräften, zogen sie eilig ab, rheinauf.

Die Franzosen aber waren wütend, daß man ihren als Sicherheitswachen aufgestellten Leuten so Übles angetan hatte. Sie drohten, Oberlahnstein an allen Ecken anzuzünden. Der Hauptmann, mit denen die Oberlahnsteiner schon einmal erfolgreich verhandelt hatten, griff ein, versicherte, die Einwohner hätten alles getan, die Sauvegarden zu retten, aber diese wilden Kerle, die Rotmäntler, hätten sich nicht abhalten lassen.

Es vergingen wenige Stunden, da kam ein Pferdekarren aus der Richtung von Braubach die Rheinstraße lang. Der brachte die drei verwundeten Sauvegarden nach Oberlahnstein zurück. Der Kutscher meldete, der Major der Rotmäntler hätte nicht schlecht getobt und seine Leute wegen dieses Übergriffs gegen Schutztruppen schwer zusammengestaucht. – Die Franzosen meinten, nun sei es Sache der Bürger von Oberlahnstein, die drei gesund zu pflegen. Das ist denn auch geschehen. Und weil alle Tage französische Offiziere aus Koblenz und der Umgebung kamen, um die drei Verwundeten zu besuchen, und weil den Oberlahnsteinern nun alles daran gelegen war, sich gut mit den Franzosen zu halten und sie also die Besucher großzügig bewirteten, ist die Angelegenheit für die Stadt sehr teuer geworden; die Stadtkasse mußte insgesamt 2 000 Gulden aufbringen.

Nach Sternen reisen

Im Fährnachen von Koblenz nach Ehrenbreitstein saßen nur ein paar Marktfrauen und ein älterer, vornehm gekleideter Herr, der einen Hund an der Leine hielt. Eine braunweiße Bracke, die aufgeregt über den Bordrandlugte.

Der Herr klagte einem jungen Mann, er sei schlecht untergebracht in seiner Pension in der Stadt.

„Ja, warum sind Sie nicht in eines unserer vorzüglichen Hotels gezogen," sagte der andere. „Im Riesen wären sie bestens aufgehoben."

„Aber woher sollte ich das wissen?" jammerte der Herr. „Bei der Poststation, gleich wie ich aus der Kutsche aussteige, nimmt mich ein Lohndiener oder Hausbursche in Beschlag, schwärmt mir das Blaue vom Himmel vor von der Pension Nepomuk. Und ich lasse mich dort hinschleppen."

Der Fährmann zieht in diesem Augenblick die Ruder ein. Man ist ziemlich in der Mitte des Stromes und ein Niederländer Frachtschiff kommt mit vollen Segeln rheinauf. Auch damals hatte die Längsfahrt Vorrecht. Auf dem Verdeck des Schiffes läuft ein Spitz vom Steuerstand zum Mast, einer dieser typischen holländischen Schiffshunde. Jetzt hat er von der Bracke im Fährnachen Wind bekommen. Er stellt sich in Positur, kläfft wütend; die Bracke bellt zurück, reißt sich mit einem Ruck los und springt ins Wasser.

Sofort zieht die Strömung das Tier mit sich, das verzweifelt mit den Pfoten rudert.

„Fahren Sie nach, retten Sie meine Ophelia. Ich zahle drei Taler!"

Der Fährmann müht sich, aber der schwere Nachen ist zu unbeweglich. Immer wieder treibt die arme

Ophelia ab, und man sieht deutlich, daß ihr die Kräfte erlahmen.

Da reißt der junge Mann sich die Jacke vom Leib, streift die Schuhe ab und springt ins Wasser. Mit wenigen Schwimmzügen hat er den Hund erreicht. Der Nachen ist näher heran, der Herr beugt sich über die Bordwand zieht erst den Hund und dann den Retter ins Boot.

„Wie soll ich Ihnen danken?" stammelt er und hält den zitternden Hund an sich gedrückt. „Was für eine mutige Tat!" Er zieht seine Börse aus der Hosentasche. „Nehmen sie all mein Geld, mein Herr! Für eine solche selbstlose Rettung ist es viel zu wenig. Ihre Kleidung ist verdorben. Sie könnten sich erkälten!"

Der junge Man hat sich die Schuhe wieder angezogen und macht eine abwehrende Bewegung. „Was denken Sie denn?" lacht er. „Das Leben der guten Ophelia ist doch wohl nicht zu bezahlen. Die wahrhaft großen Taten tragen den Lohn in sich selbst. Aber Sie können eines für mich tun: Sie können mir die Rückfahrt bezahlen; denn in dem Zustand kann ich meinen Geschäftsfreund in Dierdorf heute nicht mehr besuchen."

„Die Rückfahrt hast Du umsonst, verrückter Kerl!" brummt der Fährmann.

„Dann nehmen Sie wenigstens ein Andenken an ihre Heldentat," ruft der Herr und kramt in seinen Taschen, „ein Andenken auch an Ophelia".

Er hat endlich in der Seitentasche seines Umhangs etwas gefunden, ein Buch. Er reicht es dem jungen Mann.

Der bedankt sich, ohne groß zu beachten, was der da in die Hand bekommen hat, eine Erinnerung eben an eine aufregende Begebenheit, bei der man zeigen konnte, daß man ein tüchtiger Schwimmer ist. Die kleine Geschäftsreise zur Papiermühle wird man nachholen, noch ist kein Mangel an Druckbogen für Geschäftsanzeigen, Theaterprogramm, Totenzettel, kleine Broschüren, was so in der Verlagsbuchhandlung Carl Baedecker damals gedruckt wird.

Das Buch, das er sich dann am Abend doch ansieht, ist in einem Koblenzer Verlag gedruckt und trägt den langen Titel: „Rheinreise von Mainz bis Köln, ein Handbuch für Schnellreisende, historisch, topographisch, malerisch bearbeitet von Professor Johann August Klein."

Es ist das Jahr 1827, dasselbe Jahr, in dem die regelmäßige Rhein-Personen-Schiffahrt eröffnet wird. Es ist die Zeit der in die Breite gehenden Romantik, die nirgendwo so dichtgedrängt ihre Objekte findet wie am Rhein, alte Städte, Burgruinen, herrliche Landschaftsbilder, Kirchen und Dome und alles angefüllt mit einem Übermaß an geschichtlichen Erinnerungen, an alten Sagen und jungen Begebenheiten, wie etwa Blüchers Rheinübergang, der ja erst anderthalb Jahrzehnte zurückliegt. Zudem, es ist eine Zeit, in der die Menschen aus ihrer engen Begrenztheit hinausstreben. Man reist, man wandert. Und auch da ist der Rhein mit seinen Bergen und Wäldern und seinem Wein der bevorzugte Anziehungspunkt auch für Briten, Franzosen und Yankees.

Der damals gerade 26jährige Carl Baedecker war selber in seiner Studienzeit in Heidelberg und Berlin ein begeisterter Wanderer gewesen. Und dabei hatte er nicht nur angenehme Erfahrungen gemacht.

Er schreibt: „ ... Als ich jüngst durch den Harz wanderte, nahm ich mir Gottschalks Handbuch mit. Nach zwanzig Meilen schwirrt einem der Kopf von verwunschenen und verschwundenen Schlössern, von Nixen, Hexen und Quellgeistern. Aber über die Wirtshäuser schweigt der gute Gottschalk sich aus. Hätte ich des jungen Heinrich Heines ‚Harzreise' damals zur Hand gehabt, dann wäre ich – wie er – zu Isenburg in die ‚Rote Forelle' eingekehrt und hätte keine Suppe zu essen brauchen, die so versalzen war, als wäre die ganze dortige Salpetersiederei hineingefallen. ..."

Und Carl Baedecker schlägt die „Rheinreise" des Johann August Klein auf, und er denkt sich, daß der Besitzer des beinah ertrunkenen Hundes auch hier kaum einen Hinweis gefunden haben kann, wo man in Koblenz am besten Quartier nimmt; wäre er sonst in die schäbige Pension „Nepomuk" geraten?

Und er liest über Koblenz diesen poetischen Erguß:

> *„ ... Lebensfrohe Gegenwart ergreift mächtig den Reisenden, indem die herrliche Gegend um Koblenz in bläulichter Ferne sich ausdehnend ihre Reize entfaltet. Bald umarmt der rebenumkränzte Rhenus die zierlich gelockte Mosella, durch deren Haar befreundetes Weinlaub sich schlingt, und in einem wahren Eden feiert die lotharingische Jungfrau ihr Vermählungsfest ..."*

Was nutzt diese überschwengliche Schilderung dem Reisenden? Der junge Baedecker schreibt:

> *„Man kommt an in einer Stadt, hat nur ein oder zwei Tage Zeit. Man fragt, findet Unwissenheit, man forscht nach und bekommt falsche Auskünfte. Man wird allbereits zappelig, denn die halbe Zeit ist vertan. Man greift zum letzten Zufluchtsmittel und nimmt einen teuren Lohnbediensteten, der einen als Führer dienen soll. Und nun hat man sich ganz in die Hände gegeben, die nur geübt sind, Trinkgelder aufzufangen, hat sich einem geschwätzigen Dummkopf anvertraut. ..."*

Zunächst hat Baedecker die Verlagsrechte an der

„Rheinreise" des Professor Klein erworben und hat die Abschnitte über Koblenz und Umgebung bearbeitet und, Schritt für Schritt verbessert, neu herausgegeben.

In den nächsten Jahren wanderte er systematisch und machte seine Notizen. „Man muß sich eine Gegend erwandern", das war Baedeckers Devise und dieser von ihm geschaffene Ausdruck hat ins Grimmsche Wörterbuch Eingang gefunden.

Nun erscheinen im Baedecker-Verlag Reiseführer durch Belgien und Holland, für die Schweiz, das große Handbuch für den Reisenden durch Deutschland und den österreichischen Kaiserstaat.

Und immer gilt, was dann im Vorwort steht zum nun auch im Baedecker ganz neu bearbeiteten Rheinlandführer, der 1849 erscheint:

> „ ... *Der einfache Reisende wird mit diesem Buch in der Hand die guten Häuser altbürgerlicher Art bald herausfinden und seine Zeche meist mit nicht viel mehr als dem halben Geld berichtigen können. ...*"

Natürlich gibt es nicht nur Hinweise auf gute Gasthäuser, sondern es sind auch die Abfahrtszeiten der Züge und Schiffe vermerkt. Und präzis und praktisch berät einen der Baedecker-Reiseführer über Sehenswürdigkeiten:

> „*Einlaßkarten für die Besichtigung der Festung Ehrenbreitstein sind für 1 1/2 Silbergroschen im Büro des Kommandanten erhältlich und gelten nur für den Tag der Ausstellung. Oben auf dem Ehrenbreitstein führt ein Unteroffizier die Fremden umher (5 Silbergroschen). Die ganze Partie nimmt von Koblenz aus kaum 2 Stunden in Anspruch.*"

Dazu bekam der Ehrenbreitstein im Reiseführer einen Stern. Das bedeutet: Der Besuch ist lohnend. Den Gasthof, der mit einem Stern bezeichnet ist, kann man empfehlen. Zwei Sterne erhöhen die Empfehlung.

Wer diese Sterne, nach denen sich zuverlässig reisen ließ, erfunden hat, das ist nicht ganz sicher. Im gleichen Jahr, in dem Baedecker seine erste Bearbeitung der Kleinschen Rheinreise herausbrachte (1824), erschien auch in London im Verlag Murray ein „Handbook for the Traveler", und auch in diesem englischen Reiseführer gab es die Sterne als Empfehlung.

Eines hat Baedecker mit Sicherheit vom Murray übernommen: Den roten Einband seiner Reiseführer. Im übrigen sind die beiden Verleger nie in Streit geraten, sie waren vielmehr klug genug, ihre Erfahrungen auszutauschen.

In Koblenz, im Verlag, häuften sich bald die Berichte und Erfahrungen anderer Reisender und Wanderer. Sie wurden geprüft und gegebenenfalls übernommen.

Die sechste Auflage des großen Baedeckers für Deutschland und Österreich kam 1859 heraus, im Todesjahr des Verlegers. Aber er konnte im Vorwort noch mit gutem Gewissen schreiben:

> *„Der Verfasser hat ... die von ihm beschriebenen Lande in neuester Zeit nach den verschiedensten Richtungen hin durchwandert, und glaubt, daß seine Erfahrungen und Beobachtungen die Brauchbarkeit dieser neuen Auflage wesentlich erhöhen werden. ..."*

Die Kapelle von Urbar

Wer von Ehrenbreitstein kommend auf der B 42 Richtung Vallendar fährt, der sieht ziemlich unvermittelt ein Schild, das auf eine Straße weist, die rechtsab zur Höhe führt: Urbar. Ein alter Ort, der ehedem der Abtei Sankt Matthias in Trier zinspflichtig war. Aber alte Gebäude und Häuser wird man hier oben nur wenig finden. Die Einwohner sind in Koblenz oder bei den nahen Kasernen beschäftigt. Der ehemals berühmte Rotwein wird nicht mehr angebaut, keine Tongruben liefern mehr Material für Pfeifen oder Ofensteine, die Kalkbrennereien im Tal sind längst verschwunden. – Bei all dieser Fülle von Beschäftigungen waren die Urbacher arme Leute vorzeiten. Das Land rundum gehörte ihnen nicht. Das teilten Abteien, Klöster und adelige Herrschaften.

Man war bescheiden in Urbar, aber man litt darunter, daß der Ort nicht einmal eine kleine Kapelle hatte. Nur ein Missionskreuz stand an einer Weggabelung.

Es waren sieben junge Mädchen, die um das Jahr 1780 auf die Idee kamen, Geld für eine Urbacher Kapelle zu sammeln. Die Jüngste war 14 Jahre alt, die älteste gerade 20. Gute Singstimmen hatten sie alle. Und so zogen denn diese sieben Jungfrauen von Haus zu Haus, von Hof zu Hof, von Ort zu Ort und sangen für ein Almosen zur Errichtung der Urbacher Kapelle. Sogar der Text des Liedes, das sie damals gesungen haben, ist noch bekannt.

Gott grüß euch ihr Herren in diesem Haus,
teilt uns doch gern eine Gabe aus,
zu Gottes höchster Ehr,
davon macht euch kein Beschwer.
Zu Urbar, da soll eine Kapelle erstehn,
wohin wir können beten gehn.

Und zum Dank, wenn die Mädchen eine Spende bekommen hatten, sangen sie eine zweite Strophe:

Wir danken euch für Gab und Huld
und bleiben fein in eurer Schuld,
bis gütig Gott auf seinem Thron
euch geben wird den ewigen Lohn.
Die heilige Mutter Gottes mög' eurer gedenken,
und euch viel Glück und Segen schenken.

Bis weit in den Westerwald hinein sind die sieben Mädchen sogar gewandert, bis über Montabaur hinaus, und das sind bei den damals nicht sehr direkten Wegen sicher mehr als dreißig Kilometer gewesen, dazu durch Wälder und Täler, in denen mancherlei Geschichten von Räubern umgingen.

Aber überall sind die Sängerinnen gut aufgenommen worden. Eine Ausnahme gab es. Als sie in Koblenz am Deutschherrenhaus beim Grafen Wurmbrand ihr Liedchen vortrugen, da hat dieser alte Isegrimm seine Meute von Jagdhunden losgelassen, große Bracken waren's.

Allerdings ist es ein sehr mühsames Verfahren gewesen, auf solche Weise die Baukosten zusammenzubetteln und entsprechend lange hat der Bau des Kapellchens sich denn auch hingezogen. Erst 1824 – also nach mehr als 40 Jahren – konnte die Urbarer Kapelle eingeweiht werden. Der Altar war schon lange da. Den hatten nicht die Jungfrauen von Urbar, sondern die Junggesellen beschafft.

Man wußte ja, die Revolutionsfranzosen, die ins Rheinland einbrachen, waren gottlose Leute und machten die Kirchen zu Lagerschuppen und Ställen. Und nun hörten die Urbacher, jetzt sei auch die St. Barbarakirche von Ehrenbreitstein an der Reihe, ausgeräumt zu werden. – Da machten die jungen Burschen sich auf den Weg. Es kam zu einer schrecklichen Prügelei mit den Sansculotten-Soldätchen. Aber der Altar wurde erobert und auf einem Ochsenkarren nach Urbar entführt.

Urbar ist inzwischen ein moderner Ort, unverändert ist nur die herrliche Aussicht von hier oben geblieben, die vom Deutschen Eck bis nach Andernach reicht, weit über den Strom hin. Modern ist auch die Pfarrkirche, und die so mühsam ersungene Kapelle ist verschwunden.

Der Spuk vom Kloster Besselich

Noch in unserem Jahrhundert haben die alten Leute erzählt von den Erzählungen noch älterer Leute, die Stein und Bein darauf geschworen haben, sie hätten die mitternächtliche Nonne gesehen, wie sie vom Kloster den Weg hereilt, den glühenden Klosterschlüssel in der Hand und bei dem Sankt Pankratius Bildstock verschwindet.

Das Kloster liegt heute wüst und verlassen auf halber Höhe über'm Rhein bei Vallendar. Die spukende Nonne ist nicht von hier gewesen, sondern vom Niederrhein, Edeltrudis mit Namen, Tochter aus ungeheuer reichem Adelshaus. So reich war man, daß die Tochter nur mit dem höchsten Adel die Ehe eingehen sollte. Und tatsächlich gelang es den Eltern, ihre Edeltrudis mit dem Erbprinzen des Herzogs von Jülich in eine Herzensverbindung zu bringen. Allerdings dauerte das nicht allzulange. Der junge Herzog lernte die Tochter des Grafen von Geldern kennen, die weit mehr Landgewinn und Reichtum versprach, und er löste den Ehekontrakt mit Edeltrudis.

Das war für die ehrgeizige Familie und für das Mädchen eine solche Schmach und Beleidigung, daß man an nichts anderes mehr dachte, als an Rache und Vergeltung. Die Eltern hatten einst jahrelang auf einem ihrer Schlösser einen Magier gehalten, der Gold machen konnte, woher wohl auch der unermeßliche Reichtum der Familie stammte. Ihn rief man wieder herbei, nicht um das Gold zu mehren, sondern um das Fräulein Edeltrudis in ärgeren Künsten zu unterweisen. Man sagt, zum Schadenszauber brauchte Edeltrudis nur eine Locke ihres goldblonden Haares. Fortan wurden alle Angehörigen des herzoglichen Hauses Jülich vom Unglück getroffen; keiner der Prinzen hat Nachwuchs gezeugt, mancher ist früh gestorben, und man sagt, auch Gift war im Spiel.

Edeltrudis konnte zufrieden sein und sie verliebte sich nun wirklich in einen Junker der Nachbarschaft, ohne viel Besitz. Sie dachte, ihr Reichtum müßte den armen Ritter ohne alles Zögern ihr in die Arme sinken lassen. Aber der Bote, den sie ausgeschickt hatte, kam mit einer schroffen Absage zurück: der Junker dächte nicht daran, seine liebreizende Braut gegen eine übelbeleumundete Frauensperson zu tauschen.

Diesmal schäumte sie vor Zorn, die abgewiesene Edeltrudis.

Der Zauberer aber sagte: „Hier langt meine Kunst nicht zu, hier kann nur der Meister selber wirken."

Jeder kann sich denken, wer dieser Meister war, der Satan in Person. Er lieh der Dame Edeltrudis seine böse Gewalt. Aber auf den Tag nach fünf Jahren müsse sie dafür ihm gehören, so war der Kontrakt. Das Datum aber war just der Geburtstag der Edeltrudis, der Sankt Remigiustag. Wieder einmal gelang der Zauber: in der Hochzeitsnacht erblindete der Junker und auch die arme Braut verlor wenig später das Augenlicht.

Die fünf Jahre, die der Satan als Frist gesetzt hatte, gingen hin. Und immer mehr geriet Edeltrudis in Angst und Verzweiflung, bis sie endlich zu beten begann, und als jener verhängnisvolle Tag, ihr Geburtstag, der Sankt Remigiustag, zum fünftenmal herankam, da lag sie nur noch tränenüberströmt auf den Knien und bat Gott um Verzeihung. Da in der Nacht erschien ihr der heilige Remigius und sagte: „Du mußt von hier fliehen, rheinauf bis zum Kloster Besselich. Dort ist ein Altar mir geweiht, dort bist du sicher."

Edeltrudis wurde gerettet. Auch auf dem langen Weg vom Niederrhein nach Besselich gewann der Satan keine Macht über sie. Und die Oberin des Klosters nahm sie auf.

Nach Jahren, als sie die Gelübde längst abgelegt hatte, befahl ihr die Oberin, Besorgungen für das Kloster zu machen. Bisher hatte sie nie die Mauern des Klosters verlassen, und sie sträubte sich anfangs. Doch die Ordensleute sind dem Gebot des Gehorsams unterworfen.

Bei einem ihrer Ausgänge traf Schwester Edeltrudis einen bildschönen Jüngling, ein Tempelritter; die Templer hatten unten im Rheintal eine Niederlassung. Es kam, wie man sich schon denken kann, Edeltrudis verliebte sich ärger denn je. Und der junge Ritter fand auch die Nonne so begehrenswert, daß er mit ihr die Flucht aus dem Kloster verabredete. Um Mitternacht wollte man sich an dem Pankratiusbildstock treffen. Dort würde der Ritter Pferde bereithalten.

Ein Hindernis tat sich auf in jener Nacht. Die Schwester, der die Wache an der Pforte anvertraut war, wollte den Schlüssel nicht herausgeben: nicht um Mitternacht! – Da zog Edeltrudis einen Dolch, den ihr der Ritter gegeben hatte, und stach die Mitschwester nieder, riß den Schlüssel an sich und rannte den Weg hinab zum Heiligenhäuschen – genauso, wie man sie später als Spukerscheinung hat rennen sehen.

Das Hilfegeschrei der Pförtnerin hatte das Kloster alarmiert. Die Oberin ließ die Klosterknechte ausschwärmen, die Abtrünnige zu suchen. An der Fähre über die Lahn stellte man das Paar. Edeltrudis wurde gefesselt, aber der Ritter war plötzlich verschwunden. Man hat vergebens nach ihm geforscht, bei den Templern kannte man keinen Ritter seines Namens und Aussehens, und so muß angenommen werden, daß es der Satan selber war, der sich den Lohn für seine Bündnisschaft geholt hat. – Denn Edeltrudis – zu ewigem Gefängnis verurteilt – ist schon wenige Tage später tot im Kerker gefunden worden.

Die letzten Templer auf der Burg Lahneck

Während der Kreuzzüge hatte sich im heiligen Land ein Ritterorden gebildet, der es sich zur Aufgabe gemacht hatte, den Tempel des Herrn in Jerusalem zu schützen: die Templer nannten sie sich. Und sie kämpften viele Generationen lang gegen die Sarazenen, verteidigten die Pilger, die nach Palästina gezogen waren und gründeten immer neue Niederlassungen.

Im Verlauf von zwei Jahrhunderten wuchs die Ausbreitung des Templerordens genauso wie sein Reichtum. Auf den Inseln des Mittelmeeres hatten sie ihre Burgen, aber auch in Europa, vor allem in Frankreich.

Sicher war den Mächtigen – dem Papst und dem König von Frankreich – die Macht dieses Ritterordens zu groß geworden, sicher blickte man auch voll Begehrlichkeit auf die Schätze und Besitzungen der Templer. Es wurde behauptet, die Angehörigen des Ordens wichen vom reinen christlichen Glauben ab, sie führten insgeheim ein sittenloses Leben und setzten sich über Gebot und Gesetz hinweg.

Im Jahre 1307 jedenfalls verbot der Papst im Verein mit dem französischen König den Ritterorden der Templer. Und zugleich setzte eine grausame Verfolgung seiner Angehörigen ein. Eine wahre Jagd wurde auf die Ordensleute veranstaltet, und wer nicht dem Orden abschwor, der mußte Folter und Feuertod erleiden.

Auch im Erzstift Mainz hatten die Templer ihre Burgen und Niederlassungen, und sie hatten manchen Bruder bei sich aufgenommen, dem es gelungen war, aus Frankreich zu fliehen. Hier herrschte beim Volk und beim Klerus die einhellige Meinung, daß die Templer sich nichts gegen göttliches oder weltliches Gesetze zuschulden kommen ließen.

Aber auf dem Erzbischofsstuhl von Mainz saß zu der Zeit ein Mann, der dem Papst zu besonderem Dank verbunden war.

Dieser Peter Aichspalter war kein Adeliger gewesen, sondern der Leibarzt des Grafen Heinrich von Luxemburg. Nur durch die besondere Zuneigung und Gnade des Papstes war er zu seiner hohen Würde aufgestiegen.

Er befahl – getreu der Weisung aus Rom – die Templer hätten augenblicklich das Gebiet des Erzstiftes zu verlassen, sie müßten den Ordensgelübden abschwören, wenn sie bleiben wollten, oder aber sie würden bis auf den Tod verfolgt werden.

Da machten sich die meisten davon ins Ungewisse, wenige verleugneten die Gelübde, und eine kleine Schar von 12 Rittern besetzte die Burg Lahneck, der langen Verfolgungen und des Fliehens von Ort zu Ort müde.

Dem Erzbischof meldeten seine Späher, daß die Burg Lahneck von dem kleinen Dutzend durchweg alter Männer kaum lange gehalten werden könne.

Trotzdem schickte der Erzbischof einen starken Heerhaufen von Mainz den Rhein hinunter.

Der Herold forderte die Ritter auf, das Burgtor zu öffnen. Die Antwort, die einer der alten Ordensleute von der Mauer gab, lautete: „Wir wissen, was wir von euch zu erwarten haben. Unseren tapferen Großmeister Molay haben die Anhänger des Papstes mit Freundlichkeit aus dem Sarazenenland nach Frankreich gelockt, und da hat man ihn treulos gefangengesetzt, gefoltert und getötet. Wir sind so schuldlos wie er, wir wissen aber, unser Schicksal wird dem seinen gleich sein. Und deshalb wollen wir lieber im Kampf unser Leben lassen."

Die Mainzer stürmten gegen die Burg in dem Gedanken, es müsse ein Leichtes sein, die zwölf alten Ritter zu überwinden. Aber die kämpften wie die Jünglinge, und die Verluste unter den Kriegsknechten des Erzbischofs waren entsetzlich. Desto härter wurde nun der Kampf, immer wieder, bei Tag und bei Nacht, drangen die überlegenen Mannschaften gegen die Mauern vor, und endlich gelang es, in den Burghof zu kommen, die Templer zusammenzudrängen und zum letzten Kampf zu stellen. Der fand am Hauptturm der Burg statt. Nur noch wenige Ritter standen unverwundet aufrecht, und nochmals kam die Aufforderung, sich zu ergeben. Sie schwangen weiter ihre Schwerter gegen die Angreifer, bis nur noch ein einziger alter Kämpe lebte.

In diesem Augenblick sprengte ein Reiter den Burgweg hoch und rief schon von weitem: „Haltet ein! Der Erzbischof hat mich geschickt! Er will die Templer schonen! Er schenkt ihnen die Freiheit!"

Der alte Ordensritter aber rief: „Für mich ist nur noch im Tode Freiheit". Und er kämpfte, bis auch er über den Leichen seiner Mitbrüder zusammenbrach.

Der Flößer von Neuendorf

Neuendorf, von Koblenz aus rheinab gelegen, ist heute ein Vorort. Seine besondere Bedeutung hatte das Dorf bis ins vorige Jahrhundert, weil hier die Flöße, die vom Schwarzwald oder aus dem Spessart kamen, zu größeren, mächtigen Verbänden zusammengestellt wurden, oft größer als ein heutiges Fußballfeld und mit mehr als 100 Personen besetzt, die mit Rudern am Heck und am Bug diese gewaltigen Holzmassen steuerten. Der Flößerberuf war infolgedessen in Neuendorf verbreitet, und diese Männer galten etwas, waren sie doch in der Welt herumgekommen, wenn auch nur bis zur Rheinmündung in den Niederlanden. Aber von dort hatten sie manchesmal für die Landwirtschaft neue und wertvolle Sämereien mitgebracht und für die Neuendorfer Gärten Tulpenzwiebeln.

Im Spanischen Erbfolgekrieg zu Anfang des 18. Jahrhunderts ist ein schlichter Neuendorfer Flößer zu besonderem Ruhm gelangt. Damals standen die Alliierten, das waren Briten, Niederländer und Habsburg-Österreicher im Kampf gegen die Vorherrschaft der Franzosen in Europa. Der Kurfürst und Erzbischof von Köln aber war mit König Ludwig XIV. von Frankreich verbündet und hatte eine französische Besatzung von 4500 Mann in seine Residenzstadt Bonn aufgenommen.

Die Franzosen hatten dort von Bonn aus eine Schiffbrücke zum rechten Ufer angelegt. Und diese Brücke stellte eine Gefahr für die Alliierten dar, konnten doch hier leicht Truppen auf das rechte Rheinufer übergesetzt werden.

Man plante, einen Stoßtrupp nach Beuel zu schikken, aber das erschien allzu gewagt, und so kamen die Militärs in Koblenz auf die Idee, ein Floß in Neuendorf zusammenbauen zu lassen und dies Floß gegen die Schiffbrücke in Bonn zu schicken. Ein einziger Mann sollte das Floß steuern, denn man gedachte nicht durch Schüsse oder Sprengungen die Brücke zu beseitigen, sondern einfach durch den Anprall sie auseinanderzureißen.

Der mutige Schiffer fand sich in Neuendorf. In der Nacht vom 1. auf den 2. Dezember 1702 machte das Floß vom Neuendorfer Ufer los. Die Fahrt ging bei hohem Wasserstand rasch voran durch die Dunkelheit. Und es war auch noch dunkel, als der Flößer am Rheinufer die Umrisse der Residenzstadt Bonn näherkommen sah. Er steuerte sein aus Bäumen und Balken gefügtes Floß in die Mitte des Stromes. Und schon prallte die Masse gegen die Ausleger, die vor der Brücke zum Schutz angebracht waren. Sie wurden beiseitegedrückt. Und dann rammte das Floß die Brücke selber, die augenblicklich auseinanderriß. Viele Schiffe trieben rheinab, jene Schiffe, auf denen die Fahrbahn der Brücke gelegen hatte. 13 dieser Kähne hat man erst am Ufer in Köln wieder aufgefischt.

Die Franzosen in Bonn hatten kaum Wachen ausgestellt. Sie hatten sich völlig in Sicherheit gewiegt. Der Schrecken war groß, als das donnernde Krachen der zerborstenen Brücke über Ufer und Stadt hallte. Man glaubte schon, der Feind sei unbemerkt herangekommen und greife an. Ein Kriegsrat erwog, Bonn zu räumen. Erst bei Tagesanbruch, als es hell wurde, stellte sich heraus, daß kein Sturm gegen die Mauern drohte.

Die Schiffbrücke haben die Franzosen nicht wiederhergestellt, sondern sich fortan mit Treidelfähren beholfen. Der Flößer aus Neuendorf aber ist ungefährdet unterhalb von Bonn an Land gegangen und heimwärts gewandert, wo die verdiente Belohnung auf ihn wartete.

Goethe in Thal-Ehrenbreitstein

Vom Mai bis in den September 1772 war der Doctor juris Johann Wolfgang Goethe Praktikant am Reichskammergericht zu Wetzlar. Er hat herzlich wenig in den verstaubten Aktenbündeln dieser verlotterten Institution gewühlt, hat vielmehr Natur und Freundschaft und Liebe genossen und die Entfernung vom ehrgeizigen Vater in Frankfurt.

Mitte September macht er sich auf die Heimreise. Er läßt sich Zeit. Das Gepäck hat er vorausgeschickt und wandert nun über Weilburg, Diez und Nassau nach Ems, von da fährt man mit einem Kahn zur Mündung der Lahn in den Rhein.

„... die schöne Lage von Oberlahnstein entzückte mich; über alles aber herrlich und majestätisch erschien das Schloß Ehrenbreitstein ..."

Damals, vor den Belagerungen durch die französische Revolutionsarmee von 1795 bis 1799, waren die Gebäude auf der Höhe noch in dem Zustand, in dem die Kurfürsten immer wieder daran gebaut hatten mit hochragenden Türmen und Zinnen, viel eher einem Schloß ähnlich als einer Burg. Und Ehrenbreitstein war auch lange Zeit kurfürstlich-trierische Residenz gewesen.

„In höchst lieblichem Kontrast lag am Fuß des Berges das wohlgebaute Örtchen, Thal genannt, wo ich mich leicht zur Wohnung des Geheimrates von La Roche finden konnte ..." So erzählt Goethe in seinen Lebenserinnerungen „Dichtung und Wahrheit".

Der geheime Konferenzrat mit Ansehen und Einfluß eines Kanzlers in der Regierung des Kurfürsten von Trier war nicht das Ziel der vielen Kunstbeflissenen, die nach Thal kamen. Man suchte vielmehr Bekanntschaft und Gespräch mit seiner Gattin Sophie La Roche. Sie hatte sich „konversierend, korrespondierend, schreibend, reisend einen bedeutenden Anhang" geschaffen.

Im Jahre zuvor, 1771, war ihr Roman „Geschichte des Fräuleins von Sternheim" erschienen, der erste deutsche, von einer Frau geschriebene Prosa-Roman. Die Anmut und ungewohnte Natürlichkeit der Sprache machten das Werk in den gebildeten Kreisen vorab der Leserinnen rasch zu einem Bestseller. Die erzieherische Absicht der Autorin fand begeisterte Zustimmung. Ein Frauentyp, gebildet und doch empfindsam war dargestellt, der den Lebensschmerz seines Geschlechtes am Herzen der Natur lindert und vergißt, der fähig ist – und das war die neue Botschaft – im Kreise der Männer gleichberechtigt mitzureden, ohne allerdings dabei außeracht zu lassen, daß sie geistige Gefährtin ihres Gatten ist.

Darüberhinaus war die Sophie La Roche eine begehrte Autorin für Wochen- und Monatsschriften und für Damen-Kalender.

Sie wechselte Briefe mit bedeutenden Männern, mit Goethe, Wieland, den Brüdern Jacobi, Lavater.

Sie begeisterte sich und andere, auch den Fürsten zu Wied, mit dem Gedanken, in Neuwied eine deutsche Akademie zu gründen. Sie trat dafür ein, daß sich in Koblenz eine deutsche Schauspielergesellschaft fest niederlasse. – Beide Pläne, die letztlich aus der Absicht der La Roche erwuchsen, die übermächtige französische Literatur und Philosophie zurückzudrängen, haben sich nicht verwirklicht.

Im schwäbischen Kaufbeuren war Sophie La Roche 1731 geboren, und ihre sicher exaltierte Gefühlsseligkeit ist auf dem Boden des süddeutschen Pietismus gewachsen. – „Mit der La Roche wollt's am Ende nicht gehen; sie drückt uns mit ihren Sentiments ..." So kritisiert Johann Heinrich Merck, der die La Roche 1778 im Gefolge der Herzogin Anna-Amalie von Weimar besuchte.

Bei aller Empfindsamkeit, der Sinn für des Lebens Realitäten war in frühen Jahren bei Sophie La Roche gut entwickelt. Sie hatte zwar eine heftige Liebesaffaire mit dem jungen Dichter Christoph Martin Wieland, heiratete aber eine glänzende Partie, den unehelichen Sohn und Günstling des ersten kurmainzischen Hof- und Staatsministers Graf Stadion. – Der Graf hatte dem Sprößling, dessen Mutter die Witwe des Chirurgen Frank in Tauberbischofsheim war, den klangvollen Namen La Roche verschafft, später kam noch der Reichsadel hinzu. Allerdings hatte er dem Sohn linker Hand auch eine vorzügliche Ausbildung angedeihen lassen, die ihm schließlich seine einflußreiche Stellung im Kurstaat Trier verschaffte. Koblenz-Ehrenbreitstein war damals die eigentliche Haupt- und Residenzstadt des letzten Kurfürsten Clemens-Wenzeslaus.

Die La Roches wohnten ganz in der Nähe des kurfürstlichen Schlosses.

„... ganz am Ende des ‚Thals', wenig erhöht über dem Fluß gelegen, hatte man die freie Aussicht den Strom hinabwärts. Die Zimmer waren hoch und geräumig und die Wände galerieartig mit aneinanderstoßenden Gemälden behangen ..."

So malt uns Goethe das Haus La Roche. Seine Betrachtungen über die Dame des Hauses klingen eher etwas zwiespältig: „Sie war die wunderbarste Frau, und ich wüßte ihr keine andere zu vergleichen. ... Sie sprach gut und wußte dem, was sie sagte, durch Empfindung immer Bedeutung zu geben. Ihr Betragen war gegen jedermann immer vollkommen gleich. ... Das Eigendste ihres Wesens zu bezeichnen ist schwer. Sie schien an allem teilzunehmen, aber im Grunde wirkte nichts auf sie. Sie war mild gegen alles und konnte alles dulden, ohne zu leiden; den Scherz ihres Mannes, die Zärtlichkeit ihrer Freunde, die Anmut ihrer Kinder, alles erwiderte sie auf gleiche Weise, und so blieb sie immer sie selbst, ohne daß ihr in der Welt durch Gutes oder Böses, oder in der Literatur durch Vortreffliches und Schwaches wäre beizukommen gewesen. Dieser Sinnesart verdankte sie ihre Selbständigkeit bis in ein hohes Alter bei manchen traurigen, ja kümmerlichen Schicksalen ..."

Mit der Erwähnung der „kümmerlichen Schicksale" deutet Goethe an, daß La Roche 1780 vom Trierer Kurfürsten den Abschied erhielt. Er war immer ein liberaler Freigeist und Spötter gewesen, das hatte schon seine Erziehung am aufklärerischen Mainzer Hof bewirkt, aber seine Schrift „Briefe über das Mönchswesen" war denn doch zu bissig. Das Ehepaar La Roche zog fort nach Offenbach. Außer dem jungen Goethe war damals, im September 1772, auch Johann Heinrich Merck zu Besuch bei den La Roches. Er war Geheimsekretär in seiner Heimatstadt Darmstadt, dichtete eifrig aber unbedeutend, war indessen trotzdem ein Begriff in literarischen Kreisen wegen seiner umfassenden Bildung und seiner wenn auch scharfen, so doch treffenden Kritik.

Man genoß einige Tage mit Wanderungen in der schönen Umgegend Ehrenbreitsteins, man setzte über nach Koblenz und besah die Pläne und den schon freigeräumten Platz, auf dem das neue Kurfürstliche Schloß errichtet werden sollte, das dann 1786 fertig wurde. – Die Kartause wurde bestiegen und man erfreute sich an dem herrlichen Blick von oben über die Stadt und den Zusammenfluß von Mosel und Rhein.

Die älteren Kinder der Sophie La Roche waren immer mit von der Partie. Und während Merck sich mehr den Buben widmete, ward Goethe, der noch nicht 23jährige, von den beiden Töchtern angezogen. Ja, er gesteht in „Dichtung und Wahrheit", daß er sich in die Ältere, Maximiliane, verliebte. Sie war damals 15 Jahre alt. Seine Lebenserinnerungen hat Goethe in den letzten drei Jahrzehnten seines langen Erdendaseins geschrieben, und doch klingt noch das lebhafte Gefühl durch, das ihn damals beseelte: „ ... die Töchter fielen mir zu, von denen die älteste mich bald besonders anzog. Es ist eine sehr angenehme Empfindung, wenn sich eine neue Leidenschaft zu regen anfängt, ehe die alte noch ganz verklungen ist. ..."

Mit der kaum verklungenen Liebe meinte Goethe gewiß seine Beziehung zu Charlotte Buff in Wetzlar, die aber dem vielbeschäftigten bremischen Gesandtschaftssekretär Kestner anverlobt war. Da waren sich Liebe und Freundschaft ins Gehege geraten, und am Ende hatten Goethes schlechtes Gewissen und Lottes weibliche Vernunft gesiegt. Immerhin ist ja doch Goethes Erfolgsroman „Die Leiden des jungen Werther" aus der Dreiecksbeziehung entstanden.

Nach den schönen Tagen in Ehrenbreitstein fuhr Goethe zu Schiff rheinauf nach der Heimat Frankfurt.

Dort war er in der Folgezeit, dem Willen des Vater gehorsam, Rechtanwalt und der eigenen Neigung gemäß Dichter.

Im Jahre 1774, also nur zwei Jahre nach dem Besuch in Ehrenbreitstein, erschien Maximiliane La Roche in Frankfurt, um dort die Gattin des Kaufmanns und Bankiers Peter Anton Brentano zu werden. Die Mutter hatte diese Ehe gestiftet, die beiderseits auf der puren Vernunft basierte. Brentano war über zwei Jahrzehnte älter als die 18jährige Maximiliane. Er hatte aus erster Ehe mit einer Holländerin bereits fünf Kinder. Diese Holländerin hatte ihm Geld ins Geschäft gebracht,

Maximiliane, Tochter des Kurtrierischen Kanzlers, bot Reputation.

Goethe kam nun oft in das dunkle Haus „Zum goldenen Kopf" in der engen Sandgasse, wo man sich zwischen Heringstonnen und Ölfässern hindurchwinden mußte, um Maximiliane zu trösten. Sie war unglücklich, gequält von ihrer prosaischen Umgebung und den schlechten Manieren ihres trockenen und mißlaunigen Ehegatten.

Es war für sie die Flucht in eine andere Welt, wenn sie mit Goethe zusammensein konnte. Sie spielte oft Klavier, wobei er sie auf dem Cello begleitete. Ganz gewiß ist es nicht ausschließlich so undramatisch zwischen dem angehenden Dichter und der aus dem Himmel der Empfindsamkeit auf die rauhe Kaufmannserde gestürzten jungen Frau geblieben.

Die „Seelenfreundschaft" endete mit – wie Goethe sich ausdrückt – „schrecklichen Augenblicken"; es kam zu Auseinandersetzungen zwischen den Eheleuten und zum Hausverbot für Goethe.

Mit diesen Erlebnissen und Erschütterungen waren Stimmung und Elemente zum zweiten Teil der „Leiden des jungen Werthers" gefunden, an dem Goethe zu der Zeit arbeitete.

Er hat der „Maxe", wie er sie nannte, lebenslang ein liebevolles Angedenken bewahrt. Die arme Frau hat dem Griesgram Brentano neun Kinder geboren, von denen allerdings zwei bedeutend wurden: Clemens von Brentano und Bettina Brentano-Arnim. Das hat Maximiliane nicht mehr erlebt; sie starb schon 1793. – Der Witwer hat dann zum drittenmal geheiratet.

Empfindsame Tage in Ehrenbreitstein

Es war im Frühjahr 1771, da die La Roches ihr schönes Haus in Thal-Ehenbreitstein bezogen. Sie waren noch nicht mit Auspacken und Einrichten fertig, da kündigte sich schon erster Besuch an.

Christoph Martin Wieland, der Jugendgeliebte der Sophie La Roche – damals schon ein berühmter Dichter – war vom freisinnigen Kurfürsten von Mainz als Professor der Philosophie an die kurmainzische Universität in Erfurt berufen worden. Aber er, der protestantische Freigeist konnte sich nicht wohlfühlen unter der katholischen und durchweg geistlichen Kollegen, die ihn mißtrauisch und feindselig belauerten. – Er strebte nach Veränderung. Dazu braucht man Verbindungen, und hier war die mit aller Welt bekannte Sophie La Roche genau die richtige Adresse.

Ein zweiter Grund für Wielands Besuch am Rhein war: er hatte das Söhnchen Fritz ins Vaterhaus zurückzubringen. Der ein wenig schwierige Junge war einige Zeit bei Wieland in erzieherischer Pflege gewesen.

Gewiß, die Einrichtung des Hauses war unvollendet nach dem eben stattgehabten Umzug, und trotzdem sollte der Besuch Wielands ein literarisches und gefühlseliges Freundschaftsfest werden. – Ja, gefühlsselig war die Zeit. Es war Mode, seine natürlichen Regungen offen zu zeigen, und dabei wurde nicht wenig übertrieben, in dieser „Epoche der Empfindsamkeit".

Sophie La Roche stand schon lange mit den Brüdern Jakobi in Düsseldorf in brieflichem Kontakt. Verbindungen zu Künstlern und Intellektuellen pflegte sie ja mit Eifer. Die Brüder Jakobi spielen eine Rolle in der Zeit der deutschen Vorklassik. Sie sind mit Goethe bekannt, mit Lessing, mit Herder, Gleim, Wilhelm von

Humboldt und vielen anderen. Sie dichten selber, obwohl der eine das väterliche Handelsgeschäft in Düsseldorf leitet, der andere Kanonikus in Halberstadt ist. Schon lange war es ihr Wunsch, auch Wieland kennenzulernen. Nun bietet sich die Gelegenheit.

Zu Schiff reist man von Düsseldorf rheinaufwärts, und die Verschwärmtheit der Zeit wird aufs schönste deutlich aus der Schilderung dieser Reise bei Friedrich Heinrich Jakobi: „ ... Einer den anderen umarmend priesen wir die holde Natur, welche liebreich auf den Dank zweier der liebreichsten Seelen zu achten, und – indem sie noch freundlicher uns zulächelte – ihn zu belohnen schien. Als wir des folgenden Tages bei Coblenz in einem der schönsten Täler ... anlangten ... ergriff ich die Hand meines Bruders, um ihm, durch einen sanften Druck derselben, meinen Dank für die vielen Freuden zu bezeugen, die ich unter seiner Begleitung genossen hatte; die selige Träne der ruhigen Empfindung stieg in unser beider Augen, und wir segneten die Gegend mit dem heiligen Kusse der Freundschaft ...“

Es werden noch viele Tränen der Empfindsamkeit vergossen werden, zumal bereits ein höchst empfindsamer weiterer Freund bei den La Roches eingetroffen ist: Franz Michael Leuchsenring. Ob er selber ein Dichter oder Literat ist, weiß man nicht recht, jedenfalls aber ist er mit der ganzen literarischen Welt bestens bekannt, beständig die Briefe berühmter Leute vorzeigend, die ihm geschrieben haben, ebenso die Bänder und getrockneten Blumen, die er von gefühlvollen Mädchen und Damen erhalten hat. Goethe hat diesen Leuchsenring in seinen Erinnerungen mit Spott übergossen. Er ist später, von der Revolution begeistert, nach Paris gezogen.

Noch ist man mit Vorstellen, Kennenlernen und gegenseitigen Komplimenten nicht ans Ende gelang, auch die fünf Kinder der La Roche müssen vorgeführt werden, da hält unten eine Kutsche.

Wieland tritt ein, als Sophie La Roche, die verflossene Jugendliebe, eben herab in die Diele kommt. Die Begegnung schildert der jüngere Jakobi derart: „Auf einmal erblickte Wieland sie ... Sein ganzer Körper geriet in Bewegung, doch auf fast unmerkliche Weise; seine Muskeln dehnten sich aus, seine Augen wurden heller und glänzender ... Darauf kehrte er sich zur Seite, warf mit einer zitternden und zugleich heftigen Bewegung seinen Hut hinter sich auf die Erde und schwankte zu Sophie hin. ... Sophie neigte mit einer himmlischen Miene sich über ihn und sagte ...: „Wieland – Wieland – o ja, Sie sind es. – Sie sind immer noch mein lieber Wieland!"

Natürlich strömten beiden die Tränen aus den Augen, und es war keiner der Anwesenden, der nicht mitgeweint hätte. Jakobis Worte vermitteln die Unbegreiflichkeit der Erschütterung: „ ... ich schluchzte, ich war außer mir und wüßte bis auf den heutigen Tag nicht, wie wir wieder hinauf in den Saal gekommen sind ... nunmehr schien mir mein ganzes voriges Leben Tand."

Es war der 14. Mai 1771, und Wieland blieb über die Pfingsttage bis zum 26. in Ehrenbreitstein. Im La Rocheschen Haus konnten die „Brüder in Apoll" allerdings nicht wohnen; sie nahmen im „Weißen Roß" Quartier.

Die Frühlingsabende waren mild. Man traf sich zu Gesprächen. Die Tage waren schön, man machte Ausflüge. In ihrer Lebensbeschreibung erinnert sich die La Roche an diese Unternehmungen: „In dieser Gesellschaft ein Abendrot in dem angenehmen von Eltzischen Garten genossen, und bei dem schönsten Untergang der Sonne den edelen, wohltätigen Strom durchschiffen – gewiß einer der seligsten Tage meines Lebens. ..."

Georg Jakobi, der Kanonikus, verliebte sich – ebenso wie ein Jahr später Goethe – in die schöne 15jährige Maximiliane. Er dichtete ihr eine Reihe von Liedern, die er diskret verhüllend „Lieder an Elisen“ nannte.

Zwei dieser Gedichte hat er später an Wieland geschickt. und der hat erinnerungsselig geantwortet: „Keines der Lieder hat mir damals besser gefallen als diese beiden, bei welchen zu Coblenz im Nachen, in der besten Gesellschaft, worin ich jemals war, so schöne, so süße Tränen geweint wurden.“

Georg Jakobi hat allerdings seinen Besuch bei den La Roches nie wiederholt, eben weil sein Herz allzuschwer von der anmutigen Maximiliane getroffen war, die Verbindung eines evangelischen Theologen mit dem katholischen Hause La Roche jedoch nicht in Frage kam.

Bevor er von Düsseldorf nach seinem Amtssitz Halberstadt zurückkehrte, schrieb er an Sophie La Roche: „Noch drei Tage, beste Sophie, dann muß ich mich von den Ufern des Rheins entfernen, den ich im vorigen Mai so vergnügt hinauf und so traurig hinunterfuhr. ... Ach, meine Freundin, hören Sie noch diese Worte der Wehmut, und nehmen Sie an den Ufern des Rheins diese letzte Umarmung hin. Tausend Dank sei dem gütigen Himmel gesagt, daß er mit so schönen Seelen mich vereinigte.“

Die Leiden der „schönen Liesel“ La Roche

Fünf Kinder brachten die La Roches mit, als sie nach Thal-Ehrenbreitstein zogen. Von den zwei Mädchen war die 15jährige Maximiliane schon so erblüht, daß sie Besucher verliebt machen konnte. Die jüngere, Luise, war erst 12 Jahre alt und fand zunächst wenig Beachtung.

Aber 1774 war das schon anders geworden; Luise war nun auch 15jährig und Goethe machte seine zweite Rheinreise. In Vallendar, wo Luise zu Besuch weilte, lernte er das Mädchen kennen. Und als man später nach Ehrenbreitstein reiste, da reimte der Dichter:

„Doch hoffen wir wieder Maienfreud.
Ich fahr zur schönen Liesel heut.“

Zwei Tage später stieg er in Neuwied ins Schiff, um weiter rheinab zu fahren. Lavater erwartete ihn, und sah, Goethe trug am Hut ein halbverwelktes Blumensträußchen. Und er sagte, das habe ihm die „schöne Liesel“ zum Abschied gegeben.

Die Mutter der beiden Mädchen, die Schriftstellerin Sophie La Roche, die in ihren Büchern für eine damals Aufsehen erregende Emanzipation des weiblichen Geschlechtes war, trug sich ganz konventionell beständig angestrengt mit der Sorge, die beiden Mädchen standesgemäß und lukrativ in die Ehe zu bringen.

1774 war Maximiliane schon aus dem Haus, verheiratet mit dem wenig liebenswürdigen aber reichen Kaufmann Brentano in Frankfurt.

Bei Luise war es offenbar nicht so leicht, einen passenden – oder besser gesagt: betuchten – Ehemann zu finden.

Sie war schon 20 Jahre alt, als ein Hofrat bei der kurfürstlichen Regierung in Koblenz im Hause La Roche eingeführt wurde.

Altersmäßig paßte dieser Joseph Christian Moehn besser zu Luise als der alte Brentano zu Maximiliane, er war nur fünf Jahre älter. Zudem hieß es, er habe ein Vermögen von 60 000, wenn nicht 100 000 Talern.

Das aber scheint auch sein einziger Vorzug gewesen zu sein.

Frau Aja, die Mutter Goethes, hatte Gelegenheit den Hofrat Moehn kennenzulernen, denn Sophie La Roche reiste im Frühjahr 1779 mit den beiden inzwischen Verlobten nach Frankfurt, um dort Maximiliane zu besuchen. Und natürlich suchte man auch die Frau Goethe auf – der Vater Goethes war damals schon bettlägerig und kaum noch ansprechbar.

Frau Aja muß von der Begegnung mit Hofrat Moehn entsetzt gewesen sein, denn sie schreibt an die Herzogin Anna Amalie nach Weimar: „Er sieht aus wie der Teufel ... ist so dumm wie ein Heupferd. ... Eine Frau wie die La Roche, von einem gewiß nicht gemeinen Verstand, von ziemlichen Glücksgütern, Ansehn und Rang, die es recht darauf anfängt, ihre Töchter unglücklich zu machen. ... Das Untier heißt Moehn und ist wirklicher Hofrat vom Kurfürsten von Trier. ..."

Doch das von Mutter La Roche eingefädelte und beförderte Schicksal nimmt seinen Lauf: Am 1. Mai 1779 wird das Paar im Kapuzinerkloster zu Bornhofen getraut.

Die unglückliche Luise hat sich dem Willen der Mutter ergeben. Der Schwester Maximiliane hatte sie geschrieben, daß sie jedenfalls nie mit dem Hofrat Moehn schlafen würde.

Das hat sie gewiß durchgehalten, denn Hofrat Moehn zeigte im Lauf der Ehe weitere Untugenden: er stellte sich als rechter Trunkenbold heraus und verschwendete hemmungslos sein Vermögen. Luise war ihm ganz ausgeliefert, als die Eltern 1780 von Ehrenbreitstein wegzogen. Sie lebte nun allein mit dem „Untier" in dem ehemals so lebensvollen Haus. Aus der „schönen Liesel" wurde eine verbitterte Frau.

Von Clemens Brentano, dem Sohn der Maximiliane, wissen wir Näheres. Er wurde 1784, als er sechs Jahre alt war, zur „Tante Moehn" in Pflege gegeben.

Er erinnert sich: „Man kann sich von der Grausamkeit des Herrn von Moehn leicht einen Begriff machen, der mit lauter Postillionen von morgens bis abends im Wirtshaus lag, ohne der Frau je zu gedenken und ein Vermögen verzettelte und verschleuderte. Das Herz durfte dieser Tante nie aufgehen – sie mußte mit der Form alles bekämpfen, und so ist ihr denn auch nur die Form im Umgang mit Menschen geblieben ..."

Jahre später, als Maximiliane in Frankfurt gestorben war, kam auch das jüngere Töchterchen Bettina unter die Fuchtel der Tante. Sie ist die spätere Bettina von Arnim.

Clemens Brentano schreibt: „ ... Morgens kam die Tante mit eiskaltem Wasser, stellte uns nackt vor sich und ließ es uns aus einem Schwamm über den Rücken laufen. Ich habe sie nie lachen gesehen, nur wenn ich ihr die eiskalten Wassergesichter schnitt. ... Mittags aßen wir unter den Aufmunterungen: Halt dich grad! Die Hände auf den Tisch! Hänge den Kopf nicht so! Wie du wieder den Löffel hälst!"

„Rückblick in die Jahre der Kindheit" nennt Clemens Brantano die Erinnerung in Versen, aus denen hier nur drei Zeilen stehen mögen:

„Ich fühlte elend mich und tief verwaist.
Du Schwester, die die trüben Tage teilte,
Du fühltest auch, was fremde Pflege heißt ..."

Der schreckliche Hofrat, der zuletzt nur noch als Revisionsgerichtssekretär fungierte, wurde schließlich doch vom Kurfürsten aus dem Dienst entlassen. Nun konnte Luise sich aus ihrem Ehemartyrium, das zehn Jahre angedauert hatte, befreien, weil der Gatte zugleich unter Vormundschaft gestellt wurde. Sie zog zur Mutter nach Offenbach.

Ein andauernder Alptraum für sie waren die Bemühungen der kurfürstlichen Regierung, das Ehepaar wieder zu vereinen, denn es hieß, der gefeuerte Hofrat wäre in sich gegangen und würde demnächst wieder ein Amt erhalten.

Aufatmen konnte Luise erst, als ihr Ehemann 1804 in Limburg, seinem Geburtsort, verstorben war.

Sie hat dann tatsächlich noch eine zweite Ehe gewagt mit einem Oberst in russischen Diensten. Sie hat ihn überlebt, sie starb im Todesjahr Goethes 1832 in Wetzlar.

Sankt Florinus, der Patron der Florinskirche in Koblenz

Geht man in Koblenz vom Deutschen Eck Richtung Balduinsbrücke und biegt in die Burgstraße ab, dann kommt man zur Florinskirche mit ihren zwei Türmen. Bei dem Namen wird mancher an den heiligen Florian denken:

„Heiliger Sankt Florian, schütz' unser Haus, zünd' and're an!"

Der aber ist es nicht, dem diese Kirche einmal geweiht wurde, sondern der heilige Florin, und der gehört nach Graubünden, Voralberg und Liechtenstein.

Seine Reliquien soll der Kaiser Heinrich I. nach Koblenz gebracht haben. Er war von Italien über die Schweiz gereist und kam auch nach dem Ort Remüs in Graubünden. Dort wurde der heilige Florin, der aus dem benachbarten Matsch stammte, hoch verehrt, aber trotzdem muß es der Kaiser irgendwie fertiggebracht haben, die Gebeine des Heiligen zu bekommen.

Als sich im 16. Jahrhundert die Reformation auch in der Schweiz ausbreitete, blieben die Leute um Remüs und Matsch eisern beim alten Glauben, eben weil sie ja den Heiligen in ihrer Mitte hatten. Aber dann setzten sich doch protestantische Zweifler durch. Der Schrein, in dem die sterblichen Überreste Florins einst beigesetzt worden waren, wurde geöffnet. Was fand man? Ein paar vermoderte Lappen. Der Besuch Kaiser Heinrichs lag mehr als ein halbes Jahrtausend zurück und war vergessen worden. Hatte man doch alljährlich einmal in feierlicher Prozession den Schrein mit den vermeintlichen Überresten des heiligen Florin über das Gebirge nach Matsch und zurückgeschleppt.

Die Legende weiß, der Vater Florins war ein Brite, der nach Rom pilgerte. Er betete aber nicht nur auf dieser Reise, sondern lernte auch eine jüdische Jungfrau kennen. Die hat er bekehrt und geheiratet. Im Vinschgau gefiel es den beiden so gut, daß sie sich hier ansiedelten. Das Söhnchen Florin kam zum Pfarrer von Remüs, damit es ein frommer Christ werde.

Einmal wurde der Junge vom Pfarrer zur Burg Canitias geschickt, eine Kanne Wein zu holen. In den Kellern dort bewahrte der Pfarrer all seine Vorräte. Auf dem Rückweg begegnet Florin der armen Frau Maximina: die klagt ihm, ihr Mann läge sterbenskrank. Florin gibt ihr den Wein. Dann rennt er zurück zur Burg, um die Kanne wieder zu füllen. Aber der Torwächter lacht ihn aus: „Den Wein wirst du wohl selber getrunken haben. Das werde ich dem Herrn Pfarrer melden. Hier kommst du nicht herein!" – Und tatsächlich schickte dieser bösartige Kerl sofort einen berittenen Knecht zum Pfarrer nach Remüs. Florin aber füllte seinen Krug an einer Quelle mit Wasser. Die Fortsetzung ist für jeden klar, der sich mit Legenden auskennt: Der Pfarrer sitzt schon beim Essen und sinnt auf eine Strafe für den Knaben, da kommt der, gießt aus seinem Krug das Glas des Pfarrers voll, und es fließt golden und es ist der edelste Wein, den der Pfarrer von Remüs je über die Lippen brachte.

Florin wurde später selber Pfarrherr von Remüs. Dabei scheint er nicht durch besondere Heiligkeit aufgefallen zu sein, denn ein paar Jahrzehnte nach seinem Tod wußte man schon nicht mehr, wo er begraben lag.

Dem damaligen Pfarrer, Saturnius mit Namen, aber träumte eines Nachts, Florin stünde vor seinem Bett. Und er forderte man solle ihn ausgraben und hinter dem Altar in der Kirche beisetzen. Und er bezeichnete genau die Stelle, wo man seine sterblichen Reste finden könne. Der Pfarrer ließ den Traum Traum sein und unternahm nichts. In der nächsten Nacht erschien Florin ihm erneut. Der Pfarrer ignorierte es. Da, in der dritten Nacht, zeigte der Heilige sich höchst wütend: er verabreichte dem Pfarrer eine Ohrfeige, so daß der mit dickgeschwollener Backe aufwachte. Die dicke Backe beeindruckte auch die Bürger von Remüs. Man grub und fand den Sarg. Drinnen lag Florin unversehrt, allerdings völlig überwuchert von Kopf- und Barthaar. Man mußte den Leichnam waschen und den Haarwuchs schneiden und scheren. Das geschah aus lauter Ehrfurcht mit Wein. Dieser Wein hat dann aber eigentlich den Ruf des heiligen Florin begründet; denn tropfenweise eingenommen hat er alle Krankheiten geheilt, hat Blinde sehend und Gelähmte gehend gemacht.

In Koblenz also sind die Reliquien des heiligen Florin durchaus nicht am falschen Platz, kann er doch hier, wo Mosel und Rhein zusammenfließen, am allerbesten seinen weinkundigen Segen wirken.

Vom Schicksal des Koblenzer Bürgers und Waldhornbläsers Peter Pompejus Engel

Der Mann mit dem seltsamen Vornamen war Kind einer Musikerfamilie. Der Vater spielte mit in der Kapelle des Kurfürsten von Trier. Der Kapellmeister selber machte den Paten bei dem kleinen Engel, und daher bekam er dessen Vornamen mit auf den Lebensweg. Dieser Kapellmeister nämlich war Pietro Pompejo Sales, ein berühmter Komponist in der zweiten Hälfte des 18. Jahrhunderts. Er war in Brescia geboren. In Padua und London schrieb er Opern für die dortigen Theater. In Augsburg war er Domkapellmeister, komponierte Oratorien und Messen. Und hier hat er den Fürstbischof Clemens-Wenzeslaus kennengelernt, der nachmals der letzte Kurfürst von Trier wurde. Der nahm den Pietro Pompejo mit nach Koblenz, seiner Residenz. Als dann die Franzosen einmarschierten, ist der Kapellmeister mit dem ganzen Hofstaat geflüchtet. In Hanau ist er 1797 gestorben.

Das Patenkind, Peter Pompejus Engel, war Waldhornist geworden. Mit Weib und Kind wohnte er in der Florinspfaffengasse in einem weitläufigen Gebäude, wo es leider seit Jahrzehnten spukte. Der unsichtbare Geist, der hier seinen Schabernack übte, zündete manchmal Feuerchen auf dem Speicher an, mal blies er mit eisigem Atem das Herdfeuer aus, warf mit Donnerkrachen Türen zu, löschte die Windlichter, konnte auch männliche oder weibliche Schritte täuschend nachahmen, so daß den Bewohnern manchmal die Haare zu Berge standen.

Das Eheweib des Peter Pompejus jammerte ihrem Mann oft die Ohren voll, man solle doch endlich ausziehen, auch die Kinder würden in Angst und Schrekken durch den Kobold versetzt. Der Ehemann aber lachte nur: „Ich merke nichts von dem ganze Spuk. Und eine so große Wohnung kriegen wir für so billiges Geld nie wieder in Koblenz!"

Peter Pompejus Engel war zu der Zeit längst kein Mitglied der kurfürstlichen Kapelle mehr, die war dahin mit der ganzen kurfürstlichen Herrlichkeit. Die Franzosen waren am Rhein. Aber er verdiente sein Geld bei Tanzveranstaltungen, bei Hochzeitsmusiken und Leichenbegängnissen. Er war ein heiterer Mann, trinkfest und beliebt. Und so wurde es denn oft recht spät, weil den Tanzlustigen immer noch ein Stücklein geblasen werden mußte.

So kommt er eines Nachts durchs Tor auf den Hof seines Hauses, da wirft sich eine Last auf seine Schultern. Er greift entsetzt hinter sich, vermag aber nichts zu fühlen. Die Last jedoch wird schwerer und schwerer. Er schreit um Hilfe, weil er schon keinen Schritt mehr vorangehen kann. Seine Frau, wie sie aus dem Bett gesprungen, reißt die Haustüre auf, sieht ihren Mann schier an den Boden gedrückt, begreift im Augenblick, hier ist der Poltergeist am Werk, reißt das Weihwasserkesselchen vom Haken, das in diesem christkatholischen Haushalt gleich neben der Tür hängt, und gießt den ganzen Inhalt über den stöhnenden Mann.

Im gleichen Handumdrehen richtete der sich befreit auf. Und nun war's entschieden: noch am nächsten Morgen zog die Familie um in ein Haus in der Lehrstraße.

Dem boshaften Geist war man entgangen, aber die Preußen waren in Koblenz eingezogen mit sehr viel Militär. Unter anderem kam hier die achte Artilleriebrigade in Garnison. Da war ein Waldhornist in der Musikkapelle dieser Truppe. Der blies wohl auch ab und an, um seinen schmalen Sold zu bessern, auf dem Tanzboden. Und so lernte Peter Pompejus Engel den Militärmusiker Karl Christophsky kennen.

Der Name sagt alles! Der Mensch stammte, wie so vieles, was die Preußen an den Rhein brachten, aus den östlichen Provinzen.

Vater Engel aber kannte in seiner heiteren Gemütsart keine Vorurteile; er brachte den Christophsky mit nach Hause. Und da geschah es, daß sich der in eine der Töchter verliebte. Man hatte nichts dagegen, warum sollte nicht noch ein Waldhornist in die musikalische Familie kommen. Jedoch bei Vorlage der Papiere – wie dies bei der Anmeldung der Trauung nötig ist – stellte sich heraus: Karl Christophsky war Protestant.

Damit war nun der Liebestraum ausgeträumt: Karl Christophsky bekam das Haus verboten; die Tochter, die dagegen protestierte, flog gleich mit hinaus, wenn sie auch noch so laut behauptete: Protestanten seien schließlich auch Christen.

Es vergehen wenige Tage, früh dunkel wird's im Dezember, da erscheint der Waldhornist von der Artillerie in der Lehrgasse. Als Vater Engel ihm die Tür vor der Nase zudrücken will, verschafft er sich gewaltsam Eintritt. Ins Gesicht fragt er den ängstlich zurückweichenden Vater, die zitternd hinterm Ofen verkrochene Mutter, und er betont, daß er zum letztenmal frage. Er fragt: „Werdet ihr jetzt einwilligen, daß ich Eure Tochter heirate?"

„Nein!" schreien beide Eltern. „Niemals und unter keinen Umständen!" – Da zieht Christophsky eine Pistole und erschießt den Vater, mit dem zweiten Schuß trifft er die Mutter tödlich, läßt sich dann auf einen Stuhl fallen und schneidet sich mit einem Rasiermesser die Kehle durch.

Die Schüsse und das Geschrei haben einen Nachbarn

herbeigelockt. Der tritt ein, weil er denkt, hier sei Hilfe nötig. Er sieht das Blut auf den Dielen, die Leichen. Er erleidet einen Herzschlag und stürzt tot zu Boden.

„Vier Tote kostete diese Liebe“, sagt der Chronist, „und dabei konnte man die Tochter Engel nicht einmal als besonders hübsch bezeichnen.“

Fromme und weniger fromme Frauen in Koblenz

Seit die Franzosen 1794 ihre Revolutionsideale von Freiheit, Gleichheit und Brüderlichkeit mit militärischen Mitteln an den Rhein und nach Koblenz gebracht hatten, war es auch ihr Bestreben, die Rheinländer zu erziehen und ihnen die Religion der Vernunft beizubiegen. So verboten sie zum Beispiel, daß Heiligenbilder und Kreuze außerhalb der Kirchen gezeigt werden durften. – Nun war's aber Sitte in Koblenz, daß man den Leichenbegängnissen ein großes Kreuz vorantrug.

In der Eltzschen Kneipe war viel über das Verbot diskutiert worden, und endlich hatte die Wirtin gesagt: „Wenn die Mannsleute sich nicht trauen, die alte Sitte auch gegen die Verordnungen der Franzosen durchzusetzen, dann eben werden dies die Frauen von Koblenz tun."

Und bei der nächsten Beerdigung wurde eine besonders stattliche Madame aus dem Koblenzer Frauenflor erwählt. Die trug das Kreuz und war umgeben von ihren getreuen Mitschwestern, während die Männer sich vorsichtig hinten an den Trauerzug anschlossen. Bis zum offenen Grab kam man. Da aber hatte der Polizeipräsident von der unerhörten und frechen Mißachtung der neuen Gesetze gehört. Er stürmte mit seinen Polizisten herbei; vielleicht stürmte er zu heftig, denn er geriet mitten unter die Koblenzerinnen, die rissen ihn an Kragen und Zopf zu Boden und prügelten ihn grün und blau. Als die Polizeidiener sahen, was an ihrem Oberbefehlshaber geschah, da nahmen sie Reißaus. Die Frauen hatten gesiegt, wenn auch die Kreuzträgerin 14 Tage Haft absitzen mußte. Dafür aber war sie zur Jean d'Arc von Koblenz geworden.

Weniger fromme Koblenzerinnen übten ihr Gewerbe in einem Haus am Florinsmarkt. Das Etablissement war ein verlockender Anziehungspunkt für die jungen Herren der Stadt. Und die Leiterin war keineswegs eine unchristliche Dame; denn sie feierte jährlich ihren Namenstag mit großem Aufwand. Das geschah jeweils am 25. November, dann ist nämlich Katharinen-Tag, und die heilige Katharina von Alexandrien, eine der 14 Nothelfer und Nothelferinnen, war ihre Namenspatronin.

Das Jahr 1808 sah eine besonders ausgiebige Festlichkeit im Haus am Florinsmarkt. Die Zeiten waren vorübergehend ja auch gefestigt, Napoleon schien Europa im Griff zu haben, der Handel gedieh besser denn je, weil England, der einzige Gegner des französischen Kaisers, keine Waren mehr auf den Kontinent liefern durfte. Die Konkurrenz was also ausgeschaltet, und das machte, daß auch die Koblenzer, die bisher in mäßigem Wohlstand gelebt hatten, nun in der Lage waren, öfter das Haus am Florinsmarkt zu besuchen. Diesmal brauchten sie nicht zu bezahlen; inmitten der hübschen Mädchen thronte die Chefin und empfing die Geschenke der zufriedenen Kunden. Und selbst die Huldigungsrede, die einer von den Herren hielt, ist erhalten geblieben. Darin hieß es: „Schön ist das Leben. Schön ist es, seine Freuden zu genießen. Der schönste, der beneidenswerteste Beruf jedoch ist es, Freuden zu spenden ..."

Tränen der Rührung vergossen nicht nur die Mutter des Hauses, sondern auch die Mädchen, die in ihren beruflichen Bemühungen so oft mißverstanden werden.

Mißverstanden hatten französische Soldaten, die ein anderes Institut mit gleicher Zielsetzung besucht hatten, manchen Hinauswurf, wenn ihnen die Preise zu hoch, die Damen zu spröde erschienen waren oder wenn sie randaliert hatten. – Von da an, donnerte immer, wenn ein Trupp Soldaten an dem Hause vorbeizog, ein Wurf Steine gegen die stets geschlossenen Läden. Und die Mädchen antworteten aus der oberen Etage ebenfalls mit Steinen oder nassen Güssen. – Es war eine beschwerliche Zeit für das Haus, bis endlich 1815 die Preußen kamen. Es waren zunächst die preußischen Festungsingenieure, die Koblenz neu in Verteidigungszustand versetzen und die zu errichtenden Festungsanlagen vermessen sollten. Sie wurden eifrige und beliebte Gäste. Und – wie zum Dank – nannten sie die Stätte des Vergnügens in ihrem Vermessungsjargon: „Punkt X."

Seltsamerweise hat ein hoher Gast ein eher etwas schäbiges Etablissement in Koblenz zum Aufenthalt für einige Stunden gewählt, jedenfalls stand seine prächtige Karosse dort sehr lange vor der Tür: Es war Eugéne Beauharnais, der Sohn des verstorbenen Generals Beauharnais, dessen Witwe Josephine der eben zum Kaiser avancierte Napoleon – es war 1804 – geheiratet hatte. Eben war Eugéne zum Prinzen von Frankreich gemacht worden, im Jahr darauf wurde er Vizekönig von Italien. Das Haus, in dem er eingekehrt war, hat jedenfalls durch seinen Besuch sehr an Reputation gewonnen.

Der General von Dünnewalt aus Koblenz

Ehedem war's schwer als schlichter Bürgerlicher hoher Offizier zu werden, zumal als Koblenzer, denn Koblenz gehörte zum Kurfürstentum Trier. Das war ein kleines Land mit einer winzigen Armee. Als der kurtrierische Obristleutnant Johann Dünnewalt seinen ersten Kampfauftrag erhielt, da war er schon 46 Jahre alt. – Er wurde nämlich vom Trierer Kurfürsten und Erzbischof mit dem Kurtrierischen Truppenkontingent zur Reichsarmee abgeordnet. – Damals – im 17. Jahrhundert – stand der Kaiser in schwerem Kampf an der Süd- und Ostgrenze gegen die Türken, die ja 1683 beinahe die Kaiserstadt Wien erobert hätten.

Die erste Schlacht, in die die Kurtrierer mit ihrem Oberst Dünnewalt hineingerieten, fand an der Raab statt. Die Raab fließt durch Ungarn und mündet in die Donau.

Nachdem die Türken geschlagen waren, ließ der Oberbefehlshaber Montecuccoli den Dünnewalt zu sich rufen und sagte: „Ihr habt Euch nicht nur tapfer, sondern auch umsichtig geschlagen, lieber Oberstleutnant. Ihr seid kein Kerl, der bei den Kurtrierern ohne Beförderungsmöglichkeiten verbleiben sollte. Ihr gehört in die kaiserliche Armee.

Johann Dünnewalt wurde also kaiserlicher Offizier. Aber das paßte den adeligen Herren in der Armee wenig. Der Marquis von Pio pöbelte den neuen Kameraden ziemlich eindeutig an, so daß dem nichts blieb, als den Marquis zum Duell zu fordern. Man lag damals bei Nürnberg im Quartier. Anderthalb Stunden vor der Stadt traf man im Morgengrauen aufeinander. Zu Pferd sitzen die Duellanten mit gezogenem Degen, reiten gegeneinander und verfehlen sich. Der Anritt wird zum zweitenmal von den Sekundanten arrangiert, wieder klirren die Klingen aneinander, wieder kein Blut. Und nun zum drittenmal! Da zieht der Dünnewalt dem Pferd des Gegners eins mit der flachen Klinge über – nicht ganz fair – das Tier geht hoch, der Reiter ist für Sekunden ohne Schutz und Dünnewalts Degen trifft ihn in die Brust. Er stürzt zur Erde. Dünnewalt setzt ihm den Degen an den Hals und sagt: „So, Herr Marquis Pio, jetzt sagt laut und deutlich, daß Ihr mich für einen Kavalier anerkennt." Der Sekundant, der seinen Freund retten will, denn er sieht, wie dem das Blut aus der Brustwunde strömt, schreit: „Jawohl, wir erkennen an!"

Aber Dünnewalt hat den Kopf geschüttelt und verlangt, daß der Verwundete selber spreche. Und der tat's unter Stöhnen. Dünnewalt steckte seinen blutigen Degen weg und sagte: „So bitte ich Euch meinerseits um Verzeihung für die Wunde, die ich Euch zufügen mußte!"

Drei Jahre später hat Dünnewalt erneut ein Duell ausfechten müssen; obwohl er nun ein eigenes Kürassierregiment führte, hatte ihn der Graf Strozzi beleidigt wegen seiner Herkunft. Diesmal ging's auf Pistolen, und der erste Schuß, den Dünnewalt abfeuerte, streckte den Grafen tot zu Boden. Das war nun allerdings in der Armee des Kaisers etwas, das ein Kriegsgerichtsverfahren nach sich zog. Der Oberst Dünnewalt – so mutig er in der Schlacht war – fürchtete die Herren Kriegsrichter. Er floh nach Speyer. In seiner Abwesenheit tagten die Räte und stellten fest, daß der Kampf aus berechtigten Gründen stattgefunden hatte.

Seit 1675 gab's dann keinen Grund mehr, den Johann Dünnewalt einen ‚schnöden Bürgerlichen' zu nennen, denn nun war er in den Grafenstand erhoben, und als die Türken auf Wien vorrückten, da war er

Feldmarschall-Leutnant und ein wichtiger Heerführer als die vereinten Armeen vom Kahlenberg herab das Türkenlager überrannten und die Truppen des Großwesirs in alle Winde zerstreuten.

Einer von Dünnewalts Söhnen hat später die Tochter des Grafen Starhemberg, des Verteidigers von Wien, geheiratet.

Im Verlauf der nächsten Jahre wurde ganz Slawonien von den Türken befreit und Belgrad 1688 zum erstenmal von den Kaiserlichen eingenommen. Und immer war Graf Dünnewalt dabei.

Aber dann, wieder in Ungarn und gegen die Türken, wurde ihm der junge Prinz Ludwig von Baden als Reichsfeldmarschall vor die Nase gesetzt. Und als es am Zusammenfluß von Theis und Donau wieder zur Schlacht kam, da hatte Dünnewalt nur das Kommando über den linken Flügel. Das verdroß den alten Haudegen. Er hielt seine Truppen zurück, mißachtete Befehle des Prinzen. Zwar wurde der Sieg erfochten, aber Graf Dünnewalt wurde vor das Kriegsgericht nach Wien zitiert. Dort ist er nie angekommen. Er war über siebzig. Man hat in die Akten geschrieben, er sei unterwegs verstorben. Aber viele sagen, er habe sich, um der Schmach zu entgehen, vergiftet.

Die Maria-Hülf-Kapelle auf dem Petersberg bei Koblenz

Links der Mosel, oberhalb von Koblenz-Lützel, auf dem Plateau des Petersberges stand ehedem ein Heiligenhäuschen mit einer Marienstatue. Ein Kaufmann hatte es gestiftet, so wird erzählt. Er wurde an dieser Stelle von Räubern überfallen. Durch Gottes Fügung aber kamen etliche Knechte aus dem Eltzer Hof vorbei, vor denen die Wegelagerer davonliefen.

Das Heiligenhäuschen – Maria-Hülf genannt – wurde durch die Jahrzehnte gern von Wanderern besucht. Dann aber kamen mit den französischen Revolutionstruppen Zeiten, in denen man seine christliche Frömmigkeit besser nicht allzu offen zeigte. Die Franzosen als aufgeklärte Leute, die nur noch Freiheit und Vernunft auf den Altären dulden wollten, hätten den rückständigen Rheinländern ihre althergebrachte Gläubigkeit gerne ausgetrieben. So wurden denn überall – genau wie im Heimatland Frankreich – Heiligenbilder und Statuen beseitigt.

Das Heiligenhäuschen auf dem Petersberg aber blieb unzerstört, und die Leute rundum raunten schon, das wäre als ein Wunder anzusehen. Aber im Jahre 1808 befahl der französische Präfekt schließlich doch den Abriß aller Kapellen im Umkreis von Koblenz.

So blieben auch vom Heiligenhäuschen Maria-Hülf nur Trümmer, ein Rest von Mauerwerk unter den Nußbäumen, die den Platz umgaben.

Das Gnadenbild aber, eine Madonna mit dem Kind auf dem Arm, war gerettet worden. Ein Geistlicher hatte es in die Pfarrkirche von Neuendorf gebracht.

Als die Franzosen dann endlich vertrieben waren und in Koblenz sich die preußische Verwaltung einrichtete – das war im Jahre 1814 – da wurde die Erlaubnis erteilt, die Andachtsstätte auf dem Petersberg wieder aufzubauen. Es fanden sich Koblenzer Bürger, die das Geld dazu gaben, und jetzt wurde nicht nur das Heiligenhäuschen neu erbaut, sondern man errichtete eine Vorhalle, wo die Beter niederknien konnten.

Bis die Neuendorfer die Statue – die Muttergottes mit dem Kind – wieder herausrückten, dauerte etwas länger.

Aber als sie wieder am alten – neuen – Platz stand, da begann eine wahre Wallfahrt dorthin auf den Petersberg. Aus der Eifel und vom Hunsrück kamen die Pilger, sogar aus dem Nassauischen über den Rhein, und selbst vom Vorgebirge zwischen Bonn und Köln zogen sie heran. Da war die Vorhalle bald zu klein geworden, eine richtige Kapelle mit kleinem Dachtürmchen wurde erbaut. Es wurde von Wunderheilungen berichtet, und das verstärkte natürlich den Zustrom der Frommen. – Nun war man ja bereits in der ersten Hälfte des 19. Jahrhunderts angelangt, nicht in grauer Vorzeit, aus der sich leicht Legenden spinnen lassen, aber die Wundergläubigkeit stirbt wohl nie aus, und der Glaube als mächtiger Beweger der Seele, die ihrerseits mehr Gewalt über den Körper hat, als wir ahnen mögen, versetzt bekanntlich Berge.

So wird berichtet, daß die Tochter des Fuhrmanns Matthäus Rittel aus Koblenz – Maria-Magdalena – mit ihren neun Jahren noch nicht gehen und stehen konnte, vielmehr am Tag bis zu dreißigmal von Krämpfen gebeutelt wurde. Im Februar 1818 glaubten die Eltern, mit ihrem unglücklichen Kind gehe es nun zu Ende, als nach einem besonders heftigen Anfall ein todähnlicher Schlaf über die Kranke kam. Aber als sie dann erwachte, sagte sie zu den Eltern: „Ich habe Maria mit dem Jesuskind gesehen. Und sie hat mir gesagt, ich solle mit sieben anderen Mädchen nach Maria-Hülf kommen, um dort zu beten."

Die Mutter brachte in der Nachbarschaft rasch sieben junge Mädchen zusammen. Und die zogen bereitwillig los, um auf dem Petersberg vor der Madonna zu beten. Aber das kranke schwächliche Kind dorthinauf zu tragen, das wagten die Elter nicht.

Der Zustand der kleinen Maria-Magdalena besserte sich, gesund wurde sie nicht. Sie bat denn auch immer dringlicher, selber mit den anderen sieben oben vor dem Madonnenbild zu beten. Und schließlich gaben die Eltern nach. Es war am 9. Februar 1818, da wurde die Kleine zur Maria-Hülf-Kapelle hinaufgetragen und betete mit ihren Freundinnen. Angeblich soll sie den weiten Weg nach Koblenz zu Fuß zurückgegangen sein.

Sie erzählte, die Muttergottes habe ihr versprochen: „Du sollst nie mehr krank werden." Und auch das ist eingetroffen. Maria-Magdalena ist in ihrer Ehe Mutter von fünf Kindern geworden. Und gestorben ist sie in hohem Alter, ohne je unpäßlich gewesen zu sein.

Das Grabmal General Marceaus in Koblenz-Lützel

In Koblenz-Lützel gibt es einen Friedhof, auf dem die während des deutsch-französischen Krieges von 1870/71 verstorbenen französischen Gefangenen beigesetzt wurden. Inmitten der Gräber erhebt sich eine Pyramide. Wir lesen in den Stein gehauen, daß hier Marceau ruht, geboren in Chartres, mit 16 Jahren Soldat, mit 22 Jahren General ...

Das Denkmal stand zuerst oben auf dem Petersberg, mußte dann aber der Festung „Kaiser Franz" weichen, die von den Preußen gebaut wurde, als sie die Herrschaft im Rheinland übernahmen.

Gestiftet haben dies Monument die Kameraden Marceaus, die Generäle der Sambre-und-Maas-Armee. Sie gehörten zu den Truppen, die nach der französischen Revolution 1794 über die Grenze des absterbenden Römischen Reiches Deutscher Nation zum Rhein vordrangen.

Ein großer Betrag für das Denkmal aber kam von der gräflicher Familie Chateaugiron aus Rennes.

Marceau hatte sich in den Kämpfen gegen die Aufständischen der Vendée ausgezeichnet und war – um eine Krankheit auszukurieren – nach Rennes gekommen. Dort hatte er sich in die 17jährige Tochter des Grafen de Chateaugiron verliebt. Der Vater, ein Gegner der Revolution, verbot die Verbindung. Die Mutter hat dafür gesorgt, daß der Kontakt zwischen den Liebenden nicht abriß.

Inzwischen wuchs der Ruhm des jungen Generals Marceau. Er nahm an den Kämpfen in Belgien gegen die Österreicher entscheidenden Anteil. Er marschierte mit seinen Truppen in Bonn ein. Ende Oktober 1794 stand er vor Koblenz. Während die Österreicher über die Schiffbrücke auf das rechte Rheinufer abzogen, verhandelte Marceau mit dem Magistrat. Er versprach, daß keine Plünderungen vorkommen sollten, aber als die ausgehungerten und erschöpften Soldaten dann in der Stadt waren, konnte er Übergriffe nicht verhindern.

Den Bürgern wurde das wertlose Papiergeld der Revolution, die Assignaten, aufgezwungen, die Abgaben, die der Volksrepräsentant, der Chef der unteren Verwaltung, auferlegte, waren ruinös.

General Marceau aber hat überall und immer versucht, die Kriegslasten zu mildern, und als dann tatsächlich im Februar 1795 die Steuern ermäßigt wurden, da gaben die Stadtväter von Koblenz im ehemaligen kurfürstlichen Schloß ein großes Fest, bei dem Marceau der Mittelpunkt war.

Dieser François Marceau war kein purer Ehrgeizling und Draufgänger wie der gleichaltrige Napoleon, er beklagt in seinen Briefen, daß sein Ruhm mit soviel vergossenem Blut bezahlt wurde. Sein Herz hängt auch weiterhin an jener Agathe Chateaugiron im fernen Rennes, und mit der Mutter des Mädchens wird der Heiratstermin in Paris festgelegt.

Nach einem Waffenstillstand 1795 beginnen die Kämpfe im darauffolgenden Mai erneut. Die Sambre-und-Maas-Armee geht über den Rhein, wird aber von den Österreichern geschlagen.

General Marceau erhält den Auftrag, den Rückzug der Armee zu decken. Vor Altenkirchen verwickelt er die vorrückenden Österreicher in ein Gefecht, das sieben Stunden andauert. In der Nacht ruhen beide Gegner erschöpft aus. Der 19. September 1796 bricht an. Vom Armeeoberkommando kommt um vier Uhr morgens der Befehl an Marceau, die Stellung noch einen Tag zu halten.

Aber als die an Kräften weit überlegenen Österreicher nun angreifen, muß Marceau seine Truppen zurücknehmen. Er steht jetzt noch zehn Kilometer vor Altenkirchen. Man hat sich vom Feind gelöst. Marceau reitet mit einigen Offizieren auf Erkundung aus. Der blau-weiß-rote Federschmuck auf seiner Mütze leuchtet weithin. Vom Waldrand knallt ein Gewehrschuß. Die Begleiter sehen: Marceau zuckt zusammen, reißt seinen Fuchs herum und prescht zurück. Dann sinkt er vom Pferd. Die Kugel eines Tiroler Scharfschützen hat Oberarm und Brustkorb durchschlagen. Der General wird von seinen Soldaten nach Altenkirchen getragen. Die Österreicher sind dem Geleit dicht auf den Fersen, einer der Träger fällt.

Aber sobald der Oberbefehlshaber der Armee, General Jourdain, Nachricht zum österreichischen Stab geschickt hat, daß General Marceau tödlich verwundet ist, hört jede Kampftätigkeit auf. Die österreichischen Generäle Haddick und Kray besuchen den sterbenden Gegner, Husarenoffiziere kommen und drücken ihm ihre Hochachtung als Gegner aus.

Am Morgen des 21. September 1796 stirbt General Marceau, er ist 27 Jahre alt geworden. Kurz darauf steht auch der österreichische Oberbefehlshaber, der Erzherzog Karl, am Totenbett seines tapferen Gegners. Er ordnet an, daß die Leiche in feierlichem Zug zum französischen Brückenkopf Neuwied gebracht wird.

Die Szene, wie der 25jährige Erzherzog Karl an der Bahre seines berühmten Gegners steht, ist auf einer Relieftafel des Arc de Triomphe dargestellt.

Von Neuwied kamen die sterblichen Überreste General Marceaus dann nach Koblenz.

Der Tiroler Scharfschütze ist später Jägermeister beim Fürsten zu Wied geworden.

Die Belagerung von Koblenz im Jahre 1688

Die Soldaten des Franzosenkönigs Ludwigs XIV. drangen in die Pfalz und an den Rhein vor. Die Rechtsgründe für diese Gewalttat waren mehr als fadenscheinig, das Ziel war, Frankreichs Grenze bis zum Rhein vorzuschieben.

Einer der begabtesten Truppenführer der Franzosen war Louis François Bufflers, ein Herzog aus der Picardie. Er hatte in raschem Überfall bereits Mainz und Bingen genommen, und nun erreichte ihn der Befehl, Koblenz zu erobern.

Über den Hunsrück marschierten die französischen Truppen heran. Bei Waldesch wurde das Lager aufgeschlagen. Es war im Oktober 1688, die Jahreszeit also schon fortgeschritten, eine lange Belagerung der Stadt wollte man vermeiden und zog deshalb Geschütze heran, soviel nur auf Mosel und Rhein zu transportieren waren. Man wußte, die Stadt Koblenz war wohlbefestigt.

Der Kurfürst und Erzbischof von Trier – seine Hauptstadt war längst in der Hand des Feindes – weilte zu der Zeit auf dem Ehrenbreitstein, der starken kurtrierischen Festung am rechten Ufer. Dieser Kurfürst Johann-Hugo hatte schon angefangen, mit den Franzosen zu unterhandeln, aber sein Oberhofmarschall von der Leyen machte ihm Mut: Wenn er Neutralität erreichen könne, dann gut und schön, aber die Franzosen nach Koblenz und Ehrenbreitstein hineinlassen, das auf keinen Fall. Auf Neutralität aber wollten die Franzosen sich nicht einlassen, und also war der Kampf beschlossen.

In Koblenz und Ehrenbreitstein konnte man sich einigermaßen zuversichtlich geben, denn neben den

2 000 Mann kurtrierischer Truppen standen noch Reichstruppen zur Verfügung, dazu das Leibregiment der Landgrafen von Hessen. Noch war Zeit, einige Dragonerregimenter, die in Montabaur und am rechten Rheinufer im Quartier gelegen hatten, heranzuziehen, so daß insgesamt 5 000 Soldaten zur Verteidigung bereitstanden.

Oberbefehlshaber wurde der General August Graf zur Lippe. Mit Kanonen und Munition war Koblenz ebenfalls wohlversorgt. Allein 35 000 Handgranaten lagen bereit. Jeder Bürger hatte ein Gewehr und zwölf Patronen.

Mit Kanonen waren Stadt und Festung also wohlversehen, nur mangelte es an kundigen Artilleristen. Die kurtrierische Armee hatte nur 30 Constabler, wie man sie nannte. Und so wurden mit der Eilpost aus Düsseldorf noch rasch zwei Artillerieoffiziere und 10 Mann herangebracht, der Graf von Efferen schickte 11 spanische und 4 wallonische Artillerieoffiziere nebst zwei Sergeanten, der Fürst von Waldeck sandte einen holländischen Leutnant und 6 kundige Leute, der Landgraf von Hessen einen Ingenieurmajor und einen Artillerie-Leutnant.

Rechts der Mosel über der Stadt liegt die Kartause, bis dahin drangen die Franzosen am 1. November vor und schlugen hier ihr Lager auf. General Bufflers richtete sein Hauptquartier ein. Späher bemerkten die Absicht der Franzosen, auf das linke Moselufer überzusetzen, Koblenz also zu umschließen. Bei dem Versuch einer „gewaltsamen Aufklärung“ – wie man das heute nennt, wäre der General von der Lippe beinah umgekommen, denn wo man einige Vorposten erwartet hatte, da traf man auf starke Verbände der Franzosen und mußte sich rasch und mit Verlusten über die Moselbrücke zurückziehen.

Trotz aller Artilleriefachleute in Koblenz und Ehrenbreitstein, die Wirkung der kurtrierischen Geschütze, die nun durch 48 Stunden die französischen Schanzen und Lager beschossen, war gering. Den größten Effekt machte noch ein Brandgeschoß, das leider bei den eigenen Leuten in Koblenz-Lützel einschlug, worauf ein großer Teil des Ortes abbrannte.

Die Franzosen konnten jedenfalls ziemlich ungestört ihre Artillerie bis auf 800 und sogar 600 Schritt an die Mauern von Koblenz heranziehen und mit Schanzen sichern. Allerdings das dauerte, denn es war regnerisches Wetter, und die Bauern, die man von nah und fern zusammengetrieben hatte, arbeiteten höchst widerwillig.

Drei Tage lang wurde nun die Stadt beschossen, und da die Kugeln und Brandgeschossen von allen Seiten kamen, auch von der Rheinseite, war an ein Löschen der zahlreich aufkommenden Brände nicht zu denken. Erst am 10. November gegen Mittag verstummte nach und nach das schauerliche Pfeifen, Krachen und Donnern.

Vier Tage später rückten die Franzosen ab. Sofort führte der Graf von der Lippe seine Truppen aus der Stadt und verfolgte den Feind. An Toten und Gefangenen haben die Franzosen vor Koblenz ungefähr 1 500 Mann verloren.

Aber die Stadt war zerstört durch die rund 10 000 Artilleriegeschosse, die Häuser und Kirchen getroffen hatten. Koblenz-Lützel war sogar dem Erdboden gleichgemacht.

Der Graf zur Lippe erhielt für seine tapfere Verteidigung vom Kurfürsten eine Leibrente von jährlich drei Fuder Zeller Wein. Die braven hessischen Soldaten erhielten pro Kopf einen Reichstaler.

Die Koblenzer aber schwuren, diese Beschädigung ihrer schönen Stadt bis auf ihre Nachkommen zu rächen.

Das Gespenst vom Königsstuhl zu Rhens

Ursprünglich hat der berühmte Königsstuhl zu Rhens nah dem Rhein gestanden, und erst im vorigen Jahrhundert ist er an der heutigen Stelle neu aufgebaut worden.

Wo er aber früher stand, diese ganze Wiese bis zu einem Nußbaum galt als verrufen. Da trieb ab und an ein Gespenst sein Unwesen.

Es waren vor allem Teilnehmer an den Prozessionen, die aus der Koblenzer Gegend Richtung Boppard zogen. Da gab es immer ein paar Fußkranke oder weniger fromme, die hinterdrein schlenderten und sich nicht am Beten und Singen beteiligten. Denen sprang das Unwesen mit Vorliebe auf den Buckel, krallte sich fest und machte sich schwer, und war erst wieder abzuschütteln, wenn der Pilger Anschluß an die große Schar gewonnen hatte. Und aus dieser Erfahrung soll der Spruch abgeleitet worden sein: „Wer nicht weiß, die Kunst des Betens recht zu üben, der lernt sie bald durch Not und Angst getrieben."

Natürlich hätte man gerne gewußt, welche verdammte Seele am Königsstuhl ihr Unwesen trieb, doch dahinter kam erst in späten Jahren ein Rhenser Flurschütz namens Vetter.

Er hatte seit Jünglingsjahren ein besonderen Gespür für die Geisterwelt. – Er war einmal am Breyerbach entlang gegangen, als er vor seinen Füßen etwas glänzen und blitzen sah. Es war ein Krönlein aus Gold mit Edelsteinen geziert. Der Flurschütz Vetter hatte das Kleinod schon angefaßt, da ertönte vom Bach her ein seltsames, melodisches Pfeifen. Und das wußte jeder in der Gegend: so gibt sich nur eine kund, die Unkenkönigin, die an heißen Sommertagen gern ein Bad im Bach nimmt, wobei sie ihr Krönlein ablegt.

Wer aber dies Krönlein an sich nimmt – auch das ist allgemein bekannt – der kann Herr aller Schätze dieser Welt werden. Nur eine Schwierigkeit ist dabei: Er muß sich – das Krönlein in der Hand – bis unter den nächsten Nußbaum retten. Die Unkenkönigin aber ist sehr schnell und furchtbar in ihrem Zorn, und wen sie erwischt, der ist verloren für Erde und Himmel.

Das alles ging dem jungen Flurschütz Vetter durch den Kopf. Er sah sich um, und der nächste Nußbaum erschien ihm allzuweit. Also ließ er das Krönlein los und ging fort und es geschah ihm nichts.

Aber fortan war er verändert, denn die bloße Berührung der Krone hatte ihm einen Zugang zur Geisterwelt eröffnet.

Und so ist er denn auch eines Abends auf einem Dienstgang dem Gespenst vom Königsstuhl begegnet, sichtbar und leibhaftig. Ein Mann war das, in einen schwarzen Mantel gehüllt, und er trug eine große Schale aus schwerem Silber, gefüllt mit den herrlichsten Früchten vor sich her. Die Überfallenen hatten immer behauptet, in der Schale liege der blutige Kopf des Gespenstes. Das war jedoch ein Wahn, der durch die Angst hervorgerufen war.

Der Flurschütz Vetter aber kannte keine Angst vor Gespenstern mehr. Er sprach den Geist aus dem Totenreich an. Die beiden kamen ins Gespräch. Und der Unheimliche erzählte.

Er hatte in Rhens gewohnt, war schon durch Erbschaft steinreich, hatte aber mit Geldverleih und halsabschneiderischen Zinsen sich fast das ganze Städtchen abhängig gemacht. Nur eines fehlte ihm noch, die Macht der Obrigkeit. Er wollte Schultheiß werden.

Zu der Zeit kam der neugewählte Kurfürst nach Rhens, um sich vom Volk auf dem Königsstuhl huldigen zu lassen. Auch der reichste Bürger stellte sich natürlich dem Kurfürsten vor und brachte ihm die schwere Silberschale mit den schönsten Früchten zum Geschenk dar. – Der Kurfürst war erfreut über die kostbare Schale und gerührt über die Zuneigung seiner Untertanen, und er fragte, ob der Geber sich etwas wünsche. Der sagte: „Ich hätte das Recht – als der Reichste am Ort – daß ich Bürgermeister wäre und über alle und alles zu bestimmen hätte."

Der Kurfürst in seiner prächtigen Laune nickte: „Das sollst du werden!"

Wie trunken vor Glück eilte der Reiche nach Hause, und er träumte in der Nacht von weiterem Aufstieg zu Adel und Ritterruhm, sah sich als Burgherr und Heerführer, als Graf und Herzog gar.

Darüber geriet er in Schweiß und Fieber, und am folgenden Morgen wurde er tot in seinem Bett gefunden.

Das rätselhafte Jahr des Ritters Anton Cratz von Scharfenstein, Vogt auf Burg Stolzenfels

Daß der Ritter Anton Cratz von Scharfenstein in den langen Jahren zwischen 1589 und 1615 Vogt des Erzbischofs und Kurfürsten von Trier auf Burg Stolzenfels war, das ist vielfältig in den Archiven belegt. Auch über sein Schicksal zwischen dem Allerheiligentag 1589 und dem Allerheiligentag 1590 ist ausführlich berichtet, allerdings nur in seiner eigenen Erzählung und Niederschrift, und das klingt höchst rätselhaft.

Seit der Nacht des Allerheiligentags 1589 war der Ritter nämlich verschwunden. An dem Morgen danach wurde sein Knecht unter dem Galgen von Bubenheim aufgefunden, ganz verstört und wie wirr im Kopf. Sein Pferd graste neben ihm.

Der Knecht erzählte: „Wir, mein Herr und ich ritten am Abend von der Jagd kommend heim nach Stolzenfels. Bald darauf erschien ein Bote vom Kloster Marienroth. Die Oberin ließ dem Ritter ausrichten, er müsse dringend dorthin kommen. Der Herr von Scharfenstein war recht müde, und er hätte gern seine Ruhe gehabt, aber er hieß mich die Pferde wieder satteln. Die Nacht war sackdunkel, das Kloster, als wir dort anlangten, war hell erleuchtet. Bis zur inneren Klosterpforte begleitete ich meinen Herrn, dann führte ihn eine Laienschwester zum Refektorium, ich selber wurde in die Gesindestube gewiesen. Da setzte man mir viel guten Wein vor, und müde wie ich war, fiel ich in Schlaf. Ich werde wach und es ist Morgen, und ich liege unter dem Galgen von Bubenheim. Das ist alles.“

Der Ritter von Scharfenstein aber war verschwunden, und man glaubte dem Knecht nicht. Man nahm an,

er habe den Herrn erschlagen und beraubt, er leugnete. Er entkam aus der Haft. Er wurde nach Wochen wieder gefaßt. Der Scharfensteiner war immer noch nicht aufgetaucht. Man ließ den Knecht foltern. Er sagte nichts. Das Verfahren zog sich hin. „Zwei Zeugen oder ein Geständnis" verlangt das Gesetz, beides fehlte.

Da, genau am Allerheiligentag ein Jahr später, also 1590, klopfte ein abgemagerter, verwildert aussehender, fremdartig gekleideter Mann ans Tor von Burg Stolzenfels. Erst nach langem erkannte man, daß er die Wahrheit sprach, nämlich, er sei der Ritter Anton Cratz von Scharfenstein.

Der Ritter hat selber niedergeschrieben, was er in dem Jahr seiner Abwesenheit erlebt hat. – Er kam ins hell von Lichtern strahlende Refektorium, wo er keine Nonnen fand, sondern eine Schar von vornehm gekleideten Damen und Herrn, die fröhlich tanzten. Er ist verwirrt, er sucht die Oberin, er gerät in ein Nebengemach, wo ein langer Tisch mit den köstlichsten Speisen aufgebaut ist, an dem tafelnde und fröhlich lärmende Herrschaften sitzen. Eine Nonne, die er kennt, das Fräulein von Merl, eilt auf ihn zu in üppiger, kostbarer Gewandung, umarmt ihn, will ihn küssen. – Er aber, von Entsetzen gepackt, reißt ein Bündel geweihter Kräuter, das er immer bei sich trägt, aus der Tasche. Im selben Augenblick verlöschen die Lichter. Im trüben Schein einiger Öllämpchen sieht er die Speisen auf dem Tisch in Pferdeäpfel und Steine verwandelt, die schmausenden Herrschaften in grausige Gestalten, in dem Fräulein von Merl erkennt er eine alte Frau, die ihm als Ausbund aller Häßlichkeit einmal in Boppard gezeigt wurde. Kaum hat er das alles erblickt, da reißt ein Sturmwind ihn von den Füßen, trägt ihn durchs Fenster und durch die Nacht, er stürzt, der Morgen graut. Er liegt in einer wüsten Einöde. Reiter preschen heran, halten. Er versteht ihre Sprache nicht, hört nur das Wort „Giaur", dessen Bedeutung er aber viel später lernt: „Ungläubiger"! Sie schlagen und treten ihn und lassen ihn halbtot liegen. Die Hitze wird unerträglich, er schleppt sich weiter, kommt in fremdartige Dörfer. Hier und da hilft man ihm, gibt ihm zu essen. Er fällt Räubern in die Hände, und die verkaufen ihn als Sklaven. –

Der Ritter von Scharfenstein wurde mehrmals verkauft und kam endlich als Gärtner bei einem Großwesier in Konstantinopel unter. Dort im Harem, wohin er täglich Blumen bringen muß, lernt er eine Dame kennen, eine Christin. Die beiden beschließen zu fliehen. Ein griechisches Schiff, das im Hafen liegt, soll sie fortbringen. Aber da, am selben Abend, für den die Flucht geplant war, wurden sie verraten. Der Ritter kam ins Verlies. Die Dame sah er nie wieder. Man sagte ihm, er sei zur Todesstrafe des Spießens verurteilt. – Ehe der Morgen graute, hörte er die Schritte des Henkers. – Da fuhr ein Sturmwind durch das Gewölbe und riß ihn fort. Als er diesmal zu Boden stürzte, erkannte er, er lag beim Königstuhl zu Rhens dicht am Rhein. Und sogar sein Pferd war nahebei angebunden.

Natürlich war niemand glücklicher über die Rückkehr des Ritters von Scharfenstein als der arme Knecht, der jetzt endlich frei kam.

In den schriftlich niedergelegten Erinnerungen des Ritters Anton Cratz von Scharfenstein finden sich manche türkischen Ausdrücke, sogar der Text eines türkischen Liedes, und er hatte doch bis zu seinem Verschwinden nie auch nur ein einziges Wort dieser Sprache gehört. – Es ist für immer ein Rätsel geblieben. Allerdings haben die seltsamen Geschehnisse dazu geführt, daß die Hexenverfolgung im Land wieder zunahm.

Kampflustige Pilger auf dem Rhein

„Wer die Herrschaft hat, der kann auch die Konfession seiner Untertanen bestimmen." Dieser Rechtsgrundsatz – im 16. Jahrhundert aufgestellt – sollte Frieden zwischen Protestanten und Katholiken stiften.

Aber wo die Herrschaft wechselte, da hatten auch die Untertanen eventuell den Glauben zu wechseln; und das ist am Rhein mit seinen vielfachen Besitzveränderungen nicht selten gewesen.

So kam die Stadt Braubach – als das Sankt Castorstift zu Koblenz seinen Besitz dort an den Landgrafen von Hessen-Darmstadt verkaufte – unter protestantische Herrschaft. Und noch Mitte des vorigen Jahrhunderts lebten in Braubach nicht mehr als 40 Katholiken.

Aber die katholischen Pilger, die zum Gnadenbild in der Bornhofener Klosterkirche wallfahrten, kamen mit ihren Schiffen regelmäßig am Braubacher Ufer vorbei.

Dort, wo der Mühlbach mündet, und die Stadtmauer sich landeinwärts wendete, stand mit ihrem mächtigen Turm die Barbara-Kirche – heute Gemeindehaus.

An dieser Stelle begannen die frommen Pilger auf ihren Schiffen regelmäßig mit dem Lied: „Dein keuschvorbildlich Leben ist uns zum Vorbild geben, Jungfrau Sankt Barbara ..."

Die Protestanten von Braubach, die ja – wie die meisten Reformierten – mit der Heiligenverehrung nichts im Sinn hatten, empfanden das als Provokation. Aber vollends die jungen Mädchen und mit ihnen die Junggesellen, die nahmen den Hinweis auf die „keusche Barbara" als Verleumdung und Verdächtigung. Die Burschen rannten allemal zum Rheinufer und bombardierten die Schiffe mit Steinen. Und weil die Pilger möglichst nah dem Ufer fuhren, damit ihr Gesang auch

ja gehört werde, bekamen sie tüchtig etwas ab, antworteten aber ihrerseits mit leeren Weinflaschen.

Weiter stromab kam nun auf hohem Fels die alte Sankt-Martins-Kirche in Sicht, und da wurde auf den Pilgerschiffen ein anderes frommes Lied angestimmt, das sich an den Erzengel Michael, den Hüter des Glaubens wendete, und dessen letzte Zeile mit voller Lungenkraft gebrüllt wurde: „Helf uns hier kämpfen, die Ketzer dämpfen, Sankt Michael!"

Dieser katholische Eifer hatte einmal ernstere Folgen. Es war im August des Jahres 1734, als am hellen Nachmittag die Gemeinde Pfaffendorf samt ihrem Pastor mit dem Schiff an der Stadt Braubach vorbeifuhr. Später – bei der umständlichen Untersuchung der Ereignisse – haben sich die Pfaffendorfer damit entschuldigt: sie seien nur deshalb so nah unter dem Ufer von Braubach entlanggefahren, weil der Wind stark und das Rheinwasser hoch gewesen sei. Sicher war, daß sie landgräflich-hessen-darmstädtisches Hoheitsgebiet verletzten, wobei sie kräftig sangen und auch noch die Aller-Heiligen-Litanei beteten.

Die Schildwachen auf der Stadtmauer rufen: „Im Namen des Landgrafen, aufhören!" Die Pfaffendorfer singen nur um so lauter.

Da rollt durchs Rheintal der Donner eines Kanonenschusses, Pulverdampf quillt beim Schloß Philippsburg nah dem Ufer hoch, eine Kugel klatscht mit hoher Fontäne unfern vom Pilgerschiff ins Wasser. – Schon rudert der Schiffer nun doch eilig zur Landestelle, da knallt ein zweiter Schuß, und einer der Pilger springt, von Panik erfaßt, in den Rhein, wird aber gleich wieder aufgefischt.

Vom Schloß kommt der Befehl, den Pastor zum Kommandanten zu bringen. Von Soldaten unter Waffen eskortiert, gelangt er vor den Statthalter des Landgrafen. Der staucht ihn gehörig zusammen und zeigt ihm den hessen-darmstädtischen Erlaß, wonach Pilgerschiffe in landgräflichen Gewässern sich ruhig zu verhalten haben und mit eingerollten Kirchenfahnen still vorübertreiben müssen. Die Pfaffendorfer aber haben eklatant gegen diesen Erlaß verstoßen; der Kommandant verhängt demnach 14 Tage Arrest über den Pastor. Darüber kommt man ins Diskutieren, anfangs wütend und erregt, dann von gelegentlichem Lachen unterbrochen, schließlich ganz freundschaftlich. Der Kommandant läßt Wein bringen. Unten am Ufer warteten, von Soldaten bewacht, in nunmehr ganz stillem Gebet die frommen Pilger, bis endlich ihr Pastor, leicht schwankend, auf dem Uferweg herannahte. Der Arrest war ihm erlassen worden. Er hatte nur versichern müssen, fortan im Angesicht der Stadt Braubach das allzu laute Singen und Beten zu verbieten.

Christoph von Liebenstein auf Burg Liebeneck bei Osterspay

Die Burg Liebeneck über dem Ort Osterspay, wie wir sie heute sehen, ist ein Barockbau, der um 1700 entstanden ist. Auch vorher gab es hier eine Burg. Die Liebensteiner wohnten hier, und einer von ihnen hat ein wechselvolles und für die Zeit typisches Schicksal gehabt: Christoph von Liebenstein, der hier in der zweiten Hälfte des 16. Jahrhunderts seine Kindheit verbrachte. Der Vater hatte auch Besitzungen in Lothringen, und so wurde der Christoph mit 16 Jahren nach Nancy geschickt als Page am Hof des lothringischen Herzogs. Es zeigte sich aber, daß dieser rheinische Bengel für den Hofdienst wenig tauglich war wegen seiner dauernden Streitereien und Prügeleien mit den anderen Edelknaben.

Der Christoph von Liebenstein wurde deshalb als Cornett dem Reiterregiment Beauveau zugeteilt. Cornett heißt der jüngste Offizier und Fahnenträger. Insgesamt betrug die Streitmacht des Generals Beauveau 5 000 Mann zu Fuß und 1 000 Reiter. Damit zog er gegen das sogenannte Hochburgund, damals habsburgisch. Es war im Grunde ein Religionskrieg mit höchst irdischen Zielen. König Heinrich IV. von Frankreich unterstützte damals noch die Protestantische Partei. In seinem geheimem Auftrag handelte Beauveau. Man eroberte rasch einige Städte. Nur Vesoul leistete Widerstand und wurde deshalb auch entsprechend behandelt. – Christoph von Liebenstein schreibt: „Mit dieser Stadt ward so grausam umgegangen, als jemals einer Stadt von Türken oder Tartaren angetan worden."

Und nun langte man vor Besancon an, das gut befestigt und zum Widerstand bereit war. Die Stadt schickte Boten an den Statthalter von Mailand, der war Statthalter Spaniens, das damals in Oberitalien herrschte. Und der kam mit seinen Truppen über die Alpen, durch Savoyen und durch das Habsburgische Burgund. Er stürmte die von den lothringischen Freibeutern eroberten Städte und ließ vom Gegner, wen er fassen konnte, aufknüpfen.

Der Cornett Christoph von Liebenstein war unter denen, die entkamen. König Heinrich IV. eilte nun selber mit Truppen den Lothringern zur Hilfe. Viel wurde nicht erreicht in einem Scharmützel. Immerhin konnte der Oberbefehlshaber der Lothringer, der Herr Beauveau, sich retten; mit ihm der Liebensteiner. Sie fanden Unterschlupf bei einer Stiftsdame zu Remiremont, wo Christoph als Küchenjunge verkleidet vier Monate Holz hackte und Töpfe scheuerte. Dann konnte er es wagen, sich bettelnd nach Hause durchzuschlagen.

In Osterspay auf Burg Liebeneck fand er einen illegitimen Bruder, der sich des ganzen Besitzes bemächtigt hatte. Christoph zahlte Rechtsgelehrten und Richtern viel Geld und kam doch nicht zu seinem Recht. Da war's eine Erlösung, daß die Stiftsdame in Remiremont ihn nicht vergessen hatte und ihm auf seine Klagebriefe hin eine Hauptmannsstelle in einem bayrischen Regiment verschaffte, das in Ungarn gegen die Türken kämpfte. Christoph lieh bei einem Augsburger Wechsler viel Geld, um seine Kompanie auszurüsten. Aber schon 1603 war der Krieg zuende, die Einheit wurde aufgelöst, das Geld war verloren. Und als Christoph von Liebenstein nach Augsburg kam, um neuen Kredit zu erlangen, da steckte man ihn für ein halbes Jahr in den Schuldturm.

Als er seine Zeit abgesessen hatte, nahm er auf holländischer Seite am Erbfolgekrieg um Jülich teil. Er hatte ein Duell mit einem französischen Obristen. Der Obrist blieb tot auf dem Platz, und Christoph mußte fliehen.

Diesmal nahm er Dienst bei König Christian IV. von Dänemark, nun schon als Obrist-Leutnant. Der Krieg gegen Schweden forderte die ganze Anstrengung Dänemarks. Aber sobald 1613 der Friede geschlossen war, drangen die Holländer mit ihrer Forderung durch, der „Mörder" Christoph von Liebenstein sei auszuliefern.

Der machte sich davon, schlug sich durch ganz Deutschland durch, oftmals verfolgt von den Häschern, und kam völlig mittellos an den Rhein. Er verhandelte mit den Erzbischöfen und Kurfürsten von Trier und von Mainz, er bot an, zum katholischen Glauben überzutreten, wenn man ihm ein Darlehen von 10 000 Gulden gebe. Die geistlichen Fürsten lehnten ab. Und daheim in Osterspay konnte Christoph sich nicht halten. Er mußte wieder Kriegsdienste nehmen. Diesmal wurde er Rittmeister im Dienst des Kurfürsten von der Pfalz. Dieser Friedrich V. hatte sich als Oberhaupt der protestantischen Union zum König von Böhmen wählen lassen. Die mächtige katholische Liga mit dem Kaiser trat gegen den Pfälzer an. Schon bevor der in der entscheidenden Schlacht am Weißen-Berge bei Prag geschlagen wurde, erlitt Christoph von Liebenstein eine schwere Verwundung und wurde gefangengenommen. – Der Dreißigjährige Krieg hatte begonnen.

Als Christoph endlich wieder heimkam nach Osterspay, da waren seine Güter verkommen, die Bürger stellten sich gegen ihn, und all seine Versuche, aus Armut und Schulden herauszukommen, scheiterten.

Er war nun schon bei Jahren und mußte trotzdem wieder als Offizier Dienst suchen, diesmal bei den Schweden. Das war im Jahre 1631. Ein Jahr später fiel der schwedische König Gustav-Adolf, die große Hoffnung der deutschen Protestanten. Der Krieg wurde zu einem blutigen Chaos. Und darin ist auch Christoph von Liebenstein im Jahre 1637 umgekommen.

Kriegsdrangsale im Dreißigjährigen Krieg in Boppard

Der Dreißigjährige Krieg, der so verheerend im Heiligen Römischen Reich Deutscher Nation tobte, hatte lange die Gebiete am Rhein verschont. Er war schon 14 Jahre im Gange, als die ersten feindlichen Truppen nach Boppard kamen. Es waren die gefürchteten Schweden. Aber der Befehlshaber dieser Truppe hatte ein Herz für die Leute am Rhein, stammte er doch selber von da: der Wild- und Rheingraf Otto-Ludwig. Er hielt seine Völker in Zaum, und dem Kloster der Franziskanerinnen, Sankt Martin, das besonders gefährdet vor den Mauern der Stadt lag, stellte er sogar eine Schutzwache.

Aber das war nur der Anfang der Aufregung. Bald zogen Franzosen ein, dann kaiserliche Truppen. Und woher sollten diese verwilderten Krieger Nahrung für sich und Futter für die Pferde nehmen? Nachschub gab es nicht, und also mußten Bürger und Bauern herhalten, Mann und Roß zu nähren. Die Landsknechte waren zudem auf Beute aus, denn mit der Löhnung war sehr oft kaum zu rechnen, und wenn sie im Krieg schon den Kopf hinhielten, dann sollte wenigstens auch etwas dabei herausspringen – auf Kosten der Bürger, versteht sich. Die Bürger aber hatten meistens beizeiten ihren wertvolleren Besitz versteckt, und es ging nun also mit Prügeln und Drohen daran, ihnen ihr Geheimnis zu entlocken.

Übel erging es 1635 der Verwalterin des Klosters Sankt Martin, der Schwester Katarina Merl, die konnte nicht sagen, wo die Kostbarkeiten des Konvents versteckt seien, denn es gab längst keine mehr. Das aber mochten die Schweden nicht glauben, sie rissen ihr das geistliche Gewand vom Leib, prügelten und stießen sie herum. Und schließlich ging ein Musketenschuß los, der die Schwester am Kopf traf, und an dem sie 14 Tage später verstarb.

Nun kehrte einigermaßen Ruhe in Boppard ein bis auf das Jahr 1639. Da kam die Nachricht, zwei Regimenter der wilden Weimarischen Truppe zögen nach Boppard und seien schon auf dem Marsch von Sankt Goar her. Jetzt war man gewarnt: wer es sich leisten konnte, der packte Hab und Gut und floh auf Nachen und Schiffen.

Nach langem Zögern entschlossen sich zwei Geistliche den Landsknechten entgegen zu gehen. Ihr Mut bewog auch zwei Bürger, sich anzuschließen.

Dem Zug der Reiter und Fußsoldaten fuhr eine Kutsche voraus, drin saß der Regimentskommandeur, der Obrist Hodiegowa, ein böhmischer Adeliger. Vor ihm warfen die Bopparder Parlamentäre sich in den kalten Dezemberschlamm der Fahrstraße und baten um Gnade für ihre Stadt. Nun waren aber die beiden Geistlichen Franziskanerpatres, und es zeigte sich, der protestantische Obrist hatte dennoch Achtung vor den Söhnen des heiligen Franz. Er nahm die Bopparder in seine Kutsche und versprach, er würde die Stadt schützen.

Das ist auch geschehen, nur das Sankt Martin Kloster vor den Mauern wurde wieder behelligt. Soldaten bedrängten die Laienschwester Gertrudis um Brot und setzten ihr so sehr zu, daß sie auf die Höhen floh und sich in einer Höhle versteckte. Da oben hörte die arme Schwester die Glocken von Boppard nicht und dachte also, die Bewohner der Stadt wären allesamt ermordet. Erst nach zwei Tagen wagte sie sich halb erfroren und verhungert aus ihrem Versteck. Ihr Kloster fand sie verlassen, denn die Nonnen hatten sich in die Stadt geflüchtet; die Verwandte in Koblenz oder Andernach hatten, beides feste ummauerte Städte, hatten sich dorthin davongemacht. Und das war gut so, denn nun kam ein Regiment Schotten in die Stadt. Und als die nach drei Wochen abzogen, um in Oberwesel auf die rechte Rheinseite überzusetzen, da war Boppard völlig ausgeplündert.

Der gute Obrist von Hodiegowa ist in Boppard gestorben. Und sosehr waren die Protestanten untereinander gespalten, daß der Feld-Predikant, der ein Calvinist war, ihm nachrief: „Den Leib unseres Obersten haben wir, aber seine Seele hat der Satan!“. Der Verstorbene wurde in der Pfarrkirche zu Bacharach beigesetzt.

Was der Dreißigjährige Krieg an Verwüstung und Plünderung der Stadt Boppard gekostet hat, das ist nicht zu ermessen. Fest geschrieben sind nur die Gelder, die aufgewandt wurden, um Brandschatzung und Sprengung zu verhindern, und die belaufen sich auf die immense Summe von rund 245 000 Reichstalern.

Geschichten vom Marienberg zu Boppard

Jahrhundertelang stand da oben über der Stadt ein Kloster, „Marienberg", das aber nur „das Hohe Kloster" genannt wurde, nicht etwa, weil es hochgelegen war, sondern weil die Nonnen darin aus den rheinischen Adelsfamilien stammten. Das waren die unverheirateten Töchter der Familien, denen man auf diese Weise ein sicheres und dazu noch gottgefälliges Unterkommen schaffte. Da finden sich immer wieder die großen rheinischen Namen in den Chroniken: die von Greiffenklau, die von Dalberg, von der Leyen, von Eltz, die Rheingrafen und die Pfalzgrafen, von Schöneck, von Leiningen, Beyer von Boppard, von Monreal, von Waldeck und so weiter.

Als die Franzosen mit ihren Revolutionstruppen 1794 ins Land kamen, da endete die fast 700jährige Tradition. Die frommen Frauen zogen weg, die Kirche wurde zerstört. Und nun machten die Revolutionäre, die ja nur an die Göttin der Vernunft glaubten, sich daran, die fast lebensgroße Madonnenstatue am Eingang der Klostergebäude zu beseitigen. Aber sie hatten Meißel und Hammer noch nicht angesetzt, da trat das steinerne Bildwerk mit einem Fuß unter dem Gewand vor, so als wolle es davongehen. Da packte die Frevler das kalte Grauen, sie stürzten Hals über Kopf davon, und die Madonna blieb stehen.

Nun wurden ja im linksrheinischen Gebiet ganz allgemein die kirchlichen und adeligen Güter von den Franzosen an die Bauern und Bürger verkauft. Die Preise waren niedrig, aber am niedrigsten waren sie, wenn es sich um Ländereien oder Gebäude handelte, die der Kirche gehört hatten; denn man hatte Bedenken: Was man der Kirche und also dem lieben Gott wegnimmt, darauf kann kein Segen sein.

Aber gekauft wurde – mit Abschlag allerdings. Und so gingen auch die Klostergebäude auf dem Marienberg in den Besitz der unternehmungslustigen Familie Doll über. Reiche Quellen sprudelten da oben, und das Wasser trieb bald mehr als sechzig Strumpfwebstühle, dazu gab es eine Spinnerei, es wurde gebleicht und gefärbt, ein florierender Betrieb; denn in Napoleons großem Europa waren die Zollgrenzen gefallen. Nur England war ausgesperrt. Mit England herrschte Krieg, und Napoleon hatte die Einfuhr von englischen Waren verboten: die Kontinentalsperre.

Sobald aber Napoleon besiegt und vertrieben war, sobald die billigeren Waren aus dem industriell fortgeschrittenen England wieder eingeführt wurden, hörte der Absatz der Strümpfe vom Marienberg auf.

Aha, sagten die Leute, man sieht: kein Segen auf ehedem kirchlichem Besitz! – Aber die Töchter Doll verwandelten die Strumpfwirkerei in ein Erziehungsheim für höhere Töchter. Und sie hatten wieder Glück: Aus Berlin, aus der Schweiz, aus Frankreich und England kamen die jungen Mädchen. Vor allem auch der westfälische Adel schickte seine Töchter: von Kerßenbroich, von Asseburg, von Zurmühlen, von Rump, von Wrede und so weiter.

Das florierte eine Reihe von Jahren, aber dann kamen Gläubiger aus der Webereizeit und kündigten Darlehen. Und man stand erneut vor der Pleite. Die frommen Bürger nickten sich bedeutungsvoll zu: Kein Segen!

Doch die Geschwister Doll waren noch frommer. Sie beschlossen in höchster Not ein 40tägiges Gebet. Das fing Weihnachten 1828 an und dauerte bis Lichtmeß 1829 ununterbrochen. Natürlich wurden währenddem alle möglichen irdischen Nothelfer angeschrieben. Aber nur die preußische Regierung meldete sich, die wollte die Gebäude um recht geringen Preis kaufen und eine Anstalt für Geisteskranke daraus machen.

Bis zum letzten Tag des vierzigtägigen Gebetes hatte Sophie Doll gewartet, dann schrieb sie den zustimmenden Brief an die preußische Bezirksregierung in Koblenz und ließ ihn zur Post nach Boppard bringen.

Am selben Spätnachmittag aber erschien der Retter: der Fürst von Fürstenberg nebst Gattin war mit der Fahrpost von Koblenz gekommen, besah sich den Betrieb und die Schwestern Doll und sagte sofort ein Darlehen von 20 000 Reichstalern zu, darüberhinaus war er bereit, die Gläubiger zu befriedigen.

Jetzt aber fiel der Sophie Doll der Brief ein. Wenn die Zusage schon an die Regierung abgegangen war, dann war alles zu spät. Sie eilte zum Postamt nach Boppard. Und siehe da, wegen des Tauwetters, das die Straßen aufgeweicht hatte, war der Postwagen aus Mainz noch nicht durchgekommen. Sie konnte ihren Brief aus dem Packen, der nach Koblenz bestimmt war, zurückbekommen.

Und auch die Anreise des Fürsten von Fürstenberg war sozusagen durch höhere Fügung an diesem Tag erfolgt. Auch ihn, der eigentlich auf seine westfälischen Güter hatte reisen wollen, hatte das Tauwetter und der hohe Wasserstand des Rheins von der Reise abgehalten.

Da sagten nun die Leute: Siehe da: Tugend wird immer belohnt.

Die Kaltwasserheilanstalt zu Boppard

In den Jahrhunderten ist Boppard gewiß berühmt gewesen wegen seines ausgezeichneten Weins, dazu als Handelsstadt. Aber es war auch das Wasser vom Marienberg, das zu den Genüssen zählte, die Boppard auszeichneten. Wenigstens die Bopparder selber haben es oft vom Hohen Kloster, wo die vornehmen Benediktinerinnen herrschten, geholt. Es sollte bei Krankheiten helfen. Und manchmal – in trockenen Sommern – wenn die Stadtbrunnen versiegten, trug man das Wasser aus den überreichlich sprudelnden Quellen vom Marienberg herbei. Kalt war dies Wasser, im Sommer wie im Winter zwischen 11 und 12 Grad.

Als die Nonnen vom Marienberg vertrieben waren, hat die Wasserkraft Spinnmaschinen getrieben. Aber die Fabrik machte pleite, die nachfolgend dort eingerichtete Erziehungsanstalt für höhere Töchter verlor ihre Anziehungskraft.

Da hatte der Bauer Vinzenz Prießnitz im fernen Schlesien die Idee, mit kaltem Wasser Krankheiten aller möglichen Art zu heilen. Er war ein Vorläufer des Pfarrers Kneipp. Und heute macht noch manche Oma den Prießnitzwickel um die Waden, wenn das Enkelchen krank ist. Die Kaltwasserheilmethode fand rasch Anhänger. Auch in Boppard faßte man den Plan, aus den Marienbergquellen eine Geldquelle zu machen.

Das ehemalige Kloster war inzwischen fast zur Ruine geworden. Ein praktischer Arzt, ein Doktor Schmitz, kaufte den ganzen Komplex samt weiten Ländereien für ganze 18 000 Reichstaler.

Das war im Jahre 1838. Mit aller Energie begann die Umgestaltung und der Neuaufbau. Nicht nur 150 Zimmer wurden für die Badegäste eingerichtet, auch Speise-, Lese-, Damen- und Billardsaal. – An medizinischen Einrichtungen im Sinne des Erfinders Prießnitz waren 14 Vollbäder, acht Duschen, dazu Sprudel-, Sitz- und Wannenbäder vorhanden, natürlich für Herren und Damen getrennt. Dazu war ein wunderschöner Park angelegt worden mit Spazierwegen und Ruhebänken. Gerühmt wurden die zahlreichen Nachtigallen, die im Frühjahr rundum in den Bäumen sangen.

Das alles haben die Heilungsuchenden wohl zu würdigen gewußt, die begüterten natürlich. Man muß bedenken, eine Woche Kuraufenthalt kostete zwischen 7 und 14 Reichstalern. Ein Arbeiter verdiente damals im Durchschnitt 3 bis 6 Reichstaler die Woche. Zwei Wochenlöhne für eine Woche feudale Unterkunft, ärztliche Betreuung und Kuranwendungen, das ist auch heute wohl nicht billiger.

Jedenfalls die Anstalt florierte: 1839 – im Jahr der Eröffnung – kamen 139 Kurgäste, zwölf Jahre später waren es schon 308 in der Saison von Mai bis September. Das gute Gedeihen der Kaltwasserheilanstalt auf dem Marienberg hat den Kreisphysikus von St. Goar, den Doktor Heubner, bewogen, ein zweites Unternehmen zum Wohle der Menschheit einzurichten. Ein Stück stromabwärts von Boppard entstand das Mühlbad. Der Name rührt daher, daß Doktor Heubner sich seiner Sache doch nicht so ganz sicher war. Er legte sich ein zweites Standbein zu und ließ im Keller des Gebäudes zwei Mühlen einbauen. Wasser war ja genug vorhanden, und wenn keine Gäste kämen, dann würde es eben diese Mühlen betreiben.

Aber die Gäste kamen. 1842, als eröffnet wurde, standen 30 Zimmer zur Verfügung. 1845 hatte man schon auf 60 Zimmer erweitern müssen. Die fünf Vollbäder waren so groß, daß man darin schwimmen konnte. Und die fünf Duschen hatten eine Fallhöhe von sage und schreibe acht Metern. Das ergab eine gehörige Massage. Neben den üblichen Sitzbädern waren noch Brause-, Regen- und Staubbäder eingebaut.

Und dazu gab es noch ein wohleingerichtetes – von außen nicht einzusehendes, nach Geschlechtern getrenntes schwimmendes Rheinbad, das sich nicht nur bei den Kurgästen steigender Beliebtheit erfreute. Das Rheinwasser war damals ja noch kristallklar, Salme schwammen im Überfluß darin, soviele, daß sie für die französischen Feinschmecker exportiert wurden.

Beim Ausschachten der Fundamente des Mühlbades hat man zahlreiche archäologischen Funde gemacht. Boppard steht ja auf den Trümmern eines großen römischen Kastells. Den aufsehenerregendsten Fund aber machte das achtjährige Söhnchen des Doktor Heubner, als die Anstalt schon lange in Betrieb war: er fand im Gemüsegarten einfach so auf der Erde zwischen Möhren und Salat einen goldenen Ring, offenbar für die Hand einer Dame bestimmt, mit einer Kamee, die römische Göttin Minerva darstellend, auf den Schild gestützt und die Eule der Weisheit auf der erhobenen Rechten.

Doktor Heubner hätte den Fund besser geheimgehalten. Er zeigte ihn aber bei seinen Gästen herum. Allgemeine Begeisterung für die Archäologie brach aus. Die Gäste bewaffneten sich mit Hacken und Spaten und verwüsteten den ganzen Gemüsegarten, ohne das geringste zu finden.

Der heilige Bernhard von Siena in Boppard

Wir alle sind sicher schon einmal von Italien kommend den Bernardino-Paß gefahren. Er ist nach dem heiligen Bernhard von Siena benannt, der hier oben gepredigt hat.

Bernhard stammte aus einer reichen Adelsfamilie, aus dem Hause Albiceschi. Aber er hat sein ganzes ererbtes Vermögen den Armen geschenkt. Überdies hat er bei der großen Pestepidemie im Jahre 1400 die Kranken gepflegt, alle Ansteckungsgefahr mißachtend. Er trat dem Franziskanerorden bei. Aber er mußte erkennen, daß die strengen Regeln des heiligen Franz nicht mehr beachtet wurden, und so machte er es sich zur Lebensaufgabe, den Orden zu reformieren.

Bernhard zog von Kloster zu Kloster und predigte und mahnte, und er kam auch an den Rhein. Von Kamp auf dem rechten Ufer sah er drüben das stattliche Boppard liegen. Er wußte wohl, daß es dort ein Franziskanerkloster gab. Und er wollte dort hin. Aber der Fährmann von Kamp verlangte hartnäckig den üblichen Fährlohn und nahm als Ersatz keinen Segen und kein Gebet. Bernhard aber, als getreuer Sohn des Franziskus von Assisi, hatte kein Geld.

Und also breitete er Gott vertrauend seinen Mantel aus auf den Wassern des Stromes, stieg darauf und gelangte so ans andere Ufer. Das Wunder dauerte seine Zeit, genug, daß auf beiden Rheinseiten viel Volk zusammenlief und in die Knie fallend die mirakulöse Überfahrt beobachtete.

Natürlich wurde Bernhard nun in Boppard aufgenommen, als ob er schon heilig gesprochen wäre. Gerne hätten die Brüder im Franziskanerkloster ihn für alle

Zeit bei sich behalten. Aber Bernhard mußte weiterziehen, um seine Lebensaufgabe – die Reformierung der Franziskanerklöster – zu vollenden. Der Sessel, auf dem er gesessen, und das Bett, in dem er geschlafen hat, wurden in Boppard wie Reliquien verehrt. Leider hat die schwedische Soldateska, die 1632 das Kloster verwüstete, auch diese ehrwürdigen Andenken verbrannt.

Der heilige Bernhard ist aber dem Städtchen Boppard auch weiterhin gewogen geblieben. Es wird berichtet, daß im 16. Jahrhundert einmal die Zahl der Wallfahrer nach Bornhofen besonders groß war. Es war ein strahlend schöner Sommertag. Aber als die Pilger nach dem Gottesdienst in Bornhofen aus der Kirche strömten, da zogen über'm Hunsrück und vom Ehrentaler-Werth schon düstere Wolken heran.

Die frommen Leute setzten mit Nachen über den Rhein nach Boppard. Noch waren Luft und Wasser unbewegt, doch die Sonne war längst verschwunden hinter den schwarzen Gewitterwolken, die Vögel waren verstummt, es schien als duckten sich Berge und Wälder vor einem herannahenden Unheil.

Der letzte Nachen, noch voller besetzt als die anderen, stieß drüben vom Ufer ab. Der Schiffer ruderte eilig, er dachte wohl nur an den Regen, der bald losbrechen könnte. Doch die Mitte des Stromes war eben erreicht, da fegte ein Sturm durch das Tal, die Wellen bäumten sich, dem Schiffer riß es das Ruder aus den Händen, der Nachen ward hochgeworfen, drehte sich. Man hörte die Pilger im Toben der Gewalten schreien und beten. Vom Ufer aus sahen die Menschen entsetzt und ohne helfen zu können, wie das Wasser über dem schwankenden Schiffchen zusammenschlug, und wie es dann in den schäumenden Fluten versank.

Die Menge hatte aufgeschrien wie aus einem Munde und war vor der Gewalt des Sturms bis zur Stadtmauer zurückgewichen. Da sah man, wie ein hochgewachsener Mönch im Habit der Franziskaner ans Ufer trat. Sein weißer Bart wurde vom Sturm gezaust, seine Kutte flatterte, und er selber hielt sich nur mühsam aufrecht. Er hob jedoch die Hände zum Gebet gegen den Himmel mit seinen schwarzen, jagenden Wolken. Da tauchte der verloren geglaubte Nachen plötzlich dicht beim diesseitigen Ufer auf, und die Pilger sprangen unversehrt an Land. Der Greis aber war verschwunden.

Niemand hat daran gezweifelt, daß der heilige Bernhard dies Wunder in Boppard gewirkt hat.

Die feindlichen Brüder

Wallfahrten gehörten nicht gerade zu den Vergnügungen meiner Kindheit. Aber wenn es einmal im Jahr zum Kloster Bornhofen ging, dann freute ich mich; denn dies war eine Schiffswallfahrt. Man fuhr mit dem Bötchen rheinauf, und während die prächtigen Ufer mit Dörfern und Städtchen, mit Weinbergen und Obstwiesen, mit Burgen und Bergen vorbeizogen, während der Motor gleichmäßig tuckerte, und der Steuermann mit ernster Miene voraus wahrschaute, klang über die Wellen des Rheins endlos und einwiegend die Litanei: „Gegrüßet seist du Maria ..."

So kam man nach Bornhofen in die helle Kirche des Klosters, und nachher gab's Limonade oder Eis. Und ich fragte meine Mutter: „Was sind das für Burgen da oben?"

„Das sind die feindlichen Brüder", erklärte meine Mutter, und sie erzählte, warum die beiden Ritter Sterrenberg einander feindlich wurden.

Der Vater war gestorben, und die beiden Söhne teilten sich in die Burgen: der eine wohnte fortan auf Liebenstein, der andere auf Sterrenberg. Aber da war noch mehr zu teilen: ein Schatz von Silber- und Goldmünzen. Der allerdings mußte durch drei geteilt werden, denn die beiden hatten noch eine Schwester. So maß man denn die Münzen mit einer Schaufel jedem ab; wenn aber die Schwester an der Reihe war, dann drehten die beiden Brüder die Schaufel um, und die Schwester kriegte nur, was auf der glatten Rückseite der Schaufel liegenblieb. Sie konnte aber nichts von dem Betrug merken. „Fühle nur, die Schaufel ist voll." Sie war blind. Sie bekam auf diese Weise nicht viel, aber es langte, um das Kloster Bornhofen zu gründen, wo sie Nonne wurde.

Die beiden Brüder aber lebten jetzt in Saus und Braus. Der Liebensteiner tat sich groß damit, von weither Herren, Ritter und Grafen einzuladen und zu bewirten, ja er hielt Turniere auf der freien Bergfläche ab, setzte hohe Preise aus, verschenkte großzügig Rüstungen und Waffen an seine Freunde. Manchen abenteuernden Ritter behielt er monatelang auf seiner Burg als Gast. Man trabte über Land, suchte Händel und trieb wüste Streiche. Den Reichenberger Bauern jagten sie einmal das Rindvieh in wilder Flucht über einen Steilhang ins Hasenbachtal, wobei die meisten Tiere sich zu Tode stürzten. Da aber die Reichenbacher dem mächtigen Grafen von Katzenelnbogen untertan waren, mußte der junge Ritter Übermut alles mit seinem Geld wieder gutmachen und dazu eine gehörige Strafe zahlen.

Der andere Bruder auf Sterrenberg war kein so wilder Patron. Er feierte seine Feste lieber mit Spielleuten, Sängern und schönen Frauen. Sparsam war auch er nicht gerade, aber sein Geld hielt doch länger als das seines Bruders auf Liebenstein. Und so kam es, daß der Bruder eines Tages vor ihm stand und sagte: „Im Augenblick ist mir das Geld ausgegangen. Du leihst mir sicher eine Summe. Ich habe viele Außenstände. Du bekommst alles auf Heller und Pfennig zurück." Was man so redet, wenn man pleite ist. Der Sterrenberger aber sagte kurzerhand: „Nein".

Von da an waren sie feindliche Brüder. Der Sterrenberger hatte Angst, der Liebensteiner könne ihn eines Nachts überfallen und ließ deshalb Graben und Mauer zwischen den beiden Burgen schaffen.

Das ging so über Jahre. Da, eines Tages trafen sich die beiden Brüder beim Jagen. Der Liebensteiner wollte schon sein Roß wenden, da rief der Sterrenberger: „Lieber Bruder, unsere Feindschaft hat keinen Grund mehr. Ich bin inzwischen so arm wie du!"

Da versöhnten sich die beiden, und der Liebensteiner sagte: „Ein Vergnügen bleibt uns: die Jagd. Und das wollen wir fortan zusammen genießen." Und er setzte hinzu: „Ich weiß, du bist ein Langschläfer, und gleich morgen werde ich dich beizeiten aufwecken. Ich werde dir von Liebenstein her einen Armbrustbolzen auf den Fensterladen schießen, dann wirst du wach."

Am nächsten Morgen sah der Liebensteiner aus seinem Fenster und stellte triumphierend fest, der Holzladen vor'm Schlafzimmerfenster seines Bruders auf Sterrenberg war noch geschlossen. Er nahm die Armbrust und schoß. – Und in dem Augenblick geht drüber der Laden auf. Der Bruder steht groß im Fenster und schaut in den schönen Tag. Und da wird er vom Armbrustpfeil in die Brust getroffen und sinkt tot zu Boden. – Der Liebensteiner aber fand fortan keine Seelenruhe mehr. Er trat die weite Pilgerreise zum Heiligen Grab nach Jerusalem an. – Nach Jahr und Tag kam die Kunde, er sei da verstorben. Die beiden Burgen aber wurden zu Ruinen. –

Eine andere Sage von den „Feindlichen Brüdern" auf Sterrenberg und Liebenstein

Sterrenberg und Liebenstein, zwei Burgen so dicht beieinander, dazu noch von den Resten einer Mauer und eines Grabens getrennt, das hat schon immer die Phantasie angeregt.

Und es entstanden Geschichten von zwei Brüdern, die sich verfeindeten. Weshalb das geschah, darüber gehen die Meinungen auseinander. Eine Geschichte erzählt, dem Ritter Heinrich Beyer von Boppard hätten beide Burgen gehört.

Er hatte zwei Söhne, Konrad und Heinrich. Und mit den beiden Jungen wurde dort oben auf dem Berg über Bornhofen noch ein Mädchen aufgezogen, eine Waise, Hildegard aus der berühmten Ritterfamilie der Brömser von Rüdesheim.

Es konnte eigentlich gar nicht anders kommen: als die geschwisterlich aufgewachsenen Kinder in die Jahre kamen, da verliebten sich beide Jungen in die hübsche Jungfer Hildegard.

Die beiden waren allerdings sehr verschieden von Charakter: Konrad war ein lebenslustiger Draufgänger, Heinrich mehr besinnlich und in sich gekehrt.

Gar nicht erstaunlich, daß der feurige Konrad das Herz des Mädchens gewann, und niemand verwunderte sich, daß der sanfte Heinrich bescheiden zurücktrat und die Verbindung zwischen Konrad und Hildegard noch förderte.

Der Vater aber sagte: „Kinder, ihr seid noch sehr jung. Wartet noch ein paar Jahre, prüft euch, und wenn eure Gefühle füreinander sich als beständig erweisen, dann habt ihr meinen Segen und es soll ein Bund für Zeit und Ewigkeit daraus werden."

Heinrich spürte, er hatte seine Selbstlosigkeit überschätzt. Das Geturtel der beiden wurde ihm unerträglich. Und da der Kaiser eben eine Truppe für den Kreuzzug in Frankfurt sammelte, zog er dorthin und reihte sich ein in die Schar der Ritter, die auszogen, die heiligen Stätten in Palästina von den Sarazenen zu befreien.

Solche Kriegszüge dauerten Jahre, und selten gelangte einmal Kunde vom Kreuzzugsheer in die Heimat. Wenn aber ein fahrender Ritter auf den Burgen von den Taten der Kreuzritter berichtete, dann waren immer Geschichten dabei von Ritter Heinrichs Taten.

Das ließ nun dem Konrad keine Ruhe. Das eintönige Herumsitzen daheim quälte ihn, und vielleicht war er auch schon seiner Liebe überdrüssig. Jedenfalls, es kam der Tag, daß er sich einem Trupp anschloß, der auf dem Weg ins Heilige Land war, um dem Kreuzzugsheer Hilfe zu bringen.

Wieder gingen Monate hin. Der alte Ritter Heinrich Beyer war schon kränklich gewesen, jetzt verschlimmerte sich sein Zustand, er starb, ohne seine Söhne noch einmal gesehen zu haben.

Hildegard war nun ganz verlassen und konnte nichts tun als warten und hoffen, und stundenlang blickte sie oft aus dem Fenster von Burg Sterrenberg hinab ins Tal und zur Straße. Dort kam dann wirklich einmal ein Reiterzug, der zum Burgberg einbog. Sie eilte zum Tor und glaubte, ihren Konrad in die Arme schließen zu können. Aber es war Heinrich, der heimkehrte.

„Was ist mit Konrad?" fragte sie.

Heinrich gab offensichtlich nicht gerne Auskunft. Schließlich erzählte er, Konrad habe das Heer verlassen und sei nach der reichen und prächtigen Kaiserstadt Byzanz gezogen. Mehr wußte er nicht.

Nach Monaten kam die erste Kunde von Konrad. Ein Ritter, der auf Sterrenberg einkehrte, erzählte, er sei Konrad begegnet, auf der Heimreise sei er mit großem Troß und reicher Beute. Und eine wunderschöne Gattin bringe er aus dem fernen Griechenland mit.

Das war für Hildegard, als ob die Welt dunkel würde. Sie hatte nur noch die Hoffnung, die Nachricht sei falsch, ein Mißverständnis. – Doch es dauerte nur noch wenige Wochen, da kehrte Konrad wirklich zurück in prächtigem Reiterzug trabte die Schar den Burgberg empor, und Hildegard sah an Konrads Seite die dunkelhaarige Frau auf weißem Zelter reiten.

Heinrich beobachtete, wie das Mädchen erblaßte und zusammensank. Da faßte ihn der Zorn. Er schickte einen Knappen nach Liebenstein und ließ Konrad zum Zweikampf auffordern. Ein Felsplateau war als Kampfort ausgemacht. Die beiden Brüder traten einander gegenüber, kaum gerüstet, so war vereinbart; der erste Schwerthieb, der nicht abgewehrt würde, müßte eine schreckliche Wunde und die Entscheidung bringen. Sie kreuzten die Schwerter. Aber in diesem Augen blick warf sich Hildegard zwischen die beiden. „Haltet Frieden!“ rief sie. „Vergeßt mich! Ich verlasse euch noch heute, ich fahre über den Rhein und werde im Kloster Marienberg als Nonne leben.“

Von da an sahen die Brüder sich nicht mehr. Heinrich lebte trauernd auf Burg Liebenstein. Konrad aber machte auf Sterrenberg alle Tage und Nächte zu rauschenden Festen. Der Strom der Gäste kam und ging, die Musik hallte weit bis ins Tal, die wilden Jagden der Festgesellschaft donnerten oft am stillen Liebenstein vorüber.

Doch es kam ein Tag, da hörte man keinen Festlärm mehr von Sterrenberg. Konrad erschien auf Liebenstein und sank seinem Bruder schluchzend an die Brust.

Die schöne Griechin war auf und davon. Alle hatten es gewußt, nur der verblendete Konrad hatte nichts geahnt. Längst hatte seine Gattin ihr Herz einem jungen Ritter geschenkt.

Von da an lebten die „feindlichen Brüder" ganz unfeindlich und friedlich auf den beiden Burgen und hatten noch viel Zeit nachzudenken, welche Fehler sie im Leben gemacht hatten.

Geschichten von der Wallfahrtskirche zu Bornhofen

Bornhofen war seit alters her einer der besuchtesten Wallfahrtsorte am Rhein. Dort in der Kirche verehrte man ein wundertätiges Madonnenbild, eine Pieta.

In Koblenz war zu Anfang des 17. Jahrhunderts eine fromme Bruderschaft gegründet worden, die sich dem Dienst „Unserer lieben Frauen und Himmelskönigin“ widmete. Sie hat genaue Aufzeichnungen hinterlassen über ihre alljährlichen Wallfahrten nach Bornhofen, die von 1609 an unternommen wurden. Teils wurde mit Schiffen rheinauf gefahren, und dabei merkt der Protokollarius an, es sei fortan dafür Sorge zu tragen, daß nicht die Frauen wieder die besten Plätze belegten, sondern daß diese vielmehr den Herrn Geistlichen vorbehalten blieben. Überhaupt finden sich immer wieder Klagen, es sei schwer, bei den Frauen die notwendige Ordnung zu bewahren, vor allem dann, wenn man zu Fuß wallfahrte. Immerhin beträgt die Strecke von Koblenz nach Bornhofen rund 20 Kilometer. Man wanderte auf der Straße am linken Ufer bis Boppard und setzte dann nach Bornhofen über. Morgens um drei Uhr wurde schon aufgebrochen. Die zu beanstandende Unordnung betraf indessen nicht nur das weibliche Geschlecht. Vor allem nach der Rast in Boppard waren Disziplin und Feierlichkeit nur noch mühsam zu wahren. Der Chronist sagt: „Wegen etlicher Exzesse im Trunk“. – So hat man denn in den Jahren 1630 und 1631 die Gefahr gemieden und die Rast an Plätzen zwischen den Ortschaften gehalten, wo der Wein keine Versuchung darstellte. – Im Jahre 1643 hatte man Studenten mitgenommen – Seminaristen – die unterwegs singen und musizieren sollten. Der Berichterstatter zeigt sich jedoch nicht zufrieden: „Es ist merklich Schad gewest, daß die Studenten mit den Weibern in einem Schiff gesessen und deßwegen nit haben andächtig singen können.“ – Zwischen 1666 und 1669 sind die Prozessionen wegen der Pest ausgefallen. Und 1691 und 1692 – während der Reunionskriege – mußten die Koblenzer auf der rechten Rheinseite wallfahrten, weil das linke Ufer von französischen Streifscharen unsicher gemacht wurde.

Daß eine solche Wallfahrt, die sich über einen ganzen Tag erstreckte, auch ein sehr rheinisches Vergnügen gewesen ist, wird aus den Berichten überall deutlich. Gewiß ist mancher Zecher am Ende ins Schiff getragen worden, und manche zarte Bande hat sich während der frommen Litaneien angeknüpft. So hat denn der letzte Kurfürst und Erzbischof von Trier Clemens-Wenzeslaus Wallfahrten, die über eine Stunde Wegs ausgedehnt waren, überhaupt verboten.

Unter der napoleonischen Herrschaft, Anfang des 19. Jahrhunderts, ist das Kloster Bornhofen aufgehoben worden. Ein Wirtshaus wurde dort eingerichtet, das man – eingedenk der Vergangenheit „Zu den Brüdern“ nannte. Aber auch das Gnadenbild sollte nun aus der Kirche entfernt werden. Dieser Beschluß wurde erst 1816 gefaßt. Es sollte in die katholische Kirche von Wiesbaden kommen. Ein Schreinermeister aus Kamp namens Schuster fertigte den Bretterkasten für den Transport. Die Bürger von Bornhofen aber drohten, sie würden sich dieser Beraubung ihrer Gemeinde widersetzen. Es kamen – weil man Ausschreitungen befürchtete und ihnen mit Autorität entgegentreten wollte – gewichtige Persönlichkeiten, um den Beschluß zu vollziehen: Justizrat Körner, Amtmann von Braubach und Landoberschultheiß Brüggemann, dazu der Amtsbote Leineweber für die eigentliche Arbeit.

Pater Cletus führte die Herren in die Kirche. Der Amtsbote stellte eine Leiter an das Bild und stieg hinauf. Aber oben verfehlte er eine Sprosse und stürzte auf die Fliesen am Boden. Dabei verletzte er sich so schwer, daß er wenige Tage später in Braubach verstorben ist. Eben war der Fuhrmann aus Wiesbaden angekommen, der das Gnadenbild transportieren sollte. Er hörte von dem Unfall und erschrak. Er war zwar Protestant, aber dieser Sturz schien ihm doch eine Warnung des Himmels zu sein. Er machte kehrt und fuhr zurück nach Wiesbaden. Der Chronist bemerkt, daß auch der Herr Justizrat Körner und der Schreinermeister Schuster nicht lange nach der Aktion verstorben seien. Er notiert auch: „Die Bretter des Kastens für das Bild hat Martin Grandjean benutzt, wie seine Witwe bezeugen kann."

Kirche und Kloster sind um 1850 dann wiederhergestellt worden. Dazu haben selbst Angehörige des Habsburger Kaiserhauses mit Spenden geholfen.

Aus der Geschichte der Wallfahrtskirche von Bornhofen

Die Wallfahrtskirche von Bornhofen, wie sie heute dasteht in spätgotischem Stil, geht auf eine Stiftung des Amtmannes und Vogts der Burg Sterrenberg oben auf der Höhe über dem Ort zurück. Der Amtmann in Kurtrierischen Diensten stammte aus der reichen und berühmten Familie Brömser in Rüdesheim.

Johannes Brömser unternahm Anfang des 15. Jahrhunderts eine Wallfahrt nach Jerusalem. Damals waren die Zeiten, in denen Kreuzritter die heiligen Stätten bewachten, längst vorbei. Die Türken herrschten in Palästina, und sie duldeten nur unwillig die christlichen Pilger. Wenn es ihnen aber paßte, dann nahmen sie die Christen gefangen und verkauften sie als Sklaven oder versuchten Lösegeld zu erpressen.

Das Schicksal, in die Gefangenschaft der Muslims zu geraten, widerfuhr auch dem Johannes Brömser auf seiner Pilgerfahrt. Und er gelobte, wenn er frei käme, dann würde er der Kirche soviele Stiftungen machen, wie irgend in seinem Vermögen stehe. – Und er kam frei und hielt sein Versprechen: die Rüdesheimer Pfarrkirche, das Kloster Nothgottes und die Kirche zu Bornhofen sind in seinem Auftrag erbaut worden.

Wallfahrten hatte es schon seit Beginn des 13. Jahrhunderts nach Bornhofen gegeben. Das neue Gnadenbild aber, das in der zweiten Hälfte des 15. Jahrhunderts in die Kirche kam, stand bald im Ruf, Wunder zu bewirken; es ist eine Muttergottes, die den toten Heiland auf dem Schoß hält, eine Pieta.

Den Bericht über eine besonders merkwürdige Wunderheilung – merkwürdig, weil sie aus der Ferne geschah – haben wir von Heinrich-Ernst von Lettich.

Er war Obrist der Truppen des Kurfürsten von Trier und Kommandant der Festung Ehrenbreitstein. Er hat selber niedergeschrieben, was mit ihm als Kind geschehen ist. – Der Herr von Lettich wurde im Jahre 1645 in Saargemünd geboren. Als er drei Jahre alt geworden war, erkrankte er schwer. Alle Bemühungen waren umsonst, das Kind verstarb. – Drei Tage später war die Beerdigung angesetzt. Der Pastor erschien und die Schulkinder sammelten sich vor dem Trauerhaus. Da sank der Vater des Kindes an der Bahre nieder und gelobte, wenn sein Sohn wieder ins Leben zurückkehre, dann würde er eine Wallfahrt nach Bornhofen unternehmen. Er hob die kleine Leiche hoch und drückte sie in die Arme, und da plötzlich zeigte sich Leben in dem starren Körper, das Kind erwachte und begann wieder regelmäßig zu atmen. Es wurde keine Beerdigung, sondern ein Freudenfest an diesem Tag begangen.

Der Vater jedoch mußte die Wallfahrt von Monat zu Monat verschieben, denn er war vom Podagra befallen, einer rheumatischen Erkrankung, und konnte kein Glied rühren. Und das Kind zwar vom Tode erweckt – blieb ohne Sprache und wie stumpfsinnig. Da dachte ein jeder, das sei die Strafe für die unterlassene Wallfahrt.

Die Mutter hätte an des Vaters Stelle gern die Reise an den Rhein gewagt, aber noch machten schwedische Kriegshaufen das Land unsicher. Der Dreißigjährige Krieg war zwar mit dem Frieden zu Münster beendet, aber Besetzung und Räuberunwesen dauerten noch Jahre fort. Die Mutter beriet sich mit ihrem Beichtvater, und der meinte, sie solle doch eine Wallfahrt nach Bliesmengen, nahe St. Ingbert, machen. Auch dort befand sich ein Gnadenbild der schmerzhaften Muttergottes. Heute kann man es in der Kapelle zu Blieskastel sehen.

Der Obrist von Lettich schreibt in seiner Schilderung, die er mit 75 Jahren verfaßt hat: „Ich ging, während meine Mutter unterwegs war, von einem Fenster zum anderen, nach ihrer Rückkehr Ausschau haltend. Sobald ich sie von Ferne ersehen konnte, sprang ich hinaus zu meinem Vater und rief mit heller und lauter Stimme: „Pappa! Mamma!" – Und von da an hatte ich zugleich meine Sprache nicht nur, sondern auch meine alte Fröhlichkeit und Gesundheit wiedererhalten."

Räuberhauptmann Fetzer überfällt die Zöllersmühle bei St. Goarshausen

Bei St. Goarshausen fließt der Hasenbach in den Rhein. Er kommt aus einem engen, tiefen Tal, in dem früher einige Mühlen die Wasserkraft nutzten. Eine davon, die Zöllersmühle ist im Jahre 1799 von der Bande des berühmten Räubers Fetzer überfallen worden.

Eigentlich war sein Name Mathias Weber, Fetzer wurde er genannt, weil die Fetzen flogen, wenn er drauf und dran ging. Seine eigene Frau hat er im Streit, ohne es zu wollen, erschlagen.

Fetzer und die anderen Banditen hatten vordem ihr Unwesen am Niederrhein und im Aachener Raum getrieben. Aber die französische Justiz und Polizei dort ging rigoros gegen die Räuber vor. Der Boden wurde ihnen zu heiß. Sie wechselten auf das rechte Rheinufer, wo noch der alte deutsche Schlendrian herrschte. Und da, in dem Fürstentum des toleranten Fürsten zu Wied in Bendorf und Neuwied fanden sie ihren Unterschlupf.

Auf dem Markt zu Bendorf trafen die Kerle eines Tages einen Händler aus Braubach, und der schwärmte ihnen was vor von dem Reichtum der drei Brüder Sauerwein in der Zöllersmühle im Hasenbachtal bei St. Goarshausen.

Die Räuber planten das Unternehmen sehr sorgfältig. Zunächst einmal schickten sie zwei Kundschafter aus. Die kamen zurück und meldeten, der Weg zur Zöllersmühle sei schmal, da gebe es kein Ausweichen. Wenn der gesperrt würde, dann könne man sich nur mit Gewalt durchschlagen und -schießen.

Also wurden genügend Patronen für die Pistolen und Karabiner angefertigt, ehe man getrennt losmarschierte.

Dreizehn an der Zahl trafen sie sich vor St. Goarshausen. Einen Balken, der am Weg ins Hasenbachtal lag, nahmen sie mit, wie sie das nannten, „als Universalschlüssel“. Die Nacht war stockfinster. Sie hatten Mühe, auf dem Weg zu bleiben, ein paar fielen in den Bach.

In der Mühle waren schon zwei der Brüder ins Bett gegangen. Der dritte hatte noch auf das Mahlwerk zu achten und ruhte sich auf einer Bank aus. Er hörte die gedämpften Stimmen vor dem Haus, er schaute zum Fenster hinaus. Draußen hatten die Räuber schon Fakkeln angezündet und den Balken bereitgemacht.

Der Müller rannte, seine Brüder zu wecken. Er lief zurück zur Haustür, ein Brecheisen in die Hand. Schon dröhnte das Haus von den Rammstößen, schon splitterte die Tür. Dem ersten Räuber, der eindrang, schlug der Müller das Eisen über den Schädel, aber da waren schon die anderen heran und überwältigten ihn, genauso seine Brüder, die schlaftrunken herunterkamen. Sie wurden gefesselt und verprügelt. Alle Kisten und Truhen wurden aufgebrochen. Die Beute an barem Geld soll runde 900 Gulden betragen haben, dazu nahmen sie Leinwand und Zinngeschirr mit.

Der Rückweg im Sackdunkeln war beschwerlich. Auch hörten sie schon Schüsse aus der Mühle. Da hatten sich die Müller offenbar befreit und feuerten die Flinten ab, um Hilfe herbeizurufen.

Aber in St. Goarshausen ist niemand wach geworden, denn die Räuber kamen unbehelligt bis zum Rhein. Sie schnitten einen großen Nachen los und ruderten fort. Es dauerte gar nicht lange, da fuhr das Schiffchen knirschend auf eine Sandbank und saß fest. Mehr als eine Stunde mühten sich die Kerle mit Rudern und Stoßen freizukommen. Es dämmerte schon, sie waren in großer Angst. Und endlich sprangen drei in den Rhein und drückten und schoben. Der Nachen schwamm wieder. Das passierte ihnen noch ein zweitesmal. Schon war Leben auf der Uferstraße, wie leicht hätten sie entdeckt und verfolgt werden können. Aber das Schicksal war den Banditen gnädig.

Erst in Niederlahnstein wagten sie anzulanden und machten sich davon auf die Westerwaldhöhen. Da teilten sie ihre Beute. Dem Angeber aus Braubach schickten sie fünf Louisdor als Lohn.

Der Fetzer ist erst vier Jahre später gefaßt worden. Er hat insgesamt an die 200 Raubtaten zugegeben. In Köln kam er 1803 unter die Guillotine.

Das Ende des Geschlechts der Grafen von Katzenelnbogen

Auf der Höhe über St. Goar sieht man mächtige Ruinen, es sind wohl die ausgedehntesten am Mittelrhein: Rheinfels. – Soviel da auch gesprengt worden ist, so gewaltig die Steinmengen waren, die man für andere Bauten abgefahren hat, der Anblick ist immer noch imponierend. Und Hotel und Gaststätte da oben bieten zudem die schönste Auss7icht ins Rheintal.

Der Kern dieses wehrhaften Bauwerks wurde schon Mitte des 13. Jahrhunderts errichtet von den Grafen mit dem kuriosen Namen Katzenelnbogen. Kaum war die Burg fertig, da wurde sie schon auf die Probe gestellt. Graf Diether von Katzenelnbogen hatte eigenmächtig den Rheinzoll erhöht. Das wollten sich die verbündeten rheinischen Städte nicht gefallen lassen. Mit 8 000 Fußknechten und 1 000 Reitern belagerten sie Rheinfels. 50 Schiffe sorgten für Nachschub. Anderthalb Jahr beinah stürmten die Belagerer gegen die mächtigen Mauern. Erobert wurde Rheinfels nicht.

Die Grafen von Katzenelnbogen hatten es zu wahrhaft fürstlichem Reichtum, Besitz und Einfluß gebracht. Aber was nutzt das alles, wenn der Familienfriede gestört ist?

Graf Philipp von Katzenelnbogen – er lebte in der zweiten Hälfte des 15. Jahrhunderts auf Rheinfels, hatte einen wahren Hausdrachen zur Frau. Die beiden Kindern behandelte diese Agnes ohne Liebe, die Dienerschaft zitterte vor ihr, der Mann war, wenn es irgend anging auf Reisen, was zwar seinen Reichtum mehrte aber den Seelenfrieden störte.

Endlich war Philipp von Katzenelnbogen es leid; Schlösser und Burgen gab's genug im Familienbesitz:

Frau Agnes wurde auf Burg Lichtenberg im Odenwald verbannt.

Aber bald kamen von dort die Meldungen des Amtmannes: das Leben sei schier unerträglich geworden. Gräfin Agnes tyrannisiere Bauern, Gesinde und Hofleute, ihn selber eingeschlossen. – Graf Philipp, ein gerechter und besonnener Mann, ließ die Anschuldigungen von zwei befreundeten Grafen nachprüfen. Frau Agnes aber verteidigte sich, indem sie den Amtmann beschuldigte, er habe sie teuflische Künste lehren wollen, wie sie die Liebe ihres Gatten zurückgewinnen könne. Das habe sie verweigert, und deshalb sei er ihr gram und habe sie beschuldigt.

Natürlich erwiesen sich diese Verleumdungen als frei erfunden. Graf Philipp griff zum letzten Mittel: er schrieb an den Papst und bat um Scheidung seiner qualvollen Ehe.

Aber Calixtus III. der damals in Rom die Kirche leitete, war ein entschlußloser Greis, dem nur daran gelegen war, seinen Verwandten gute Posten zuzuschanzen. Er beauftragte erst einmal den Erzbischof von Mainz, den Fall genau zu untersuchen. Das zog sich jahrelang hin, nicht der Papst aber sein oberster Dienstherr hatte ein Einsehen: Gräfin Agnes verstarb inzwischen.

Doch das Pech verfolgte den armen Grafen Philipp auch weiterhin: sein Sohn wurde in Flandern erstochen. Die Heirat seiner Tochter mit dem Pfalzgrafen, die er gerne gesehen hätte, zerschlug sich.

Schließlich – obwohl nun schon bei Jahren – beschloß er, noch einmal das eheliche Glück zu suchen und vielleicht sogar einen Erben zu zeugen. Wieder war's eine Agnes, aber diesmal eine ungewöhnlich sanfte und liebenswürdige. Das beunruhigte aber nun manche hoffnungsvollen Erben, denen beim Tod des

Grafen Länder und Schlösser zugefallen wären. Sie steckten sich hinter den Hauskaplan auf Rheinfels Johann von Bornich. Es war der Brauch, daß die junge Gräfin beim Morgengottesdienst zu ihrer Stärkung einen Becher mit Wein an ihrem Platz in der Burgkapelle vorfand. Eines Morgens nun kam ihr vor, als habe der Trank einen seltsamen Beigeschmack. Sie genoß deshalb kaum mehr als einen Schluck.

Kurz darauf wurde sie schwer krank. Der Graf brauchte keine lange Untersuchung. Offenbar war Gift im Wein gewesen. Und Johann von Bornich war geflohen. In Köln hat man ihn gefaßt. Er gestand den Giftmordversuch, er gestand andere Untaten; wer ihn beauftragt hatte, das sagte er nicht. Die Richter verurteilten ihn zum Tode. Und er ist in Köln öffentlich verbrannt worden.

Die junge Frau Agnes auf Burg Rheinfels hat sich erholt. Aber Kinder hat sie ihrem alten Gemahl nicht mehr schenken können. Und so ist denn der ungeheure Besitz derer von Katzenelnbogen samt dem Rheinfels 1479 – als Philipp starb – an den Landgrafen von Hessen gekommen, der mit Philipps Tochter Anna verheiratet war.

Landgraf Ernst von Hessen-Rheinfels

Die mächtigen Ruinen der Burg Rheinfels über Sankt Goar sind die Reste der stärksten Festung, die je am Mittelrhein gebaut wurde. Der Landgraf Ernst von Hessen hatte hier seine Residenz, und er war es, der die Anlagen mit ungeheuren Kosten ausbaute. Zwei Millionen Reichstaler an Steuergeldern und nochmal 200 000 Reichstaler aus eigenem Vermögen steckte er in die Mauern, Wälle, Türme und Bastionen.

Dabei war sein Land unbedeutend klein, aus einer Erbteilung der Landgrafschaft Hessen-Kassel entstanden. Und über diesen Flickenteppich von Dörfern und Städtchen an Fulda und Werra und am Rhein hatte er nicht einmal die volle Herrschaft, die gehörte immer noch nach Hessen-Kassel. Er wandte sich an den Kaiser des Deutschen Reiches, der zeigte sich nicht interessiert, den Zustand zu ändern. Und da schloß er sich an den mächtigsten Herrscher im damaligen Europa an: Ludwig XIV. von Frankreich. – In seiner Jugend hatte Landgraf Ernst in französischen Militärdiensten gestanden. – Die Nachwelt hat dem Landgrafen diesen Schritt übel vermerkt; denn als Ludwig XIV. mit fadenscheinigen Erbansprüchen über die Grenzen des Deutschen Reiches vorrückte, da bot ihm Landgraf Ernst die Burgen Rheinfels und Katz als Stützpunkte an. Er verlangte dafür 100 000 Reichstaler. Aber der König von Frankreich bot dagegen nur eine Jahrespension von 6 000 Reichstalern an. Das lehnte der Landgraf ab mit dem Bemerken, für einen 65jährigen wäre das ein schlechtes Geschäft.

Und so sind denn die Franzosen im Dezember 1692 mit einem gewaltigen Aufgebot von Artillerie vor die Feste Rheinfels gerückt, haben gestürmt und bombardiert, und sind doch Anfang Januar 1693 ergebnislos abgezogen: Rheinfels war zu stark.

Der Landgraf war längst über den Rhein in den Taunus nach Schwalbach geflohen. Da hatte er noch das Pech, daß ein Brand seine große Bibliothek vernichtete. Er starb noch im selben Jahr in Köln.

Mit der Religion hatte er es sich zeitlebens nicht leicht gemacht. Im Dreißigjährigen Kriege hatte er als Protestant auf evangelischer Seite gekämpft. Kaum war aber der Frieden geschlossen, da berief er nach Burg Rheinfels bedeutende Vertreter der beiden Konfessionen, die dort Gelegenheit hatten, frei miteinander zu diskutieren. Sogar der Abgesandte von Papst Urban, der Kapuziner Valerianus Magni, der die Rückkehr der protestantisch gewordenen Länder zum alten Glauben betreiben sollte, nahm an diesen Konferenzen teil. Im Grunde strebte Landgraf Ernst danach, die beiden Konfessionen wieder zu vereinen, und deshalb rief er immer und überall die verfeindeten Gläubigen zur Toleranz auf. Er sorgte zum Beispiel dafür, daß die Katholiken in Sankt Goar ihre eigene Kapelle bekamen.

Das Protokoll der Diskussionen auf Rheinfels, die sich, immer erneut, jahrelang hinzogen, hat der Landgraf 1652 in Köln drucken lassen.

Und im selben Jahr ist er dort im unvollendeten Dom unter Pauken- und Trompetenschall und unter dem Freudendonner aller Geschütze auf den Wällen zum katholischen Glauben übergetreten – vom Kurfürsten und Erzbischof selbst erneut getauft. Damals war seine Gattin, eine Prinzessin zu Solms, noch an seiner Seite. Sie wurde aber bald zu fromm, dazu kränklich und schwermütig und verzog sich in das Hohe Kloster zu Boppard und später zu den Nonnen nach Köln.

Landgraf Ernst tröstete sich mit der Tochter eines Unteroffiziers von der Besatzung auf Rheinfels, der

Alexandrina Durnitzel. Im Jahre 1690, kurz nach dem Tod der Gattin im fernen Köln, hat er die Alexandrina sogar geheiratet.

Sie hat ihn um 61 Jahre überlebt, muß also ein recht junges Ding gewesen sein. Überhaupt umgab Landgraf Ernst sich immer mit fünf oder sechs sehr jungen Damen, oft Französinnen. Er hielt nichts von den Leidenschaften sonstiger Fürsten für Spiel, Jagd und Trinkgelagen. Er liebte seine Mädchen, allerdings – wenigstens wie er behauptete –, um sich an den Fortschritten im Guten und an den Kenntnissen der Damen zu erfreuen. – Die bösen Zeitgenossen indessen lästerten: der Landgraf Ernst hält sich auf Rheinfels einen Harem. –

Oberwesel kämpft um seine Freiheit

Die Stadt Oberwesel am linken Rheinufer hat die wohl am besten erhaltene Stadtbefestigung im ganzen Rheinland. Von ehemals 21 Türmen stehen immer noch sechzehn, die Tore und die Stadtmauern sind wohlerhalten.

Eine wehrhafte, eine stolze und reiche Stadt war dies Oberwesel. Kaiser Friedrich II. hatte sie 1232 zur freien Reichsstadt erklärt. Nun war die Stadt unmittelbar den kaiserlichen Beamten unterstellt. Ihre Verwaltung aber konnten die Bürger selber wählen. Sie führten ein eigenes Siegel, gehörten zum Bund der rheinischen Städte. Die Freiheit zog den Wohlstand nach. Und selbst die mächtigen Grafen von Katzenelnbogen waren darauf bedacht, im Bürgerbuch der Stadt eingetragen zu sein.

Der ideale Zustand dauerte kein Jahrhundert. Im Jahre 1309 wurde in Aachen König Heinrich VII. gekrönt. Er war aus dem Luxemburger Haus und hatte also keine große Macht hinter sich. Sein Bruder, der Erzbischof von Trier, der „Löwe von Trier“, wie dieser kriegslustige Balduin genannt wurde, hatte die Wahl betrieben, ebenso der Erzbischof von Mainz. Und nun ging es dem neuen König darum, nach alter Sitte in Rom die Kaiserkrone vom Papst zu empfangen. Dazu brauchte man ein Heer, denn die Städte und Fürsten Italiens waren keineswegs alle gewillt, wieder einmal einen Oberherrn aus dem Norden zu dulden. Um ein Heer aufzustellen aber braucht man Geld. Und das mußte sich der König zusammenleihen. Von seinem erzbischöflichen Bruder Balduin erhielt er eine erkleckliche Summe. Und dafür verpfändete er dem die Städte Boppard und Oberwesel.

Und dann zog er über die Alpen, kam auch nach Rom, wurde auch vom Papst zum Kaiser gekrönt. Aber nicht einmal die ganze Stadt Rom vermochte Kaiser Heinrich zu besetzen. Das verhinderte das überlegene Heer des Königs von Neapel. Der Kaiser bereitete den Feldzug gegen ihn vor, aber er starb bei Siena.

Und dafür hatten nun die Bürger von Oberwesel ihre Freiheiten eingebüßt und sollten dem Trierer untertan sein! Sie machten Eingaben, sie protestierten, sie verweigerten den Beamten des Erzbischofs den Eintritt in ihre Stadt.

Doch das war allzu leichtfertig; denn mit Balduin, dem „Löwen von Trier" war nicht zu spaßen. Er kam mit seinen Truppen vor die Stadt, und die Oberweseler gaben klein bei. Und sie wurden jetzt natürlich in noch stärkere Abhängigkeit gebracht.

Die Jahrzehnte der Reichsfreiheit blieben unvergessen bei den Bürgern von Oberwesel, immer wieder gärte der Widerstand auf gegen die Trierer. Und schließlich brauchte es nur einen kleinen Anlaß – das war im Jahre 1389 – da brach die offene Rebellion aus: die kurtrierischen Beamten wurden aus der Stadt gejagt, und sogar die Besatzung der Schönburg wurde in einer dunklen Nacht überwältigt.

Auf dem erzbischöflichen Stuhl zu Trier saß kein kriegerischer Balduin mehr, sondern der ein wenig friedlichere Werner von Falkenstein. Indessen, auch der ließ den Oberweselern nicht lange den Traum von der wiedererrungenen Freiheit, auch der schickte schließlich Truppen nach Oberwesel. Die Bürger schlossen die Tore und vertrauten auf ihre ausgezeichnete Stadtbefestigung. – Fast ein Jahr lang wurde jeder Sturm der Belagerer abgewiesen. In der Stadt war man zuversichtlich: allzulange würden es die kurtrierischen Soldaten da draußen nicht mehr aushalten.

Doch eines Morgens beobachteten die Verteidiger auf den Mauern, wie mit vielen Pferden bespannte schwere Karren mächtige metallene Töpfe heranfuhren, die in sicherer Entfernung aufgestellt wurden, weite Rohre, offene Mörser. Und am nächsten Morgen in der Frühe brüllte der Donner aus diesen Schlünden, Feuer und Rauch spiehen sie, und schwere Steinkugeln flogen durch die Luft gegen Stadtmauern und Türme.

Zum erstenmal entfaltete im Rheinland das Schießpulver seine zerstörende Kraft. Zum erstenmal taten Geschütze ihr vernichtendes Werk.

Da kapitulierten die Bürger von Oberwesel. Sie wurden vom Erzbischof und Kurfürsten besser behandelt als sie zu hoffen gewagt hatten. Und in den folgenden Jahrhunderten blühte Oberwesel erneut auf mit seinem Weinbau, seiner Schiffahrt und Fischerei, bis das grausame 17. Jahrhundert den alten Glanz vernichtete.

Die Weingabelung

Wir können uns heute nur schwer vorstellen, was für einen Wein unsere Vorfahren zu trinken bekamen. Eines aber steht fest: es gab zu allen Zeiten gute und schlechte Lagen, es gab immer hervorragende und mindere Weine.

Nun war der Wein in früheren Jahrhunderten vielleicht sogar wichtiger als in unserer Zeit: einmal stellte er ein unentbehrliches Getränk dar, denn vor allem in den Städten war die Qualität des Brunnenwassers oft gesundheitsgefährdend, dann war der Wein ein äußerst wichtiger Handelsartikel und für viele Landleute und Landgemeinden das einzige Mittel, Bargeld zu bekommen; drittens wurden Steuern und Abgaben, Zinsen und Pachten sehr oft in Wein entrichtet.

Wer aber seine Pacht in ein oder zwei Fudern Wein bekam, der wollte natürlich eine möglichst gute Kreszenz erhalten, andererseits legte jeder Winzer und jede Weinbaugemeinde Wert darauf, daß nicht nur die ausgezeichneten und guten Weine in den Handel kamen, sondern möglichst alle. Auch die Winzer, die schlechte Lagen hatten, sollten ihren Gewinn machen, so gut wie diejenigen, denen die Sonne lachte.

Um das zu erreichen hat man schon im Mittelalter ein Verfahren entwickelt, das den Weinen „Chancengleichheit“ verschaffte, die „Weingabelung“.

Weinfachleute – sogenannte Weinstecher – prüften zusammen mit Weinhändlern die Weine in jedem Keller einer Gemeinde bereits kurz nach Abschluß der Gärung und ordneten sämtliche Fässer in eine Reihenfolge vom hervorragenden Tropfen bis zum dünnblütigen Krätzer. Hatte man also in einem Dorf – sagen wir – 400 Fässer geprüft und nach Qualität eingeordnet, so erhielt das beste Faß die Nummer 400, das schlechteste die Nummer 1. Und nun, wenn es an den Verkauf ging, mußte immer paarweise eingekauft werden: Wer die Nummer 400 kaufte, mußte dazu den miserablen Wein von Nummero 1 nehmen. Der letzte Käufer erhielt zwei Fässer von durchschnittlicher Qualität nämlich Nummero 200 und 201. Auf diese Weise kam auch der Winzer, der mindere und schlechte Weine in den Verkauf brachte, doch noch zu seinem Verdienst.

An sich war das ja eine sehr soziale Einrichtung, aber sie hatte schlimme Folgen. Die Winzer hatten rasch erkannt, daß es nicht auf Qualität, sondern auf Masse ankäme, und so machte man sich wenig Gedanken über bessere Rebsorten, Düngung und Kellerwirtschaft.

Allmählich kam aber der Widerstand gegen die Weingabelung von den Weinerzeugern hoher Qualitäten, die es ungerecht fanden, daß ihre edlen Weine genausoviel Ertrag brachten, wie der miese Krätzer von nebenan.

So haben die Besitzer der besten Lagen von Rauenthal im Jahre 1714 sich geweigert, ihre hervorragenden Kreszenzen in die allgemeine Gabelung hineinzugeben. Sie wollten die Preise selber nach Qualität festsetzen. Damit waren natürlich die Erzeuger der ärmlicheren Weine nicht einverstanden, und auch die Weinhändler sahen, daß ihnen die Gelegenheit genommen werden sollte, guten Wein für billig Geld zu kaufen. Vor allem fünf Weinhändler aus Münster in Westfalen und der Kaufmann Birckenstock aus Erbach protestierten dagegen, daß die altgewohnte Weingabelung nicht mehr stattfinden sollte.

Der Statthalter des Kurfürsten von Mainz schlichtete den Streit, indem er auf das immer noch bestehende Gesetz hinwies, und so hatten die Winzer der minderen Weine allen Anlaß zur Freude. Und aus Dankbarkeit errichteten sie in der Rauenthaler Gemarkung ein Steinkreuz, auf das folgende Inschrift gemeißelt wurde:

„Als Zwietracht wegen des Weinmarkts war,
schickte Gott Hilfe vom Münsterland
durch weisen Rat von großer Hand
dem ganzen Rheingau zuwegen
durch Gottes Kraft Heil und Segen
Herr Birckenstock zuwege bracht',
daß dem zu Ehren dies Kreuz gemacht,
der uns den lieben Frieden bracht'. – Amen!"

Die Weingabelung ist dann doch während des achtzehnten Jahrhunderts an Rhein und Mosel immer mehr abgeschafft worden. Am längsten soll sie im Moselweinort Wehlen noch bestanden haben.

Die Versöhnung zwischen Staufern und Welfen in Bacharach

Die Regierungszeit des großen Stauferkaisers Friedrichs I. – den wir als Kaiser Rotbart kennen – ist überschattet von den Kämpfen, die er gegen seinen Widersacher Heinrich den Löwen, den Welfen, den Herzog von Sachsen zu bestehen hatte.

Nun war im Jahre 1156 der Pfalzgraf Hermann kinderlos gestorben und Kaiser Rotbart übertrug die Würde seinem Halbbruder Konrad von Staufen. Neben vielen Besitzungen im Wormser und Speyerer Gebiet, in Heidelberg, Fulda und Limburg gehörte dem Pfalzgrafen auch die Burg Stahleck und die Vogtei Bacharach. Auf Stahleck wohnte die Gattin Konrads mit ihrer Tochter Agnes. Und die war – schon in der Wiege, ehe man noch an einen Streit zwischen Staufern und Welfen gedacht hatte, dem Sohn Heinrichs des Löwen anverlobt worden. Nun aber, als Krieg war zwischen den beiden Häusern, zwischen Kaiser und Welfenherzog, war natürlich an eine Verbindung nicht mehr zu denken. Agnes aber war herangewachsen, und der Ruhm ihrer Schönheit verbreitete sich durch die Lande, zudem war sie, als einziges Kind eine reiche Erbin, so daß selbst Philipp-August, der König von Frankreich, seine Boten schickte, um Agnes zu werben; es war ihm an einem Bündnis mit den mächtigen Staufern gelegen, denn Frankreich war damals von England bedroht.

Auch von Staufischer Seite hätte man die Verbindung gerne gesehen und stimmte zu. Die Mutter teilte ihrer Tochter hocherfreut mit, daß sie die Ehre haben werde, einen König zu heiraten.

Agnes aber wollte nicht zustimmen. Der Chronist teilt uns mit, was sie angeblich damals der Mutter antwortete: „Liebe Mutter, ich habe oft gehört, daß der König von Frankreich die schöne Ingeburg von Dänemark ohne Grund beschimpfte und am Ende verstieß. Ich fürchte, es könnte mir genauso ergehen.“

„Aber wen möchtest du denn lieber zum Gemahl?“ fragte die Mutter. Und die Tochter antwortete ohne Zögern: „Ich werde mich nie von dem trennen, dessen Braut ich immer schon war. Alle preisen die Schönheit, den Mut und die Tugend des jungen Herzogs Heinrich. Die Fehde zwischen Welfen und Staufern kümmert mich nicht, auch wenn mein Vater ein Staufer ist und fest zum Kaiser hält.“

Die Mutter war im Grunde erfreut über den festen Sinn ihrer Tochter. Sie schickte – ohne den Ehemann und Vater um Rat zu fragen – gleich einen Brief an den jungen Welfen Heinrich nach Braunschweig. Und der kam – so rasch er reiten konnte – nach Bacharach. Dort im Schloß ließ man denn auch keinen Tag verstreichen, sondern verheiratete Agnes und Heinrich auf der Stelle. Dies geschah im Frühjahr 1194. Aber es vergingen wieder nur wenige Tage, da erschien der Vater der Agnes, der Pfalzgraf Konrad in Bacharach. Er hatte wohl einen Verdacht, was da hinter seinem Rücken geschehen war. Die Mutter empfing ihn am Tor. Und sie soll ihren Gemahl mit diesen Worten empfangen haben: „Herr, gestern kam ein Falke über's Feld geflogen, Klauen und Schnabel mächtig und mit weiten Schwingen – nie sah ich einen schöneren – deshalb hab' ich ihn gefangen.“

Und als der Pfalzgraf ins Schloß eintrat, da kamen ihm seine Tochter Agnes und der Sohn Heinrichs des Löwen Hand in Hand entgegen. Da war sie nun, die Gewißheit, und Pfalzgraf Konrad erzittert bei dem Gedanken, was wohl sein Halbbruder, der Kaiser Rotbart, zu dieser Verbindung mit seinem ärgsten Widersacher sagen würde.

Und der Kaiser hat denn auch getobt und den Pfalzgrafen angeschrien: „Sofort löst du das Band, das deine Tochter an diesen Taugenichts bindet!"

Aber Pfalzgraf Konrad schüttelte den Kopf: „Die beiden sind vor Gott rechtmäßig verbunden; ein solches Band läßt sich nicht mehr lösen."

Da überlegte der Kaiser, daß sich diese Verschwägerung zwischen Welfen und Staufern wohl auch nutzen lasse, damit endlich im Reich der Frieden einkehre, vor allem aber, daß der mächtige Welfenherzog mit seinen Kriegern dem Kaiser beistehe auf dem geplanten Zug nach Italien.

Der frischgebackene Ehemann mußte also nach Braunschweig zum Vater reiten als Friedensbote. Es hat viel Mühe gekostet, den alten Löwen zum Nachgeben zu überreden. Aber schließlich hat er doch seinen Frieden mit dem Kaiser Rotbart gemacht und ist mit ihm über die Alpen geritten.

Burg Gutenfels
und die Liebe der Guta von Falkenstein

Wer auf dem Rhein an der Pfalz bei Kaub vorbeifährt, der sieht auf dem rechten Ufer die Terrassen der Weinberge über dem Städtchen Kaub emporsteigen. Oben auf dem Felsen aber thronen die Ruinen einer Burg. Burg Kaub hieß sie, und erst im 16. Jahrhundert bekam sie ihren heutigen Namen: Gutenfels.

Es ist diese Burg Schauplatz einer schönen Geschichte. Nun ist zwar manches höchst zweifelhaft daran, aber wen kümmert das, denn diese Geschichte hat sich zugetragen – oder s o l l sich zugetragen haben in der zweiten Hälfte des 13. Jahrhunderts. Wer will nach so langer Zeit noch so genau sein?

Damals saßen die Grafen von Falkenstein-Münzenberg auf der Kauber Burg. Und eines Tages reiste die ganze Familie mit Gefolge nach Köln, wo ein großes Ritterturnier stattfand. Mit dabei war auch die schöne Guta, die Schwester des Burgherrn, ein etwas sprödes Frauenzimmer, das bisher die besten Partien ausgeschlagen hatte. Sie galt als kalt und hochmütig.

Doch sie war wie verwandelt, als man den langen Weg von Köln zurückzog. Sie sprach nur noch von einem Ritter, der im Lanzenstechen und Schwerterkampf alle anderen besiegt hatte. Er hatte niemandem seinen Namen genannt, aber seine und Gutas Blicke waren sich oft begegnet. Und schließlich, als er vorbeiritt, hatte Guta einen Handschuh von der Empore fallen lassen, wo die Damen saßen. Und er, er hatte mit dem Lanzenschaft den Handschuh vom Boden genommen und ihn an seinen Helm gesteckt.

Mehr war nicht geschehen. Doch wenige Wochen später erschien dieser Ritter auf Burg Gutenfels. Er sei ein armer Ritter aus England sagte er, aber er konnte von ruhmreichen Kämpfen in Frankreich und im Heiligen Land erzählen. Guta und er schwuren sich ewige Treue. Gutas Bruder sah diese plötzlich aufgeflammte Herzensneigung seiner Schwester mit zwiespältigem Herzen; denn er hätte ihr einen reicheren Mann gegönnt als diesen fahrenden Abenteurer. Und er war froh, als der Ritter weiterzog.

Nun aber vergingen lange Jahre. Unruhe und Zwietracht herrschten wieder einmal im Reich, seit der große Stauferkaiser tot war. Die Fürsten mochten sich nicht einigen auf die Wahl eines Herrn und Königs. Keiner gönnte dem anderen die Würde, jeder fürchtete um Einbußen der eigenen Macht. Bei allem Disput, es kam nichts rechtes heraus. Keiner wollte einem Deutschen die Würde geben, man wählte, wer am besten zahlte, und nicht einmal auf einen einzigen fielen die Stimmen. Die Erzbischöfe von Köln und Mainz und der Pfalzgraf wählten Graf Richard von Cornwall, den Engländer. Der Trierer Erzbischof, der Sachse und der Böhme hielten es mit Alfons von Castilien. – Richard von Cornwall wurde schließlich in Aachen feierlich zum deutschen König gekrönt. – Anerkennung aber fand er nur im Westen des Reiches, mußte auch immer wieder nach England zurück, um dort Ordnung zu schaffen.

All die Jahre, während dieser Streit im Reich tobte, wartete Guta vergebens auf ihren Ritter. Sie wurde vor Kummer und Enttäuschung krank, und schon sprach der Arzt aus, daß ihr der Tod drohe, wenn es niemandem gelänge, ihre Schwermut zu bannen. Da, eines Tages, hörte man den Schall von Trompeten das Rheintal hinaufschallen. Ein prächtiger Reiterzug trabte den Burgweg empor. Die Fahne des Königs flatterte voran. Der Burgherr eilte ans Tor, den hohen Gast zu begrüßen. Und er sah, dieser König Richard von Cornwall war niemand anders als jener Ritter, der seinen Namen damals nicht genannt hatte. Und Richard von Cornwall sagte: „Graf von Falkenstein, ich bitte Euch, geht zu Eurer Schwester und meldet ihr, daß der König um ihre Hand bittet. Aber laßt nicht merken, daß ich der Ritter bin, dem sie vor Jahren Liebe und Treue geschworen hat."

Und was König Richard kaum zu hoffen gewagt hatte: Graf Falkenstein kam zurück und sagte: „Meine Schwester dankt für Euer Anerbieten, König, aber sie sagt, sie wäre einem anderen, einem fahrenden Ritter versprochen."

Da zog der König den Handschuh hervor, den Guta ihm einmal zugeworfen hatte, und sagte: „Zeigt den Handschuh Eurer Schwester und sagt ihr: im Zuge des Königs sei ein armer, fahrender Ritter, der ihr dies Pfand schicke."

Als sie das hörte, sprang Guta von ihrem Krankenlager, zog ihr schönstes Gewand an und eilte in den Festsaal. Da trat ihr König Richard entgegen. Sie erkannte ihren geliebten Ritter, und die beiden sanken sich in die Arme.

Die nüchterne Geschichtsschreibung hält wenig von dem erbaulichen Histörchen. Gewiß: König Richard von Cornwall kam 1268 zum viertenmal von England an den Rhein, nachdem er lange in seiner Heimat drüben gefangen gelegen hatte. Er war schon 60 Jahre alt. Er hielt Reichstag zu Worms und mühte sich, den Landfrieden zu schaffen. Und er heiratete, da er Witwer war, nun zum drittenmal, allerdings hieß die junge Frau Beatrix von Falkenburg. – Und schon drei Jahre später ist Richard von Cornwall gestorben.

Der Streit zwischen dem Stahlecker und dem Rheinecker

Erbschaftsangelegenheiten zu klären das ist schon in bürgerlichen Kreisen und bürgerlich geordneten Zeiten oft recht schwer, in vergangenen Jahrhunderten und zumal, wenn es um große Macht und großen Einfluß ging, waren Erbansprüche nicht selten Anlaß zu Streit und Krieg.

Da starb im Jahre 1140 kinderlos der Pfalzgraf Wilhelm. Erbanspruch erhob Graf Hermann auf Burg Stahleck über Bacharach. Dasselbe Recht meldete Graf Otto von Rheineck an. Beide beriefen sich auf die Verwandtschaft ihrer Frauen.

Nun liegen die beiden Burgen gut 60 Kilometer voneinander entfernt, Rheineck beinah an der Mündung der Ahr. Trotzdem kämpften der Stahlecker und der Rheinecker mit Schwert und Spieß gegeneinander um die Pfalzgrafenwürde. Es waren blutige Raufereien, sicher nicht viel mehr. Gelegentlich gab es Versuche, die Burg oder andere Besitzungen des Gegners mit List und Überraschung zu erobern. Jedenfalls mühten sich beide ab, die Untertanen des anderen zu schädigen mit Raub und Brand und ihm so die Einkünfte zu mindern. Genauso verfuhr man mit Warenzügen, die geplündert wurden, wodurch dem Gegner zumindest der Zoll verloren war. Ritterlich ist es sicher nicht zugegangen, zumal sich der Streit fast ein Jahrzehnt hinzog.

Da griff König Konrad III., der erste Stauferkönig, in den Zwist ein, indem er von sich aus einen Pfalzgrafen ernannte, den Markgrafen von Österreich. Das war leicht zu dekretieren, aber leider unmöglich in die Realität zu setzen, denn König Konrad war in ewigem Bürgerkrieg mit den Welfen verstrickt. Und erst sein großer Nachfolger, Friedrich Barbarossa, ist ja mit Müh und Not über den Welfen Heinrich den Löwen Herr geworden.

So ging denn der Kleinkrieg zwischen Stahleck und Rheineck immer weiter. Da wurde dem Stahlecker Grafen Hermann gesteckt, der Sohn seines Widersachers rüste zu einem Jagdzug in den Soonwald. Dort am Schanzerkopf solle ein gewaltiger Bär hausen. Natürlich hatte der Stahlecker seine Spione auf Burg Rheineck, und manche behaupten gar, die Geschichte von dem gewaltigen Bären habe man dem jungen Grafen von Rheineck nur vorgespiegelt – aufgebunden – um ihn weit fort zu locken in die einsamen Hunsrückwälder.

Mit einem kleinen Trupp wohlbewaffneter Ritter lauerte Graf Hermann von Stahleck der Jagdgesellschaft auf. Die Ahnungslosen waren rasch überwältigt. Der junge Graf von Rheineck wurde nach Stahleck geschleppt und ins Verlies geschlossen. Boten brachten die Kunde nach Rheineck und zugleich die Forderung, Graf Otto solle auf die Pfalzgrafschaft verzichten, anderenfalls würde er seinen Sohn nicht mehr lebend sehen.

Der Rheinecker glaubte nicht an die Drohung, er ließ vielmehr den Grafen von Stahleck wissen: sein Sohn sei ohne jede Bedingung herauszugeben, falls nicht König Konrad, dem schon Mitteilung von der Untat gemacht sei, mit Heeresmacht für Recht und Gesetz einstehen würde.

Da geschah das Unerhörte, womit niemand gerechnet hatte: Graf Hermann von Stahleck ließ den jungen Rheinecker im Kerker erdrosseln.

Das war selbst für die damaligen rauhen Zeiten zuviel. König Konrad erschien mit seinen Rittern vor Stahleck. Aber der Graf dort hatte kriegsmächtige Verbündete. Er konnte sich lange wehren, obwohl er manche Burg verlor. Und dann rettete ihn die Streitigkeiten im Reich und endlich der Tod König Konrads.

Das Schicksal schien dem Gewalttäter Recht zu geben, und so verfuhr er von nun an ärger denn je mit Raub und Plünderung jetzt gegen Erzbischof Arnold von Mainz. Der konnte sich auch nur wehren, indem er den Grafen in den Kirchenbann tat, was den nicht schreckte. Und der neue König und Kaiser – Friedrich Barbarossa – war weit weg in Italien und hatte dort genug zu tun. Und als die Klagen gegen den Stahlecker vor ihn gebracht wurden, da konnte er nur harte Strafen verhängen, die Durchsetzung betrieb niemand.

Doch dann kehrte Friedrich Barbarossa siegreich aus Italien heim – endlich wieder ein mächtiger und gefürchteter Oberherr im deutschen Reich – der Reichstag zu Worms tagte und behandelte auch das Verbrechen des Stahleckers. Und der ward nun nach altem fränkischem Recht verurteilt, einen räudigen Hund zu tragen. – Jetzt gab es kein Entkommen mehr.

Graf Hermann von Stahleck hat den Hund getragen – es war im Jahre 1155 – er hat ihn getragen von Kaiserslautern bis nach Enkenbach, und das sind runde 15 Kilometer. Und gewiß ist er nicht allein gewesen bei diesem schmachvollen Tun. Er hat denn auch Waffen und Würden niedergelegt und ist in ein Kloster eingetreten. Dort ist er bald – wie man sagt – an gebrochenem Herzen gestorben.

Die Pfalz im Rhein

Das ist wohl einer der schönsten Blicke – ob man von Bacharach rheinabwärts oder von Oberwesel stromauf fährt: mitten im Rhein auf einer Felsklippe dies einmalig schöne Bauwerk, das früher der „Pfalzgrafenstein" hieß, und das wir heute nur noch kurz „Die Pfalz" nennen. – Dahinter dann das Städtchen Kaub mit der stattlichen Burg Gutenfels oben auf der Höhe.

Wie ein steinernes Schiff ist sie gebaut, die Pfalz im Rhein, sogar die Gallionsfigur am Bug fehlt nicht: der pfälzische Löwe mit Krone und Doppelschweif, der das pfälzische Wappenschild hält.

Eigentlich kommt ja der Name „Pfalz" vom lateinischen „palatium", und das heißt „Palast". Aber ein Palastbau ist die Pfalz bei Kaub ganz sicher nicht, so schön sie von außen wirkt, im Inneren ist sie eng; sogar der Innenhof bietet wenig Bewegungsfreiheit, von den Wohnräumen ganz zu schweigen. Aber eigene Wasserversorgung hat sie immerhin, die Pfalz, von einem Brunnen, der durch den Fels weit unter die Sohle des Stroms getrieben ist.

Kein fürstlicher Wohnsitz also. Wozu aber diente sie? – Es war eine Zollstation genauso wie der Mäuseturm bei Bingen.

König Ludwig der Bayer hat hier als Pfalzgraf, der er ja auch war, in der ersten Hälfte des 14. Jahrhunderts zuerst den Turm aufrichten lassen, das andere rundum kam nach und nach hinzu.

Die Erzbischöfe von Mainz, Trier und Köln hat diese neue Zollstation sehr geärgert, denn zu all den Zöllen, die ohnedies schon den Warentransport auf dem Rhein verteuerten, sollte, wenn es nach ihnen ging, nichts mehr hinzukommen. Und an dieser Stelle war's schier unmöglich für die Schiffe, sich vorbeizumogeln; das Fahrwasser liegt zwischen der Pfalz und dem rechten Ufer, und stromauf/stromab sieht man weit jeden Nachen kommen, und dann läuteten die Zollknechte ein Glöckchen, so daß die Kollegen am Ufer wachsam wurden.

Die geistlichen Herren von Mainz, Trier und Köln haben sich sogar mit ihrer Beschwerde an den Papst gewandt. Und Papst Johannes XXII. sprach in seinem Antwortschreiben von den „verfluchten Steuern und Zöllen“, die Ludwig der Bayer offenbar noch härter einzutreiben gedenke als bisher. Und im gleiche Schreiben forderte der Papst den Erzbischof von Trier auf, den Turm im Rhein mit Waffengewalt zu nehmen und zu zerstören.

Aber der hat sich gehütet, denn die scharfen Zähne und Klauen des Pfälzer Löwen waren ihm zu gefährlich.

Auch eine Burg ist die „Pfalz im Rhein“ nicht gewesen. Sonst wäre sie kaum so wohlerhalten, denn sie wurde nie beschossen oder belagert. Die Burg Gutenfels oben hat dagegen manchen Sturm erlebt und erlitten; und jedesmal, wenn sie den Besitzer wechselte, dann gab sich unten auch die Besatzung der Pfalz geschlagen. – Und als zur Zeit Napoleons der Abbruch von Gutenfels angeordnet wurde, da hat man Pfalzgrafenstein verschont.

Hier wohnten seit dem Ende des Dreißigjährigen Krieges altgediente pfälzische Invaliden, rund 20. Über dem Eingangstor mit dem Fallgatter war die Wohnung des Kommandanten, ein schlichter Corporal, der da – auch nicht sehr üppig – mitsamt seiner Familie hauste.

Als die Franzosen kamen, das waren 1795 die Revolutionstruppen, da brauchten sie bloß auf der anderen, der linken Rheinseite beim Scheider Kopf ein paar Geschütze aufzufahren, schon fing der Oberst Freiherr von Obercamp auf Burg Gutenfels mit den Kapitulationsverhandlungen an. Er war auch zuständig für die Pfalz im Rhein.

Dort wurden die Invaliden gefangengenommen, mit Nachen auf das linke Rheinufer gebracht und auf der Höhe im Dorf Henschhausen eingesperrt. Nur die Offiziere durften in Kaub bleiben. Doch es dauerte bloß ein paar Wochen, da bekamen die Franzosen den Befehl abzuziehen. Die Invaliden in Henschhausen waren plötzlich wieder frei und kehrten in die Pfalz zurück. Zu tun gab es nichts mehr, denn nun waren bald beide Rheinufer französisch und die Schiffe durften ohne Zoll den Strom befahren. Und so haben die Invaliden noch bis zum Jahre 1803 völlig tatenlos in der Pfalz gehockt und sich gelangweilt. Das Signalglöckchen ist auf die Marksburg gekommen, ebenso wie die restlichen Kanonen von Burg Gutenfels.

Burg Reichenstein und die Clemenskapelle

Südlich der Ortschaft Trechtingshausen liegt nahe dem Rhein eine sehr eindrucksvolle romanische Kirche, die Clemenskapelle. Ehedem war sie einmal Pfarrkirche von Trechtingshausen, und die Dorfbewohner hatten ihre Häuser rundum. Aber dann haben sie ihre Wohnsitze weiter rheinab verlegt, der alte Platz war zu sehr vom Hochwasser bedroht. Heute breitet sich rund um die Kirche der Friedhof von Trechtingshausen.

Die Bauzeit dieser als allerletzte im romanischen Stil im Rheinland erbaute Kirche, ist sehr genau bekannt, es ist das zweite Drittel des 13. Jahrhunderts. Die Sage aber weiß es besser. Die Sage bringt die Clemenskapelle in Verbindung mit der oberhalb auf dem Felshang ragenden Burg Reichenstein. Die Burg ist zum Teil um 1900 wieder aufgebaut, aber es sind noch alte Teile sichtbar, so die gewaltige Schildmauer, sechzehn Meter hoch und an der Basis acht Meter dick.

Da verwundert es, wenn man hört – nicht in der Sage, sondern in der Geschichte – daß diese gewaltige Burg mehrmals und ziemlich leicht erobert wurde.

Die Burg Reichenstein war eines der übelsten Raubnester am Rhein. Unterhalb am Ufer verläuft der Saumpfad, auf dem die Treidelpferde gingen, die die Frachtkähne zogen. Und diese Kähne mußten hier dicht ans linke Ufer gesteuert werden, Strudel und Felsen drohten im Strom. Da war's denn ein leichtes für die Banditen von Reichenstein, die Schiffe auszurauben. Die lombardischen Kaufleute von Bingen, die jüdischen von Mainz führten bittere Klage. Sie wandten sich an den Eigentümer der Burg Reichenstein, und das war die Abtei Korneli-Münster, weit entfernt bei

Aachen. – Da war denn der Abt dort genötigt, Kriegsknechte anzuwerben und seine eigene Burg am Rhein zu erstürmen. Der Vogt, ein Ritter Gerhard Rheinbot von Bingen wurde davongejagt, ein anderer Vogt eingesetzt. Und der tat denn auch den Schwur „niemals jemanden vom Reichenstein aus zu schädigen“.

Aber es war doch zu verführerisch, die Kauffahrteischiffe hier auf dieser gefährlichsten und schwierigsten Strecke zu überfallen. – Diesmal waren es die verbündeten rheinischen Städte, die ihr Kriegsvolk gegen Reichenstein schickten. Und diesmal wurde die Burg nicht nur erstürmt, sondern zum Teil sogar zerstört. Die Mönche vom Kloster Korneli-Münster waren den Ärger leid und verkauften Burg und Umland dem Erzbischof und Kurfürsten von Mainz. Der saß nun nahe genug und war ein mächtiger Herr und man möchte denken, der hätte Ordnung gehalten.

Aber auch der Burgherr, den der Mainzer eingesetzt hatte, der Philipp von Bolanden-Hohenfels ließ das Rauben nicht.

Doch jetzt hatte sich die Lage im Reich geändert. Es gab wieder einen tatkräftigen König und Kaiser: Rudolf von Habsburg. Er hat die Burg Reichenstein gestürmt und keine Gnade walten lassen. So vornehmen Geschlechtes die Ritter auch sein mochten, sie wurden schmählich durch die Hand des Henkers hingerichtet.

Hier beginnt die Sage: es heißt, die raubtüchtigen Herrschaften wurden an jene Eichen gehängt, die unten auf dem Ufervorsprung wuchsen, von wo aus die Wegelagerer ihr grausames Handwerk betrieben hatten.

Noch in der Nacht kamen die Angehörigen, schnitten die Hingerichteten ab und führten sie in Kähnen nach Lorch. Da wurden sie in geweihter Erde, wenn auch an der Kirchhofsmauer, beigesetzt.

Aber Schmerz und Schmach, die die Hinterbliebenen quälten, waren so tief, daß sie beschlossen, hier an der Hinrichtungsstätte eine Kirche zu bauen. Und so wurden die alten Eichen, die als Galgen gedient hatten, zum Gebälk der Clemenskapelle, und die Hingerichteten wurden hier noch einmal feierlich beigesetzt.

Dies ist eine Sage. Aber die Clemenskapelle hat in Verbindung mit einer anderen nahegelegenen Burg, auch in der neueren Geschichte noch eine Rolle gespielt.

Konfessionen-Streit um die Clemenskapelle bei Trechtingshausen

Die Clemenskapelle etwas oberhalb der Ortschaft Trechtingshausen, dicht am Rhein gelegen, wurde vor 1250 im romanischen Stil erbaut. Eremiten sollen hier gewohnt haben, die den Gottesdienst versahen. Dann im Laufe der Jahrhunderte verfiel die abgelegene Kapelle. Und im 18. Jahrhundert soll sie Unterschlupf für Räuber gewesen sein, die bei Dunkelheit Wanderer auf dem Uferweg überfielen, sodaß sich nicht leicht mehr einer dort vorbei wagte.

Obwohl die Gemeinde Trechtingshausen hier ihre Verstorbenen beerdigte, fehlte es an Mitteln, die Clemenskapelle wieder aufzubauen.

Als den Preußen nach 1815 das Rheinland zufiel, da haben sich die in Berlin regierenden Hohenzollern für die Rheinromantik begeistert. Manche Burgruine ist damals von Mitgliedern der königlichen Familie gekauft und wieder aufgebaut worden. Auch die Burg über Trechtingshausen und der Clemenskapelle wurde auf diese Weise, zwar in romantisch geschönter Gestalt, aber immerhin der Nachwelt erhalten.

Ein Neffe des nachmaligen Königs von Preußen, Prinz Friedrich Ludwig, hatte die Burgruine gekauft und nannte den neuerstandenen Bau Burg Rheinstein.

Die preußischen Hohenzollern waren ein protestantisches Geschlecht. Ihre Gottesdienste hielten sie im Rittersaal der Burg. Der Pfarrer kam den weiten Weg von Oberdiebach.

In näherer Umgebung gab es keinen protestantischen Pfarrer. Die Rheinländer sind durchweg Katholiken. Und gerade damals waren sie es auf besonders unnachgiebige Weise. Denn es hatte konfessionelle Mißhelligkeiten im Rheinland gegeben. Die zahlreichen protestantischen Beamten und Offiziere, die mit der preußischen Regierung ins Rheinland kamen, verursachten Probleme; denn es gab genug rheinische Mädchen, die sich in die stattlichen Kerle aus Ostpreußen, Pommern oder Brandenburg verliebten. Aber natürlich mußte katholisch getraut werden, und es mußte zugesichert werden, daß die Kinder katholisch getauft und erzogen würden, das verlangten die Bischöfe und die Pastöre und schließlich die rheinischen Mädchen auch.

Und so entstanden erhebliche Spannungen zwischen der preußischen Regierung und dem Klerus. Und das gipfelte, als 1837 der Erzbischof von Köln, Droste-Vischering, von einem Detachment Husaren aus seinem Palais geholt und auf die Festung Minden gebracht wurde. Seine starre Haltung in der Frage der gemischten Ehen hatten die Preußen als „Erregung von Aufruhr" gewertet.

Nun kochte natürlich die katholisch-rheinische Volksseele.

Ausgerechnet in dieser gespannten Situation kam die Gattin des Prinzen Friedrich-Ludwig, eine fromme Protestantin, auf die Idee, die Clemenskapelle wieder aufzubauen. Und da die Hohenzollern keineswegs religiöse Fanatiker waren, im Gegenteil durchaus ökumenische Tendenzen kannten, versprach die Prinzessin, die Clemenskapelle solle nach ihrer Wiederherstellung beiden Konfessionen offen stehen.

Aber kaum war das Kirchlein mit erheblichen Kosten vollendet, da erhoben Klerus und Gemeinderat Einspruch: Die Kapelle soll selbstverständlich den Burgbewohnern von Rheinstein zum protestantischen Gottesdienst zur Verfügung stehen, die wenigen, verstreut im Umland lebenden Protestanten aber hätten hier nichts zu suchen.

Die Prinzessin ging um des lieben Friedens willen auf diese Forderung ein. – Als sich aber nun die Burgbewohner am nächsten Sonntag unter den Nußbäumen vor der Kirche versammelten, da fanden sie die Pforte verschlossen. Der Burgpförtner wurde nach Trechtingshausen geschickt zum dortigen Kirchenvorstand, der eigentlich seinerseits den Schlüssel zur Clemenskapelle hätte bringen sollen. Es gab ein langes Verhandeln, und als der Burgpförtner endlich mit dem Schlüssel zurückkam, da erwies es sich: das Schlüsselloch war mit kleinen hineingekeilten Steinchen verstopft. Die herauszubosseln brauchte Zeit. Die Prinzessin ließ sich inzwischen wieder zur Burg hinauffahren. Aus Trechtingshausen aber strömten die Einwohner fröhlich herbei, um den Schabernack zu genießen. Auch der Ortsbürgermeister tauchte auf. Er trat auf den Burgpförtner zu und forderte: „Geben Sie den Schlüssel zurück!" – „Warum das jetzt auf einmal?" fragte der Burgpförtner. Und der Bürgermeister erklärte mit Strenge: „Solange Hoheit, die Frau Prinzessin nicht anwesend ist, darf kein Protestant in die Kirche!"

Das reichte nun den Burgbewohnern. Sie zogen unter dem Hohngelächter der Trechtingshausener ab – einschließlich Pastor, Küster, Organist und Balgtreter.

Die königlichen Hoheiten haben daraufhin oben auf Rheinstein eine eigene Kapelle erbauen lassen, die sich mit ihrem neugotischen Stil gut in das pittoreske Bild der Burg Rheinstein einpaßt.

Das Verschwinden des Geheimrats von Sickingen

Das Städtchen Lorch auf dem rechten Rheinufer war in alten Zeiten reich. Das kam, weil sein Weinbau wohlgedieh, was die Lage und das Klima angeht, aber auch weil der Wein leicht über den großen Umschlagplatz Bacharach abzusetzen war. Reichtum und Lage hatten manches Adels- und Rittergeschlecht nach Lorch gezogen, und auch das trug zum Wohlstand der Stadt bei. Allerdings hauste auch mancher Raubritter bei Lorch.

Im Laufe der Jahrhunderte wurden die Zeiten ruhiger, die Verhältnisse am Rhein ordentlicher, die Burgen wurden zu Ruinen, und die Herren Ritter waren angewiesen, auf mehr oder minder bürgerliche Art ihren Unterhalt zu verdienen. – So war der Herr von Sickingen, dessen Geschlecht ehemals auf der Sauerburg gewohnt hatte, nun, in der zweiten Hälfte des 18. Jahrhunderts, wohlbestallter Geheimrat beim Kurfürsten und Erzbischof von Mainz geworden.

Der Kurfürst – es war der vorletzte, ehe alle kurfürstliche Herrlichkeit zuende ging – schätzte seinen Geheimrat von Sickingen sehr, denn es ließ sich mit dem Alten wunderbar feiern und festen, zudem war er äußerst spendabel, so daß sich allerdings manch einer fragte: Wo nimmt bloß dieser Mensch das viele Geld her?

Eines Tages aber war der Geheimrat von Sickingen verschwunden. Man suchte in seinem Stadtsitz zu Mainz, man suchte auf dem Lande im Rheingau, wohin er gern sich fahren ließ, um den Wein zu genießen. Man fand ihn nicht. Die kurfürstliche Polizei wurde alarmiert, verhörte die Bekannten und Freunde; der Kurfürst, der seinen Zechgenossen vermißte, forderte genaue Untersuchung. Alles war umsonst. Schließlich nahm man an, der Herr Geheimrat sei in einem Anfall von Schwermut in den Rhein gegangen. Das mochte stimmen, hieß es, denn es gingen allerhand Gerüchte um, er sei nicht so reich gewesen, wie er anspruchsvoll gelebt habe.

Es gingen Jahre hin. Da machte eines Septembertages der Oberförster von Lorch seinen Streifgang durchs Sauertal. Er kam an den Fuß der Sauerburg, deren Ruine inmitten von Wald und Buschwerk aufragt, und wollte sich eben niedersetzen, um sein Mittagsbrot auszupacken und sein Fläschchen Wein zu öffnen, da gibt sein Hund im Brombeergebüsch Standlaut. Der Förster tritt näher, biegt die Zweige auseinander und sieht in der Burgmauer eine kleine vergitterte Öffnung. Er hört eine schwache Stimme, die um Hilfe ruft, und als er seine Augen an die Dunkelheit dort hinter der Öffnung gewöhnt hat, erkennt er, daß ein Mensch in dem Verließ steht, ein Greis mit langem, ungepflegtem Haar und Bart, der seine Hände bittend zum Förster reckt. Der Förster braucht Zeit, sich von dem Schrecken zu erholen, allerhand Gespenstergeschichten fallen ihm ein. Aber schließlich ist es ja heller Mittag. „Wer seid Ihr?“ ruft er in das Gewölbe hinab.

Der Alte reckt sich und sagt mit schwacher Stimme: „Ich bin der Geheimrat von Sickingen. Ihr habt sicher vor Jahren gehört, daß ich aus Mainz vom Kurfürstenhof verschwunden bin. Meine Söhne haben mich hierhergebracht. Ich werde seit Jahren gefangen gehalten. Geht zum Kurfürsten nach Mainz, guter Mann, erzählt ihm, was Ihr gesehen habt. Holt Hilfe!“

Der Oberförster von Lorch zögerte keine Stunde. Er ritt nach Mainz und meldete dem Kurfürsten, was er gesehen und gehört hatte. Die Nachricht machte ungeheures Aufsehen. Der Kurfürst ließ sofort einen Hauptmann mit 25 Soldaten und einen Gerichtsbeamten nach Lorch aufbrechen. Schon am nächsten Morgen langte die Schar zu Schiff in Lorch an. Der Schultheiß der Stadt mußte den Trupp führen. Man kam zur Ruine der Sauerburg. Man fand im Inneren eine Stiege, die in die unteren Gewölbe führte. Dort gab es eine noch wohlerhaltene Kammer mit Tisch und Stuhl und einem Lager. Sie bekam Licht durch jene vergitterte Öffnung, die der Oberförster entdeckt hatte. Aber die Kammer war leer. Essensreste auf einem Teller bewiesen jedoch, daß noch am Tage vorher hier ein Mensch gewesen war.

Die ganze Burgruine wurde durchsucht, die Wälder ringsum, die anderen Burgen, nichts fand sich. Der alte Geheimrat von Sickingen ist verschwunden geblieben.

Man hat wohl nicht zu unrecht vermutet, daß seine Söhne ihn gefangengesetzt hatten, weil er ihr Erbe verschleuderte. Aber auch gegen die jungen Herren von Sickingen konnte man nichts unternehmen. Die Beweise fehlten.

Auch König Adolf mußte bei Rheindiebach Zoll bezahlen

Rheindiebach liegt auf der linken Rheinseite gegenüber dem Städtchen Lorch. Die ehemals starken Befestigungen des Dorfes sind bis auf wenige Reste verschwunden. Aber oberhalb am Berg sieht man die gewaltigen Ruinen der Burg Fürstenberg. – Diese Burg ist einst das Bollwerk gegen den Kurstaat Mainz gewesen. Und sie gehörte zu einem ganzen Befestigungssystem, das zur anderen Seite hin mit Burg Stahleck und Stahlberg den Kurtrierern Trutz bot.

Aber was war da zu schützen und zu verteidigen? Es war der Verband von vier reichen Ortschaften, die sich zusammengeschlossen hatten: Bacharach, Steeg, Manubach und Diebach – die Vier-Täler nannten sie sich. – Gute feste Stadtmauern hatten sie und meist noch eine befestigte Kirche inmitten. Freie Bürger lebten in den vier Ortschaften, und mancher Adelige war stolz, in dieser bürgerlichen und reichen Gemeinschaft seinen Freihof und seine Weinberge zu haben.

Herr der Vier-Täler war der Pfalzgraf. Er hatte seine Verwalter auf den Burgen. Und was für gewalttätige und selbstherrliche Kerle das waren, das wird deutlich aus einer Begebenheit, die sich auf der Rheinstraße bei Rheindiebach zugetragen hat. Damals, im Jahre 1292, war der Ritter Ulrich von Steine Burgmann auf Fürstenberg.

In diesem Jahr war eben zu Aachen Adolf von Nassau zum deutschen König gekrönt worden. Es war ein Graf weder reich noch mächtig, und die Kurfürsten hatten ihn nur gewählt, weil ihnen der Vorgänger, der große Rudolf von Habsburg, zu sehr auf Ordnung und Frieden im Reich geachtet hatte. Sie wollten jetzt wieder einen, der ihnen nicht dreinredete.

Dieser frischgekrönte Adolf von Nassau, nunmehr König des deutschen Reiches, kam also mit seinem Gefolge rheinauf ziehend unterhalb von Fürstenberg vorbei. Da wurde der Weg gesperrt. Die Kriegsknechte von der Burg verlangten den üblichen Zoll.

„Wir sind kein Kaufmannszug, sondern der König bereist seine Lande!" wurde eingewendet.

„Nichts da!" hieß es, „Zoll wird bezahlt für Mann und Roß!"

Der Anführer des Zuges, der bisher hinten beim König gehalten hatte, kam nach vorn galoppiert und rief: „Schluß mit dem Reden! Es wird ja wohl niemand wagen, dem König den Weg zu hindern!"

„Wenn er zahlt, kann er passieren," hieß es. Und zugleich schwenkte einer den Knechte die Signalflagge hinauf zur Burg. Das sah der Ausguck auf dem Burgfried, und es dauerte nicht die Zeit von zwei Vaterunsern, da flog droben das Tor auf, und heraus preschte der Ritter Ulrich von Steine mit seiner gewaffneten Mannschaft.

Der Redestreit, ob der König zollpflichtig sei oder nicht, dauerte diesmal nicht lange. Der Ritter Ulrich schrie: „Wißt ihr, was der Kurfürst von Mainz gesagt hat? Er hat gesagt: einen solchen König schüttel ich noch dutzendweis aus dem Ärmel!"

Da allerdings flogen die Schwerter aus den Scheiden. Es war ein kurzer Kampf; kaum war der erste aus dem königlichen Gefolge tot vom Pferd gestürzt, da ritt der König Adolf selber heran und gebot Frieden.

„Aber der Zoll ist zu zahlen", beharrte der Ritter Ulrich. Und der König zahlte. Das ist ihm sicher hart angekommen, denn es fehlte ihm nichts so sehr wie das liebe Geld. Er hat denn auch wenig später beim König von England, dem ersten Edward, 100 000 Pfund Sterling geliehen, mußte aber dafür die Verpflichtung eingehen, gegen Frankreich zu Felde zu ziehen. Diesen Krieg hat dann aber der Papst verboten, der damals noch Gewalt in solchen Dingen hatte.

Übrigens sind die Kurfürsten bald, nach sechs Jahren genau, dieses Königs überdrüssig geworden. Er war ihnen auch schon wieder zu mächtig und tatkräftig. – Sie setzten ihn ab und wählten den Konkurrenten von damals, den Herzog Albrecht von Österreich. Und im Kampfe gegen den ist König Adolf dann nahe Worms gefallen.

Gerda und Kuno – eine Liebe zwischen Burg Reichenstein und Burg Rheinstein

Stromabwärts von Bingen, gegenüber der Stadt Assmannshausen steht auf schroffem Fels eine beinah zierlich wirkende Burg: Rheinstein ist das. – Man sagt, eine so schöne Burg gibt es kaum nocheinmal am Rhein. Nun hat sie auch im 19. Jahrhundert der große preußische Architekt Karl Friedrich Schinkel wiederaufgebaut im Auftrag eines preußischen Prinzen.

Nur wenig weiter rheinab, ebenfalls hoch am linken Ufer, den Ort Trechtingshausen überragend, sieht man die Burg Reichenstein. Auch sie war Ruine und ist von romantischen und begüterten Leuten wieder restauriert worden.

Natürlich haben diese beiden, so dicht beieinanderliegenden, Burgen die Phantasie zu Geschichten angeregt. So soll im 12. Jahrhundert auf Rheinstein ein alter griesgrämiger und verwitweter Ritter gewohnt haben, der eine wunderschöne Tochter hatte. Leider war sie auch sehr tugendhaft und gehorsam, was bekanntlich nicht immer zum Glück gereicht. Gerda hieß dieses allzu vollkommene Mädchen.

Auf Reichenstein aber wohnte ein junger Ritter, Kuno mit Namen, und er kam oft und gerne nach Rheinstein, angeblich, um dem alten Knasterbart dort Gesellschaft zu leisten, in Wahrheit jedoch wegen der lieblichen Gerda.

Nun war auch Kuno ein ungeheuer ehrenwerter Ritter, und so dauerte es recht lange, bis die beiden dahinterkamen, daß sie sich liebten. Aber kaum war das heraus, kaum hatte man sich zum erstenmal geküßt, da ritt der junge Kuno trunken vor Glück zu seinem Onkel Kurt, dessen Schloß weit im Hunsrück lag. Er bat ihn, beim alten Rheinsteiner um die Hand Gerdas für ihn, den verliebten Neffen, anzuhalten.

Der Onkel Kurt war imponierend reich und unverheiratet war er auch. Ritter Kuno konnte hoffen, daß er später einmal all die Ländereien und Burgen erben würde. Er wußte nicht, daß Kurt seinen Besitz mit List, Gewalt und Betrug zusammengebracht hatte.

Onkel Kurt erschien schon am nächsten Tag auf Rheinstein. Er sagte zu dem alten Ritter: „Mein Neffe hat mich hergeschickt, um die Hand Eurer Tochter Gerda anzuhalten. Aber Ihr wißt ja, dieser Kuno ist ein armer Schlucker. Gebt mir Eure Tochter zur Frau; Ihr wißt, wie reich ich bin!"

Der alte Rheinsteiner war nicht nur griesgrämig, sondern wie die meisten Menschen dieser Art auch geizig und geldgierig. Und so schaute er gar nicht darauf, daß der hinterlistige Ritter Kurt schon reichlich bei Jahren war, sondern er ließ seine Tochter rufen und sagte: „Liebes Kind, es ist mein Wille, daß du diesen Edelmann heiratest."

Die gute Gerda brach in Tränen aus und gestand dem Vater, sie habe Ritter Kuno ewige Treue versprochen.

Da sprang aber der Alte auf und schrie: „Du hast die Wahl, entweder du gehst mit diesem ehrenwerten und steinreichen Manne zum Altar, oder du gehst ins Kloster für alle Zeit! Da kannst du am besten deinem Ritter Kuno ewige Treue halten.

Der hinterlistige Onkel Kurt ritt denn auch gleich zu seinem Neffen nach Reichenstein und meldete: „Du hast Pech gehabt, lieber Kuno, du bist leider dieser Gerda zu arm. Sie will einen Ritter, der mehr bieten kann."

Kuno war vernichtet. Er rüstete sich schon, ins Heilige Land zu ziehen als Kreuzfahrer, da brachte ein Bote von Rheinstein ein Briefchen. Gerda schrieb ihm: „Du weißt, ich liebe nur dich. Aber mein Vater will mich mit deinem Onkel Kurt verheiraten, und seinem Vater muß man ja gehorchen."

Noch in derselben Nacht raffte Kuno alle Krieger zusammen, die ihm verpflichtet oder dienstbar waren, und versuchte in Burg Rheinstein einzudringen. Aber wer diese Burg auf ihrem Felsen gesehen hat, der ahnt, Kuno und seine Mannen wurden kläglich zurückgeschlagen.

Und jetzt zögerte der alte Rabenvater nicht länger. Er befahl, Gerda als Braut zu schmücken, er befahl dem Burgkaplan, unten in der Clemenskapelle die Trauung zu vollziehen.

So ritt denn der Hochzeitszug bergab. Den bösen Kurt störte es nicht, daß seine Braut weinte und ihn keines Blickes würdigte. Die Musik schallte durchs Tal, das Glöckchen der Kapelle läutete fröhlich, die Rosse wieherten in den Morgen.

So kam man unter den Walnußbäumen an, die bei der Clemenskapelle stehen. Der Bräutigam trat an das Pferd Gerdas heran, um ihr aus dem Sattel zu helfen. In diesem Augenblick aber stob ein Schwarm Hornissen aus einer Mauerspalte, kreischend stob die Hochzeitsgesellschaft auseinander. Gerdas edles Pferd aber hob sich auf die Hinterhand, der Bräutigam stürzte zu Boden. Mit einem Satz war das Tier vom Vorplatz auf die Straße gesetzt und rannte nun den Weg hinauf nach Burg Reichenstein. Aber schon klang Hufschlag hinter ihnen. Gerda sah zurück und erblickte mit Schrecken den verhaßten Bräutigam, der immer näher kam. Sie trieb das Pferd an.

Plötzlich aber hörte sie einen Schrei. Gerda zügelte ihr Pferd und blickte zurück. Da lag der Verfolger abgeworfen und zerschmettert auf den Felsen. Wie sich denken läßt wurde Gerda auf Burg Reichenstein mit offenen Armen empfangen. Jetzt zögerten sie nicht mehr, die beiden Verliebten. Auch hier gab es einen Burgkaplan, und der traute sie noch am gleichen Tag.

Kampf um Schloß Böckelheim

Die Reichsgrafen von Sponheim waren ein mächtiges Adelsgeschlecht. Die Kauzenburg bei Kreuznach war ihr Stammsitz. Und in der Nähe, im Nahegau, gehörte ihnen das Bergschloß Böckelheim inmitten einer herrlichen Weinlage. Im Jahre 1277 wohnten dort zwei Sponheimer Brüder. Der eine von ihnen, ein leichtsinniger Kerl, war in Schwierigkeiten geraten und verkaufte eines Tages, ganz ohne Wissen des anderen, das Schloß an den Erzbischof Werner von Mainz. Der ahnungslose Bruder fiel natürlich aus allen Wolken, als er hörte, er müsse demnächst ausziehen; der Erzbischof war nämlich schlau gewesen und hatte die Kaufsumme von 1400 Mark in Aachener Silberpfennigen gleich ausgezahlt.

Johann von Sponheim, erst gerade verheiratet, dachte gar nicht daran mit seiner jungen Frau Schloß Bökkelheim zu verlassen. Nachdem er seinen unsoliden Bruder gehörig zusammengestaucht hatte, fing er an, mit dem Erzbischof zu verhandeln. Aber der sagte unerbittlich: bezahlt ist bezahlt!

Damals, im 13. Jahrhundert, wäre es ziemlich sinnlos, zumindest äußerst langwierig geworden, wenn Johann von Sponheim Advokaten und Gerichte bemüht hätte. Zudem hatte er Freunde genug, denen es nicht unlieb war, dem einflußreichen Mainzer Erzbischof mal die Federn zu stutzen.

Es zogen also heran der Graf von Sayn mit seinen Leuten, die Grafen von Leinigen, Vehingen, Zweibrükken, dazu sogar der Landgraf von Hessen; das ergab eine stattliche Kriegsschar unter der Devise: „Wir lassen nicht ab von Sponheims Recht!" Im Jahre 1279 rückte die ganze Truppe aus. Und die junge Frau des Johann von Sponheim rief dem Vortrupp nach: „Michel Mort, hab acht auf den Herrn!“

Vom Michel Mort haben wir schon einmal gehört; das war, als er auf Burg Sayn drei der stärksten Ritter im Ringkampf besiegte. Er war der muskelmächtigste Kerl am Rhein, ehemals Metzgergeselle zu Kreuznach und schon lang als Leibknappe in den Diensten der Sponheimer. Und er rief hinauf zur Gräfin: „Den Herrn zu schützen, das gelobe ich auf mein Schwert!“

Auf dem Feld zwischen Genzingen und Sprendlingen an der Nahe trafen die streitbaren Haufen aufeinander, und es begann die blutige Rauferei. Der Erzbischof von Mainz selber war dabei, ganz in Rüstung, ein goldenes Kreuz auf dem Brustharnisch.

Der Sponheimer rief: „Erzbischof, du bist schuld an diesem Kampf, und das Blut, das hier vergossen wird, kommt über dich!“

Der Erzbischof aber schrie zurück: „Ich hab deinem Bruder das volle Kaufmaß Silber zugewogen. Schloß Böckelheim gehört mir. Blut wird fließen, und über dich, Sponheimer, kommt es!“

Da gab der Graf das Zeichen zum Angriff und die gepanzerten Streiter donnerten gegeneinander.

Es setzte viele Schwerthiebe und Lanzenstöße, und die Mainzer Reihe wankte, sie gingen zurück, sie flohen noch nicht, doch sie wichen gegen einen mit Buschwerk verwachsenen Waldrand. Die Sponheimer setzten siegesbewußt nach. Aber da ertönten Hornsignale, und aus dem Wald heraus brachen Reiter des Erzbischofs. Im Nu war der Graf von Sponheim umzingelt, die Seinen zurückgetrieben. Mit dem Schwert nach allen Seiten hauend, konnte Johann von Sponheim nur mit Not standhalten. Da erblickte Michel Mort die Gefahr. „Rettet den Herrn!“ schrie er, raffte an Versprengten und Fliehenden zusammen, was er greifen konnte und brach durch die Kette der Feinde. Die anderen Sponheimer aber gerieten jetzt erst recht ins Laufen, denn nun brachen in ihre Flanke die Trupps der Rheingauer Vasallen des Mainzers.

Vorn aber, wo Michel Mort seinen Herrn herausgehauen hatte, standen sich miteins Erzbischof und Graf gegenüber. Der Graf von Sponheim hob sein Schwert nicht, sondern packte den Mainzer beim eisernen Halskragen und zerrte ihn zu sich aufs Roß. Schon gab er dem Tier die Sporen, schon trabte er mit seinem Gefangenen an, da traf ein Pfeil das Pferd, eine Lanze flog dem Grafen in die Seite. Er stürzte. Doch Michel Mort war mit fünf Kreuznachern heran, schützte den Grafen, lud ihn sich samt der schweren Rüstung auf die Schulter und eilte zurück gegen den Bosenheimer Wald. Soweit kam er nicht. Die Bogenschützen des Erzbischofs sandten ihre Pfeile. Michel Mort stürzte, verteidigte seinen Herrn noch kniend, bis er über ihm zusammenbrach. In dem Augenblick stürmten die Sponheimer, die der Graf von Leiningen wieder gesammelt hatte, mit neuen Kräften vor und schlugen nun die Mainzer wirklich in die Flucht.

Michel Mort wurde mit allen ritterlichen Ehren begraben. Graf Johann von Sponheim genas nach langem Krankenlager von seinen Wunden. Schloß Böckelheim aber wurde zwischen ihm und dem Mainzer geteilt.

Die wüste Nacht von Bingen

Zu allen Zeiten ist Bingen ein bedeutender Handelsplatz gewesen. Hier wurde der Nahewein verkauft und verladen für den Schiffstransport, hier gab es reichbeschickte Getreide- und Viehmärkte. Der Rhein war die Handelsstraße bis Holland und bis ins Elsaß. Und über Kreuznach und Sobernheim gingen die Handelszüge nach Westen zur alten Römerstraße, die nach Tholei führte und weiter nach Frankreich hinein.

Seit Generationen hatten in Bingen Kaufleute aus der Lombardei ihre Kontore. Sie waren einst aus den piemontesischen Städten Cavour und Asti hierhergekommen. In Handelskreisen wurden ihre Namen mit Bewunderung genannt: Ottino und Montesic, Broglio, Montemagno und Pomaria.

Um das Jahr 1300 gab es im deutschen Reich wieder einmal zwei Könige, die gegeneinander stritten. Die lombardischen Kaufleute von Bingen unterstützten mit ihrem Geld den Adolf von Nassau. Der aber wurde von seinem Gegenkönig, dem Herzog Albrecht von Österreich, in einer Schlacht bei Göllheim in der Pfalz geschlagen und fand dabei den Tod. Die Lombarden hatten auf den Falschen gesetzt. Albrecht war Herr und König im Reich – solange jedenfalls, bis er ermordet wurde.

Er hatte also einen durchaus begründeten Haß gegen das reiche Bingen. Und als nun Zollstreitigkeiten einen willkommenen Anlaß boten, zog er mit einer Schar von Rittern und Fußknechten vor die Mauern der Stadt. Bingen aber war wohlbefestigt und wies die Aufforderung des Königs ab, die Tore zu öffnen. Der Rat rechnete damit, daß König Albrecht eine Belagerung nicht lange durchhalten würde, denn seine Krieger mußten ja aus dem Land rundum ernährt werden, und den Bauern dort würde bald nichts mehr wegzunehmen sein.

Doch auch in Bingen trat bald ein empfindlicher Mangel an Nahrungsmitteln ein, aber immer noch wiesen die Kämpfer auf den Mauern alle Sturmversuche tapfer ab.

Im Kriegshaufen des Königs brach Unzufriedenheit aus. Die Fußknechte vor allem waren nur mitgezogen, weil sie in der reichen Stadt üppige Beute erhofft hatten. Es kam zu Meutereien, und die ersten begannen sich heimlich davonzumachen.

Mehr als zehn Wochen waren schon vergangen, da befahl König Albrecht einen letzten Angriff auf Biegen oder Brechen. Die Vorbereitungen wurden streng geheim gehalten. Mitten in einer stockdunklen Nacht trat die Mannschaft zum Sturm an, schleppte die Leitern zum Ersteigen der Mauern geräuschlos herbei, und dann – auf ein Feuersignal – brachen sie los gegen Tore und Mauern.

Viel zu spät wurden die Verteidiger in der Stadt alarmiert. Im ersten Anlauf war der Feind in der Stadt und hauste nun fürchterlich in den Straßen, brach ein in die Häuser und mordete und plünderte, wie man es noch nie erlebt hatte. Und ehe der Morgen graute stand die ganze Stadt Bingen in Flammen.

Die Greuel waren so furchtbar, daß sich lange das geflügelte Wort erhalten hat: „Das ist so wüst wie die Nacht von Bingen.

Bingen: Die Bürgerrevolte gegen Kuno von Falkenstein

Es gab auch zur deutschen Kaiserzeit schon Wahlgeschenke. Die Stadt Bingen – bisher unabhängig – war eines. Kaiser Otto II. schenkte sie dem Mainzer Erzbischof und Kurfürsten, damit er bei der Kaiserwahl seinem Sohn – Otto III. – seine Stimme gebe.

Den Binger Bürgern war das keineswegs recht. Sie waren durch Handel, durch ihre Vieh-, Getreide- und Weinmärkte reich und damit selbstbewußt geworden. Noch schlimmer aber empfanden sie es, daß auch die Erzbischöfe und Kurfürsten in der Folgezeit auf ihre Kosten Geschenke an das Mainzer Domkapitel und seine Dompröpste machten: Anteile von den Steuern und Abgaben. – Es rumorte in der Stadt, und die hohen Herren spürten wohl den Unmut der Bürger. Sie bauten deshalb auf die Anhöhe ganz nah der Stadt die Burg Klopp, eine Zwingburg im wahrsten Sinne, sollte sie doch den Freiheitswillen der Binger unter den Mainzer Krummstab zwingen.

Ein besonders gewaltiger und gewalttätiger Domherr war der Kuno von Falkenstein. Gegen ihn richtete sich der Zorn der Bürger im besonderen Maße. Und als er einmal auf Burg Klopp weilte, beschloß man, ihm eine Lehre zu erteilen. Nun war's allerdings schwer, in die Burg Klopp hineinzukommen. Es diente aber dort ein Küchenmädchen, das eine Liebschaft hatte mit einem Schiffer von Bingen. Und zweimal in der Woche bekam der Türhüter der Burg einen Krug Wein und gab dafür den Schlüssel zu einer Nebenpforte heraus. Dem verliebten Mädchen wurde eines Nachts, als sie von ihrem Stelldichein zurückkehrte, der Schlüssel abgenommen, und im Handumdrehen waren die Aufrührer in der Burg und im Schlafgemach des Dompropstes von Falkenstein. Der fuhr aus den Kissen hoch und ehe er den Mund aufbrachte, hörte er die drohenden Worte: „Kuno von Falkenstein, jetzt ist die Stunde da, daß wir euch vorschreiben, wie es um unsere Rechte steht. Auf und ins Verlies der Stadt mit euch!“ Sie rissen ihm die Decke weg. Da lag der mächtige Kirchenmann nackt und bloß und brüllte: „Wollt ihr mich etwa im Hemd dem Spott des Volkes aussetzen?!“

Sie ließen ihn in sein Ankleidezimmer. Der Dompropst aber zog nur Hosen und Schuhe an, griff sich seinen weiten Reitermantel und schwang sich aus dem Fenster. Das war ein Sprung auf Leben und Tod. Und der Falkensteiner hätte auch unfehlbar den Hals gebrochen beim Fall in den Burggraben, wenn nicht der weite Mantel wie ein Schirm den Sturz gemildert hätte. So trug er nur Schrammen und blaue Flecken davon, rappelte sich auf, und lief zum Ufer. Da war bald ein Nachen gefunden, und damit ruderte er über den Rhein, als die Binger Bürger noch immer vor dem Ankleidezimmer warteten.

Die Ehrenburg, auf halber Berghöhe gegenüber gelegen, ist bald erreicht, der von Falkenstein weckt die Knappen und Knechte aus dem Schlaf. Man eilt nach Rüdesheim, wo genügend Kähne am Ufer liegen. Und schon steigt die gut bewaffnete Schar die Anhöhe zur Burg Klopp empor.

Gerade da haben sich die Aufrührer entschlossen, die Tür zum Ankleidezimmer aufzubrechen. Man sieht den leeren Raum, das offene Fenster. Man will hinauseilen, um den mit Gewißheit zu Tode Gestürzten zu suchen, da steht er vor den Bürgern, das blanke Schwert in der Faust und brüllt: „Jetzt ist die Stunde da, wo ich euch vorschreibe, wie es um meine Rechte steht!“

Die Bürger kamen nun selber in ihr Stadtverlies. Das Urteil über sie ist dann doch milder ausgefallen, als man erwarten durfte. Allerdings verlor die Stadt Bingen nach diesem Ereignis ihre letzten Vorrechte und Freiheiten. Der Kuno von Falkenstein aber hat es später noch zum Erzbischof und Kurfürsten von Trier gebracht.

Ingelheim: Emma und Eginhard

Obst, Spargel und Wein, das alles wächst rund um die Stadtteile von Ingelheim. Schon die Römer ... Nun ja, man weiß es: die suchten sich überall die besten Plätze aus.

Aber, wer Ingelheim nennt, der weckt auch die Erinnerung an Karl den Großen. Ja, die Ingelheimer haben lange behauptet, der Große Karl sei in ihren Mauern geboren, aber da hat Aachen bessere Karten und Genaues weiß man nicht.

Belegt ist der erste Besuch Kaiser Karls in Ingelheim für das Jahr 774, da war er immerhin schon 32 Jahre alt. Mit dem Bau der Kaiserpfalz hat Karl begonnen, und die Kaiser der nächsten drei Jahrhunderte haben einen gewaltigen Komplex aus diesen Anfängen geschaffen. Aber was heute noch davon zu sehen ist, das kann man eher kümmerlich nennen.

Den Winter 787 auf 788 hat Karl der Große schon in seiner neuen Pfalz verlebt, sagen die Urkunden, und in diesem Winter muß das wohl geschehen sein, was man eine Familienkatastrophe im kaiserlichen Hause nennen könnte.

Karl hatte einen jungen Sekretär, Eginhard mit Namen. Und der hatte neben seiner Tätigkeit in der kaiserlichen Kanzlei auch die Aufgabe, der Familie abends am Kamin etwas vorzulesen. Der Eginhard war ein hübscher Bursche, und so verliebte sich die jüngste Tochter des Kaisers in ihn. Sie hieß Emma.

Emma und Eginhard: natürlich konnten die beiden ihre Liebe nicht öffentlich zeigen – der Standesunterschied! Und so schlich sich denn Eginhard nachts heimlich zu dem Gebäude, in dem die Frauen und Mädchen wohnten.

Das geht lange unbemerkt, aber eines nachts kann der Kaiser Karl nicht schlafen, er tritt ans Fenster – sieht: draußen hat's geschneit, eine dichte, unberührte Schneedecke liegt über dem Pflaster des Hofes. Da öffnet sich die Tür zum Frauenhaus. Tochter Emma erscheint, deutlich erkennbar im Mondlicht. Aber w i e erscheint sie! – Wilhelm Busch in seiner Bildergeschichte hat das in diesen Vers gebracht: „Was sieht er da – vor Schreck erstarrt – die Emma trägt den Eginhard!"

Sie trug ihn auf dem Rücken, damit keine verräterischen Spuren von Männerschuhen im Schnee sichtbar würden. Die Geschichte endete für Emma und Eginhard nicht versöhnlich wie bei Wilhelm Busch: „Jetzt aber wird er mild und weich und spricht gerührt: ‚Da habt ihr euch!' "

Im Gegenteil, Kaiser Karl soll zunächst erwogen haben, seinen Kanzlisten Eginhard vom Leben zum Tode befördern zu lassen. Aber dann entschloß er sich zu etwas ganz anderem: Er rief den Kaplan und ließ die beiden trauen. Und das frischvermählte Paar mußte sofort die Kaiserpfalz verlassen, nur mit dem Nötigsten versehen.

Jahre vergingen, Kaiser Karl war ein Greis geworden, auf sein Hauptvergnügen, die Jagd, aber wollte er immer noch nicht verzichten. Von Ingelheim aus zog die Jagdgesellschaft zum Odenwald. – Eines Tages verfolgt der Kaiser zu Pferd einen prächtigen Hirsch, manche sagen, es war ein weißer Hirsch. Immer wieder entkommt ihm das Wild, endlos ist die Verfolgung. Längst hat der Kaiser die Jagdgesellschaft verloren. Es wird dunkel. Ein Fluß schimmert zwischen den Bäumen. Der Hirsch wirft sich hinein und entkommt. Mißmutig wendet der Kaiser das abgejagte Roß. Da sieht er am Ufer ein einfaches Gehöft. Was bleibt ihm übrig, als hier um Nachtlager zu bitten. Die beiden Bauersleute kommen ihm seltsam bekannt vor, und schließlich – nach dem Essen – geben sie sich zu erkennen: Emma und Eginhard. Und auch die Enkelkinder werden dem Großvater Karl präsentiert. – Da soll Karl ausgerufen haben: „Selig die Statt, wo der Kaiser sein Kind wiedergefunden hat!"

Tochter Emma und Schwiegersohn Eginhard bekamen an Ort und Stelle Ländereien geschenkt, und daraus hat sich Seligenstadt am Main entwickelt.

Eine Sage, aber wohl doch nicht ganz ohne historischen Untergrund: Die Annalen der Klöster Seligenstadt und Lorsch berichten von den Schicksalen Emmas und Eginhards, und im Schloß zu Erbach ist noch der Sarkophag zu sehen, in denen die sterblichen Überreste der Liebenden vereint beigesetzt wurden.

Die kaiserlose, die schreckliche Zeit

Friedrich Schiller hat eine lange Ballade auf die Wahl und Krönung Rudolfs von Habsburg gedichtet. Dieser Graf von Habsburg wurde 1273 in Aachen zum Deutschen König gekrönt. Und da heißt es:

„Denn geendet nach langem, verderblichem Streit
war die kaiserlose, die schreckliche Zeit,
und ein Richter war wieder auf Erden.
Nicht blind mehr waltet der eiserne Speer,
nicht fürchtet der Schwache, der Friedliche mehr
des Mächtigen Beute zu werden ...“

Wahrhaftig, das halbe Jahrhundert vor dem Regierungsantritt Rudolfs war schrecklich gewesen. – Schon ehe der große Stauferkaiser Friedrich II. gestorben war, hatten die Wirren angefangen. Er war ja auch in langer Regierungszeit selber nur zweimal in Deutschland gewesen. Sein Sohn Konrad IV. war König diesseits der Alpen. Der Papst aber war ein geschworener Gegner der Staufer. Er hatte Friedrich II. in den Bann getan, und das hieß: es brauchte ihm niemand zu gehorchen. Und so stellten deutsche Fürsten einen Gegenkönig auf. Kämpfe entbrannten, der Gegenkönig starb. Ein zweiter, Wilhelm von Holland, wird von den papsttreuen Fürsten gewählt. Die Krönungsstadt Aachen muß er lange belagern, ehe er dort gekrönt werden kann. Überhaupt, die Städte sind eher Anhänger des Staufers. Nur Mainz hält zum Papst, mit vielen Freiheiten bestochen vom Mainzer Erzbischof Siegfried.

Aber die Städte Worms, Speyer und Oppenheim schicken dem König Konrad Hilfstruppen, und Erzbischof Siegfrieds Scharen werden bis Bruchsal am Oberrhein zurückgetrieben. Im Elsaß kämpft Konrad mit Erfolg gegen die Bischöfe von Speyer und Straßburg. – Das hört sich alles viel zu harmlos an. Diese Kriegshaufen wollten ja leben und Beute machen.

König Konrad hat sich in der Stadt und auf der Burg Oppenheim festgesetzt. Der Gegenkönig Wilhelm von Holland vermag ihn da nicht wegzutreiben, also zieht er südwärts nach Odernheim, verwüstet die Dörfer rundum, auch Ost- und Westhofen.

Währenddem legt Konrad seine Truppen vor Mainz und läßt da die Dörfer in Flammen aufgehen. Olm, südlich von Mainz, wird fast dem Erdboden gleichgemacht.

Die Stadt Worms – staufertreu vor allen anderen – schickt König Konrad Hilfstruppen: 2 000 Mann, dazu 100 Bogenschützen. Auch sie fügen nur den Untertanen des Feindes Schaden zu; sie brandschatzen die Dörfer und Güter des Wildgrafen, dann die Besitzungen des Wernher von Bolanden – Mauchenheim, Bolanden verbrennen. Andere Dörfer können sich freikaufen. Dann werden die Dörfer niedergelegt, die dem papsttreuen Bischof von Speyer gehören, darunter Deidesheim.

Inzwischen stirbt der Stauferkaiser Friedrich II. und sein Sohn, König Konrad, muß nach Italien ziehen, um dort seine Besitzrechte geltend zu machen. Das gibt der Papstpartei Auftrieb. Erzbischof von Mainz ist inzwischen der Sohn des Wildgrafen. Er hat ein Hühnchen mit den Wormsern zu rupfen: In die Stadt kommt er nicht hinein, aber er zerstört Kriegsheim und Pfeddersheim, ehe er vom Gegenkönig Wilhelm nach Boppard gerufen wird, um diese Stadt endlich zu erobern.

Der Papst hat die Stadt Worms mit dem Interdikt belegt; das heißt: die Glocken schweigen, die Kirchentüren sind verschlossen, die Sakramente werden nur denen ausgeteilt, die sich vom Kaiser, von den Staufern, lossagen. Das beugt die Bürger. Sie lassen den Bischof Richard in die Stadt, den sie bisher ausgesperrt hatten, weil er ein Stauferfeind war. Und der Bischof donnert von der Freitreppe seines Amtssitzes: „Alle Anhänger der Staufer sind verflucht als Widersacher der heiligen Kirche. Sie sollen gottlos genannt werden und vom Genuß der Sakramente ausgeschlossen sein. Und wenn ein so Verfluchter es wagt, in der Kirche zu erscheinen, dann haben die Gläubigen die Pflicht ihn hinauszutreiben. Kirchliche und weltliche Rechte haben die Stauferfreunde verloren, rechtlos sind sie. Wegzehrung und letzte Ölung sind auch den Sterbenden verwehrt, und sie sollen nicht in geweihter Erde ruhen."

Die Stadt Oppenheim im Dreißigjährigen Krieg

Die Katharinenkirche steht frei oberhalb der Stadt Oppenheim, das schönste und wichtigste gotische Bauwerk zwischen Straßburg und Köln. Seit der Kurfürst Otto-Heinrich in der Pfalz die Reformation eingeführt hatte, war sie ein evangelisches Gotteshaus geworden. Die Bürger von Oppenheim aber taten sich schwerer, zur neuen Konfession überzutreten; denn sie sagten: „Eigentlich sind wir eine reichsunmittelbare Stadt, die nur dem Kaiser untertan ist. Und wenn schon der Kaiser in seiner Geldnot uns an die Pfalz verpfändet hat, das gibt den kurpfälzischen Beamten noch lange nicht das Recht, über unsere Konfession zu bestimmen."

Ein rundes Jahrhundert später hatte sich indessen der protestantische Glaube auch in Oppenheim durchgesetzt. Aber nun war dieser schreckliche Krieg, der in Böhmen begonnen hatte, über ganz Deutschland gekommen. Im Jahre 1620 rückten die Verbündeten der katholischen Partei, die Spanier, in Oppenheim ein. Die Oppenheimer Protestanten wurden mit Säbelhieben und Gewehrkolben in die Messe getrieben, und dagegen half keine Beschwerde, ebensowenig wie die Klagen über die Plünderungen und Geldforderungen der Spanier etwas nützten.

Hoffnung kam in Oppenheim erst wieder auf, als man Nachricht von einer Schlacht im fernen Sachsen erhielt. Da hatte der schwedische König Gustav Adolf, der Verteidiger des protestantischen Glaubens, den Feldherrn Tilly, den für unüberwindlich geltenden Heerführer der katholischen Partei, besiegt.

Oppenheim lag damals noch – anders als nach der Rheinregulierung – direkt am Strom. Und schon im

Dezember 1631 sah man drüben das schwedische Heer. – Die Spanier aber hatten vorsorglich alle Schiffe und Kähne versenkt. Die Schweden sind trotzdem über den Rhein gekommen, gewiß auf sehr improvisierte und abenteuerliche Art; denn auf dem Grund der Nebenarme des Rheins findet man noch heute schwedische Waffen und Ausrüstungen, die damals verloren gingen. König Gustav Adolf soll sich auf einem Scheunentor über den Rhein habe rudern lassen, heißt es.

Der Kampf um die Stadt Oppenheim und um die Burg Landeskrone auf der Höhe darüber war hart. Heute kann man mit leisem Gruseln in Gewölben um die Katharinenkirche hinter Gittern sauber geschichtete Schädel und Knochen sehen. Es sollen die Reste der 10 000 Soldaten sein, die damals fielen. Aber in Wahrheit sind es die Überreste braver Bürger, die im Bett starben über die Jahrhunderte, denn man hat viele weibliche Knochen festgestellt.

Die Schweden waren kaum sanfter zu den Oppenheimern als die Spanier es gewesen sind. Trotzdem wurde ihnen eine Gedenksäule am Kühkopf aufgerichtet. Die Leiden des Krieges waren indessen noch lange nicht vorüber, denn schließlich wurden ja auch die Schweden besiegt, und nun kamen die Kaiserlichen, die am schlimmsten gehaust haben sollen.

Man erzählt, daß damals ein kaiserlicher Offizier das Schwert, das der Löwe auf der Schwedensäule in der Tatze hielt, genommen habe. Er hat es dem Kaiser Ferdinand als Siegeszeichen nach Wien gebracht. Der aber hat den Offizier keineswegs gelobt, sondern gesagt, das Denkmal eines so ehrenwerten Helden wie es König Gustav-Adolf gewesen sei, dürfe man nicht anrühren und verletzen.

Jener Kurfürst von der Pfalz aber, Friedrich V. mit dem das ganze Elend des Dreißigjährigen Krieges begonnen hatte, weil er sich von den böhmischen Protestanten zum König von Böhmen hatte wählen lassen, jener unglückliche „Winterkönig“ starb geächtet 1632 in Mainz. Sein Herz wurde nach Oppenheim gebracht – wie es hieß: weil dies die nächstgelegene kurpfälzische Stadt sei. – Da hatten die Oppenheimer schon vergessen, daß sie eigentlich reichsunmittelbar waren, und sie begruben das Herz in der Katharinenkirche.

Das „gekrönte Weib“ im Giebelfeld vom Südportal des Wormser Doms

Der Dom zu Worms ist ja an sich von romanischem Baustil. Es gibt aber da mancherlei Zutaten aus späterer gotischer Zeit, so zum Beispiel das Südportal.

Oben im Giebel dieses Portals sieht man die Steinskulptur einer gekrönten Frau, die auf einem seltsamen Tier reitet. Man hat die verschiedendsten Deutungen versucht: man hat gesagt, das ist vielleicht ein Sinnbild der Stadt Worms, oder man hat vermutet, es sei möglicherweise die „babylonische Hure“ aus der Offenbarung des Johannes.

Viele aber behaupten: das ist Brunhilde. Brunhilde im Nibelungenlied hat ja mit Worms, der Hauptstadt der Burgunden, durchaus zu tun. Hier, vor dem Dom, stritten sich die Königinnen Brunhilde und Kriemhilde um Rang und Vortritt, und daraus entstand diese ganze Unglückskette von der Ermordung Siegfrieds bis zum Untergang der Burgunden beim Hunnenkönig Etzel.

Das seltsame Tier aber, auf dem das gekrönte Weib reitet, will so gar nicht zur Nibelungenbrunhilde passen. Es paßt hingegen möglicherweise zum historischen Vorbild der rachsüchtigen Dame, der Westgoten-Prinzessin, die dann Königin Brunhilde von Austrien wurde; wenn es um sie ginge, dann hätte der Bildhauer wohl ein Kamel darstellen wollen.

Die Westgoten herrschten damals im 6. Jahrhundert nach Christus in Spanien. Brunhilde hatte in Toledo eine gute Bildung von römischen Lehrern erhalten. Im Jahre 567 wurde sie zu Reims oder Metz mit dem König von Austrien Sigibert vermählt. Austrien, Neustrien und Burgund waren damals die Teilstaaten des merowingischen Frankenreiches. Dem Bruder des Sigibert, dem König von Neustrien, Chilperich mit Namen, hatten offenbar die Schätze imponiert, die Brunhilde mit in die Ehe brachte. Er verlangte die Schwester Brunhildes zur Frau. Das kleine Hindernis, daß er bereits verehelicht war, ließ sich rasch überwinden: die bisherige Gemahlin wurde verstoßen. Da war aber noch eine Geliebte, die Bauerntochter Fredegunde aus der Pikardi. Sie sorgte dafür, daß die neue Ehefrau im Bett erdrosselt wurde.

Das rief Brunhilde zur Rache auf. Sie veranlaßte ihren Mann, nach Neustrien mit dem Heer einzufallen. Der Kampf zog sich hin, bis Chilperich die richtigen Leute fand, die seinen Bruder und Gegner Sigibert ermordeten. Nun hatte er die Oberhand und es gelangt ihm sogar, Brunhilde gefangen zu nehmen. Aber sie entkam aus dem Kerker. Kaum ist sie wieder in Reims, da nimmt sie die Zügel in die Hand – ihr Söhnchen ist noch zu klein – und führt den Krieg mit vermehrter Kraft weiter. Sie bringt es sogar fertig, den Sohn ihres Gegners und Exschwagers Chilperich auf ihre Seite zu ziehen und zu heiraten.

Vater Chilperich aber ruht nun nicht, bis er seinen Sohn in den Tod getrieben hat. Brunhilde ist zum zweitenmal Witwe. Sie findet Männer, die Chilperich ermorden. Wer aber meint, nun seien die Kämpfe zu Ende, der hat die Pikardin Fredegunde vergessen. Sie soll sogar für damalige Zeiten ungewöhnlich grausam ihre Ziele verfolgt haben. Und endlich gelingt es ihrem Sohn Chlotar, Brunhilde zu überwältigen. Die ist nun schon an die 70 Jahre alt. Ihr Ende in Worms war schrecklich. Auf einem Kamel sitzend wurde sie dem Heere zum Spott umhergeführt, drei Tage wurde sie gemartert. Ihren Tod schildert Ferdinand Freiligrath in einem Gedicht:

„Der Hengst riß wiehernd aus, die Hinterhufe schlugen
das nachgeschleppte Weib; verrenkt in seinen Fugen
ward jedes Glied an ihr; um ihr entstellt Gesicht
flog ihr gebleichtes Haar; die spitzen Steine tranken
ihr königliches Blut, und schaudernd sahn die Franken
Chlotars, des Zürnenden, entsetzlich Strafgericht.“

Doch zurück zum Dom von Worms, zum Südportal und dem gekrönten Weib auf dem Kamel im Giebelfeld. – Die neuere Forschung hat festgestellt, daß das seltsame Reittier kein Kamel ist, sondern die Köpfe und Beine der Symbolfiguren der Evangelisten vom Bildhauer bekam: Adler, Mensch, Stier und Löwe. Und obenauf sitzt nicht Brunhilde, nicht die Stadt Worms, nicht die „babylonische Hure“ sondern die triumphierende Kirche.

Die Juden von Worms

Im alten Heiligen Römischen Reich Deutscher Nation waren alle jüdischen Gemeinden drei obersten Rabbinern unterstellt, der eine in Prag, der zweite in Frankfurt und schließlich einer in Worms. Und im 16. Jahrhundert machte Kaiser Ferdinand, der Bruder und Nachfolger Karls V. den Wormser Rabbiner zur höchsten Autorität und Vertretung der deutschen Judenheit, denn nirgendwo wohnte eine ältere Judengemeinde und stand eine ehrwürdigere Synagoge.

Die Sage erzählt, daß die Wormser Juden nicht erst nach Worms kamen, als die Römer das jüdische Volk in Palästina besiegt und auseinandergetrieben hatten. Sie waren schon mehr als 600 Jahre früher dort ansässig. Die Babylonier hatten damals Jerusalem erobert und den Tempel zerstört. Die meisten Israeliten wurden in die Gefangenschaft geführt. Eine Gruppe aber, die den Häschern Nebukadnezars entkommen war, siedelte sich nach langer Wanderschaft in der Gegend des heutigen Worms an. – Und es heißt auch, die Juden von Worms hätten in alten Zeiten immer versichert, sie seien nicht mit der Kreuzigung Christi einverstanden gewesen, sie hätten sogar in einem Schreiben an den König Herodes dagegen protestiert.

Es war noch lange vor Christi Geburt, die Juden waren aus der babylonischen Gefangenschaft zurückgekehrt, und in Palästina nahm wieder alles seinen geordneten Gang, da schickten die Hohenpriester Sendboten nach Worms und mahnten ihre fernen Glaubensgenossen: es sei nun Zeit zurückzukehren, weil doch die hohen Feiertage nur in Jerusalem richtig und gültig gefeiert werden könnten. Aber da erwiderten die Wormser Juden, sie hätten seinerzeit bei der Auswanderung Erde von daheim mitgebracht und darauf ihre Synagoge und ihren Friedhof gegründet, und Worms sei somit für sie das neue Jerusalem. – Soweit die sagenhaften Berichte.

Was jedoch keine Sage ist: jeweils einer aus dem Geschlecht derer von Dahlberg war, als Kämmerer von Worms, in Stellvertetung des Kaisers für den Schutz der Juden im ganzen Reich verantwortlich. Und dies Adelsgeschlecht war ausnehmend gut für diese Aufgabe geeignet; denn es führte seinen Ursprung auf einen Offizier der XXII. Römischen Legion zurück. Diese Legion war tatsächlich zur Zeit des Jüdischen Krieges, also um das Jahr 70 nach Christus in Palästina eingesetzt gewesen und war dann in die Gegend von Worms – römisch Borbetomagus – verlegt worden. Jener Offizier aber, der dann mit einer Gallierin oder mit einer Dame aus dem Stamm der Vangionen das später so berühmte Dahlberg-Geschlecht gründete – dieser Offizier –, so behaupteten die Dahlbergs, war ein Cousin der Jungfrau Maria. Und noch im 18. Jahrhundert – so erzählt man sich in Worms – hat eine Frau von Dahlberg gesagt, als der Kutscher sie fragte, wohin er sie fahren solle: „Fahr er mich zu meiner Cousine!“ Und als der Kutscher verständnislos guckte, rief die Dahlbergerin ungeduldig: „Zum Liebfrauendom natürlich, dummer Kerl!“

Schlimme Zeiten am Rhein unter den Salier-Königen

Bürgerkrieg

König und Gegenkönig standen sich gegenüber. Auf der einen Seite der von den deutschen Fürsten und Bischöfen eingesetzte Rudolf von Schwaben, auf der anderen Seite der Salierkönig Heinrich IV. (1056–1106) Entzündet hatte sich die Auseinandersetzung durch den Investiturstreit: wer hat das Recht die Bischöfe einzusetzen, der König oder der Papst? Ausgelöst wurde der Streit durch den Bannfluch, den der Papst gegen König Heinrich gesendet hatte. In Wahrheit aber stand hinter allem die Gier der Fürsten nach mehr Macht und mehr Selbständigkeit.

Aber war das ein Bürgerkrieg zu nennen, der nun entbrannte? Ja, eine neue Kraft hatte sich in den Städten gebildet, eine Kraft durch im Handel und im Handwerk geschaffenen Reichtum, eine Kraft auch durch das erwachte Selbstbewußtsein der Stadtbürger. Diese Bürger in den aufstrebenden Städten wollten sich nicht den Fürsten beugen, sowenig wie die Fürsten gerne einen mächtigen König über sich anerkannten.

Die Mainzer Bürger und die Bürger von Worms hatten bereits den Gegenkönig Rudolf von Schwaben aus ihren Mauern vertrieben. Sie hielten zum Salierkönig, zu Heinrich IV. Und der bildete aus Bürgern der rheinischen Städte sein Heer neben den ihm treuen Fürsten und Rittern.

Der Gegenkönig Rudolf aber hatte die meisten Fürsten hinter sich, auch die Bischöfe. Und er war verbündet mit Frankreich, Flandern und Polen.

Heinrich wußte sich der Bayern und der Böhmen als Gefolgschaft sicher. Zum Schutz des Elsaß und am Neckar hatte er Bauernhaufen bewaffnen lassen. Die wurden die ersten Opfer der Angriffe seitens der Ritter Rudolfs. Wenn dieses Volksheer auch tapfer kämpfte – am Neckar standen immerhin 12 000 Bauern –, sie wurden niedergeritten und zusammengetrieben. Was nicht erschlagen war, das wurde grausam entmannt und mit Hohn davongejagt. Diese Niederlage der Bauern wurde für die Landbevölkerung der Schritt in noch engere Abhängigkeit und noch mehr Abgaben und Fronpflichten gegenüber den Herren. Und ein Volksheer hat es dann bis zu den Bauernkriegen die nächsten 450 Jahre nicht mehr gegeben.

König Heinrich IV. hat im Kampf mit seinem Gegenkönig Rudolf mehrere Niederlagen erlitten. Aber Rudolf wurde in einer Schlacht tödlich verwundet. Heinrich konnte sich wieder Italien zuwenden und gegen den Papst, seinen Hauptgegner, vorgehen. Vom Gegenpapst ließ er sich in Rom zum Kaiser krönen.

Aber was nutzten diese Erfolge? Diesseits der Alpen sank die Königsmacht. Der Streitpunkt blieb die Wahl der Bischöfe, von denen manche ihr Bistum verließen. Hinzu kamen die Scharen, die nun am Rhein aufwärts zogen, vor allem Deutsche und Engländer; Kreuzfahrer! Zum erstenmal sammelten sich Fromme und weit mehr Unfromme, um nach Palästina zu ziehen. In den rheinischen Städten verübten sie entsetzliche Greuel gegen die Judengemeinden, machten sich aber auch bei den anderen Bürgern mit ihren Ausschweifungen und Gewalttaten verhaßt. Die vielleicht 14 000 Mann ließen das Rheinland im Chaos zurück, als sie endlich weiter nach der Donau zogen.

Und nun stand auch noch der Sohn Kaiser Heinrichs IV. gegen den Vater auf. Und es nützte nichts, daß die rheinischen Städte Mainz, Worms und Speyer sich für den alten König entschieden. Der Sohn nahm ihn gefangen und erzwang seine Abdankung. Im Jahr darauf – 1106 – ist Heinrich IV. gestorben.

Aber mit seinem Tod waren die Wirren im Reich, die sich so oft im Bereich der rheinischen Städte konzentrierten, noch lange nicht beendet.

Die Rhein- und Maingegenden waren durch die endlosen Auseinandersetzungen verwüstet. Der Chronist Ekkard von Aura schreibt: „Jeder handelte nach seiner Willkür. Es zogen Banden von Mordbrennern und Räubern durchs Land, die dem unterdrückten Volk seine Habe nahmen. Alle wüteten gegeneinander mit viehischer Lust. Den Priestern und Mönchen ist vielerorts kaum das nackte Leben geblieben. Die Äcker sind verwüstet, die Dörfer zerstört, ganze Landschaften und Städte liegen wie tot, und vielerorts hat der Gottesdienst ganz aufgehört ..."

Die Macht der Städte: Worms

Die Könige des Heiligen Römischen Reiches Deutscher Nation sind ständig unterwegs, irgendwo gilt es immer Ordnung zu schaffen, Aufstände niederzuschlagen, zumindest Rechtsstreitigkeiten zu schlichten. Der Salier Heinrich V. zieht mit dem riesigen Gefolge im September 1111 von Mainz nach Straßburg. Schon in der Rheinebene vor Worms fühlt der 30jährige, wie ihn schwindelt, wie er Mühe hat, sich auf dem Pferd zu halten, wie ihm der Schweiß ausbricht. Er ist krank.

Aber in die Stadt Worms mag man nicht einkehren, um Rast zu machen. Die Bürger, diese selbstbewußten Kaufleute, Handwerker und Landbesitzer haben sich gegen den König erklärt, weil der die Privilegien, die einst der Vater, Heinrich IV. der Stadt verliehen hat, bis jetzt nicht bestätigen mochte.

So zieht der Königstroß weiter bis zum Kloster Neuhausen. Dort findet man Quartier, der König wird von den Mönchen gepflegt, aber er erholt sich nicht. Tage vergehen, da kommt eines Abends alarmierende Kunde: Die Wormser sind mit aller Waffenmannschaft ausgerückt, und sie stehen schon dicht vor dem Klostergelände, bereit, den König gefangenzusetzen, die kostbaren Reichsinsignien, die beim Königstroß sind, zu rauben samt dem Königskreuz und der Heiligen Lanze.

Der fiebernde König soll sofort auf einem Wagen, begleitet von einigen Rittern die Flucht ergreifen, während die anderen Mannschaften die Angreifer zurückhalten. Aber der König wehrt sich. „Sattelt mein Pferd, bringt mir Rüstung und Waffen!"

„Unmöglich!" schreien die heilkundigen Mönche. Doch Heinrich besteht darauf, daß ihn Diener aus dem Bett heben, ihn ankleiden. Selbst zu Pferde steigen kann er nicht. Er wird in den Sattel gehoben. Der Schweiß tropft dem König vom Gesicht, färbt sein Wams dunkel. Aber er setzt sich an die Spitze weniger Getreuer und prescht los gegen die Übermacht der Wormser. Allen voran bricht er in ihre Reihen ein. Er sieht den Bannerträger mit dem Wappen der Stadt – Schlüssel und Stern. Der König haut zu, ehe ihn jemand aus der verblüfften Schar angreifen kann. Der Bannerträger stürzt blutüberströmt vom Pferd. Das ist wie ein Signal. Die Stadtmannschaft wendet sich zur Flucht. Die Verfolger, der König immer noch an der Spitze, bleiben ihnen auf den Fersen. Die Torwachen bringen es nicht mehr fertig die eisenbeschlagenen Flügel zu schließen, da sind die Verfolger schon in der Stadt. Den Wormser Kriegern bleibt nur, sich in die Kirchen zu flüchten. Dort haben sie Asyl.

Und nun beginnen die Verhöre. Die Räte, die Bürgermeister müssen dem König Rede und Antwort stehen: „Wer hat euch zu diesem Bubenstreich verleitet?“

Immer wieder berufen sich die Herren der Stadt darauf, daß der König ihnen ihre Privilegien, freien Handel und Freiheit der Entscheidungen, Freiheit von Abgaben und Pflichten gegenüber den Fürsten nicht bestätigen wollte.

„Aber wer hat euch auf den wahnsinnigen Gedanken gebracht gegen mich vorzugehen?“ fragt der König immer wieder.

Und da gestehen die Räte von Worms: es war Adalbert, der Erzbischof von Mainz.

König Heinrich V. ist tief getroffen. Seit fünf Jahren ist dieser Adalbert Kanzler des Reiches. Im Jahr zuvor erst hat der König ihn zum Erzbischof von Mainz erhoben.

„Er ist der erste und eifrigste Eurer Widersacher, Herr König!“ heißt es.

Und damit beginnt eine langwierige Auseinandersetzung zwischen dem machtgierigen Mainzer Erzbischof und dem König.

Die Macht der Städte: Mainz

König Heinrich V. hatte seinen Kanzler Adalbert, aus dem Hause der Grafen von Saarbrücken, zum Erzbischof von Mainz gemacht. Damit war er zum ersten Kirchenfürsten im Heiligen Römischen Reich Deutscher Nation geworden, zum Metropoliten. Aber im gleichen Augenblick hatte dieser Adalbert auch seine Haltung geändert.

Auf dem Romzug des Königs hatte Adalbert noch zu gewaltsamem Vorgehen gegen den Papst Paschalis II. geraten. Der wurde dann auch gefangengesetzt und gezwungen, König Heinrich V. zum Kaiser zu krönen. – Der Streit mit dem Papsttum gründete sich – wie immer in der Salierzeit – auf die Frage: wer darf die Bischöfe, die ja auch weltliche Herrscher sind, einsetzen, der Papst oder der König?

Dieser Streit war keineswegs entschieden, und Adalbert wandte sich, als er Erzbischof geworden war, auf die päpstliche Seite und gegen den Kaiser. Ja, er wurde zum Anführer der fürstlichen Opposition gegen den Kaiser.

Sein erstes Ziel war es, die Mainzer Bürger zu gewinnen. Die Stadt war eine der reichsten, die Bürger höchst selbstbewußt. Überdies konnte er auch in Speyer Einfluß gewinnen. Dort war sein Bruder Bruno Bischof. Und da dieser zugleich Propst des Klosters Neuhausen war, reichte der Einfluß Adalberts bis nach Worms hinein. Den Wormsern hatte Adalbert geraten, den kranken König, als er in Neuhausen lag, zu überfallen. Das war mißglückt. Und nun lud Heinrich V. den Erzbischof Adalbert vor sich. Der hatte inzwischen seine Macht vergrößert, hatte die Zölle am Rhein an sich gebracht, kassierte Abgaben, die ihm nicht zustanden, hatte die Reichsburgen Trifels, Madenburg und Hardt von seinen Mannen besetzen lassen.

In Worms fand die Unterredung mit dem König und Kaiser statt. In Worms hatte er Rückhalt bei den Bürgern, wußte Adalbert. Und er beugte sich nicht den Forderungen Heinrichs.

Der konnte seinem Widersacher in Worms selber nicht ans Leder, aber wenig später ergab sich die Gelegenheit: Adalbert wurde gefangengenommen und auf Burg Trifels bei Annweiler eingesperrt.

In Mainz wuchs daraufhin die Partei, die es mit den meisten Fürsten gegen den König hielt. Und als im Jahre 1115 König Heinrich nach Mainz kam, um dort einen Reichstag abzuhalten, da mußte er feststellen, es waren so wenige Fürsten seinem Ruf gefolgt, daß Verhandlungen sich erübrigten.

Stattdessen traten der Burggraf Arnold und die Vornehmen der Stadt vor den König und Kaiser und forderten ihren Erzbischof zurück. Aber Heinrich lehnte ab.

Das ließen die Mainzer sich nicht gefallen. Sie stürmten die kaiserliche Pfalz, ja, sie hätten wohl selbst vor der Person des Königs und Kaisers nicht haltgemacht, wenn der nicht nachgegeben hätte. Die Mainzer schwuren, sie würden dafür sorgen, daß ihr Erzbischof nichts mehr gegen seinen Herrn unternähme und der Erzbischof von Trier verbürgte sich für das Wort. Da erst ritten die Boten zum Trifels mit dem Befehl, der Mainzer Erzbischof sei freizulassen. Er hatte drei Jahre über seine Politik im Kerker nachdenken können.

Aber geändert hatte er sich nicht. Er nahm sofort seinen Kampf gegen Heinrich V. wieder auf, und die Mainzer folgten ihm, ungeachtet, daß ihre Mitbürger, die der Kaiser als Geiseln mitgenommen hatte, nun den Tod erleiden mußten.

Wieder standen die Lande am Rhein in hellem Aufruhr. Hier die Mainzer mit ihrem Erzbischof Adalbert, dort die Oberrheinischen Städte bis Straßburg. Der Bruder Adalberts, der Bischof von Speyer, hielt jetzt zum Kaiser und hatte diese Städte für dessen Sache gewonnen. Es kümmerte ihn nicht, daß sein Bruder Adalbert über ihn und die Stadt Speyer das Interdikt verhängte. Sakramente durften nicht mehr gespendet, die Messe nicht mehr gehalten werden.

Die Kämpfe gingen unvermindert weiter. Den Schaden hatte die schutzlose Landbevölkerung.

Erst 1122 kam es zum Frieden zwischen Kaiser und Papst – zum Wormser Konkordat. Der Kaiser behielt das Recht, Bischöfe zu ernennen, allerdings nur in Deutschland.

Die Fehde mit der Stadt Worms des Ritters von Sickingen

Über der Nahe hoch auf dem Berg über dem Ort Ebernburg erhebt sich die Burg gleichen Namens. Da oben ist im Jahre 1481 der Reichsritter Franz von Sickingen geboren worden. Man hat ihn hoch gelobt als einen Verfechter des neuen lutherischen Glaubens, man hat ihn den „König der Reichsritterschaft genannt", aber im Grunde war er ein Abenteurer, ein Condottiere, ein Raubritter großen Stils. Sie waren ja nicht alle kleine Heckenreiter und Wegelagerer; diese Raubritter, begnügten sich nicht damit, ein paar Kaufleute zu überfallen, es gab größere Möglichkeiten, die mehr Verdienst versprachen.

So zum Beispiel gab es in der Stadt Worms Streit: die herrschende Partei im Rat mochte den neuen Bischof nicht, einige seiner Anhänger wurden aus der Stadt ausgewiesen. Franz von Sickingen nutzte die Gelegenheit und machte sich zum Anwalt dieser Bürger. Das verlieh ihm einen Schein von Recht. Auf diese Weise war er bereits anderwärts zu Ansehen und Reichtum gekommen. Auch jetzt überfiel und plünderte Ritter Franz Kaufleute aus Worms und auch solche, die dorthin unterwegs waren. Die Wormser beschwerten sich beim Reichskammergericht. Da hatten sie nicht weit, das tagte ja damals noch in ihren Mauern.

Darauf sandte Franz von Sickingen der Stadt einen förmlichen Fehdebrief. Aber bevor der dem Rat vor Augen kam, hatte der Ritter schon einen großen Fang gemacht: mit 60 Reitern lag er bei Oppenheim im Ufergebüsch des Rheins. Man wußte, da kam ein Wormser Schiff, schwerbeladen mit Waren für die Frankfurter Fastenmesse. Die Kugeln prasselten nur so. Die erschreckten Schiffsknechte ruderten an Land. Nicht nur die kostbare Fracht nahm der von Sickingen, auch die Kaufleute wurden auf die Ebernburg geschleppt, darunter mehrere Herren vom Rat und ein ehemaliger Bürgermeister. Das geforderte Lösegeld war erheblich.

Die Tat erregte auch in dieser unruhvollen Zeit Aufsehen. Das Reichskammergericht erklärte die Güter des Franz von Sickingen für herrenlos. Franz erwiderte brieflich, das Reichskammergericht möge sich aus Worms verziehen, weil es sonst gefährdet sei. Das wiederum erzürnte den Kaiser Maximilian, der damals in Augsburg weilte, er verhängte die Reichsacht über den Ritter, erklärte ihn für ehrlos, Adels, Namens, Wappens und Besitzes verlustig. – Was scherte das den Franz? Seine Werbetrommeln dröhnten überall in der Pfalz, und es fand sich rasch genug beschäftigungsloses Kriegsvolk. Hinzu kam der Ritter von Kronberg mit 300 Reitern. Und auch der berühmte Götz von Berlichingen erschien raublustig mit 30 Mann zu Pferd. Insgesamt kamen 1 100 Reiter und 6 000 Landsknechte zusammen.

Worms wurde eingeschlossen, die Äcker und Weingärten, die Scheunen und Mühlen rings um die Stadt wurden verwüstet. Drei Tage lang beschoß Sickingens Artillerie die Stadt, dann wurde gestürmt. Am Andreastor tobte der Kampf vor allem. Aber die Verteidiger hielten stand. Den ganzen Sommer und der Winter 1515 auf 1516 kam der Sickinger keinen Schritt voran. Hier und da wagten sich Bürger vor die Mauern, um nach ihrem Besitz draußen zu sehen. Sie wurden ergriffen. Den Männern wurden die Hände abgehackt, den Frauen und Mädchen die Kleider vom Gürtel abwärts weggeschnitten.

Schließlich ging dem Franz von Sickingen das Geld aus. Das Fußvolk wurde entlassen, pro Mann hatte es

4 Gulden monatlich gekostet. Und schließlich zog die Hauptmacht ab, das Wormser Land war kahlgefressen und -geplündert. Da war es einträglicher, einen Warenzug vor den Toren von Mainz zu überfallen, und dann wieder rund um Landau Felder und Dörfer zu verwüsten.

Die Wormser aber sangen ein Spottlied auf den Ritter Franz:

„Zu Worms wohl auf der Mauer,
da trinkt man kühlen Wein;
Will Ritter Franz mittrinken,
wir schenken ihm tapfer ein.
Im Sturm eindringen möchte
der Franz durchs Andres-Tor.
Die Bürger und die Knechte,
die kamen ihm rasch zuvor.
Die kämpften unverdrossen;
auf Mauern und auf Toren
ward mancher Mann erschossen;
Franz hat den Sturm verloren.“

Franz von Sickingens Ende auf Burg Landstuhl

Über der Kaiserslauterer Senke erhebt sich, auf einer Vorhöhe des Kahlenbergs die Burg Landstuhl, benannt nach dem Städtchen unterhalb der Anhöhe.

Auch als Ruine ist die Anlage noch imponierend. Man sieht, hier hat man beim Bau schon an Angriff und Verteidigung mit Feuerwaffen gedacht: Mauern von fünf Metern Dicke, wohlüberlegt angeordnete Geschütztürme und Bastionen, die Reste gewaltiger Schildmauern und in den Fels eingehauene Gänge.

Das alles hat im wesentlichen der Ritter Franz von Sickingen bauen lassen. Als Statue können wir ihn sehen inmitten der Reste seiner Burg. Groß war er nicht, „das Fränzchen" wurde er genannt. Aber groß war sein Ehrgeiz. Ein besserer Raubritter war er, dann Feldhauptmann des Königs von Frankreich, später des deutschen Kaisers, ein Haudegen, bis er dann ganz andere Impulse erfuhr.

Auf seiner Ebernburg bei Bad Münster am Stein steht ein anderes Denkmal, das den kleinen Ritter mit seinem Freund Ulrich von Hutten zeigt. Ulrich von Hutten war es, der den Ritter Franz auf die Ideen der neuen Zeit brachte, gegen den verweltlichten Kirchengeist, für die Freiheit des Denkens, die Heilung der Gebrechen des Römischen Reiches Deutscher Nation und auch auf Luthers neue Lehre vom Evangelium.

Ob der Kriegsmann Sickingen viel von der neuen Philosophie und Theologie begriffen hat, darf bezweifelt werden. Die Folgerungen, die er zog, seine Pläne, waren politisch. Er wollte die geistlichen Fürsten in Deutschland entmachten, jene Landesfürsten, die zugleich Erzbischöfe und Kurfürsten waren, wie sie in

Mainz, in Trier und Köln regierten. Und zum ersten Gegner erkor er sich den Kurfürsten von Trier, Richard von Greifenklau. Der war bei der Kaiserwahl bis zuletzt für den französischen Kandidaten eingetreten, für König Franz I. Der Ritter von Sickingen dachte, der schließlich gewählte und nun regierende Kaiser Karl V. würde kaum sehr eifrig für den ehemaligen Gegner eintreten.

In Landau beredete Franz viele von der Ritterschaft, sich mit ihm zu verbünden. Manch einer warnte ihn, und auch sein Astrologe sah düstere Prophezeihung in den Sternen.

Trotzdem sammelte Franz von Sickingen ein Landsknechtsheer und zog vor die Mauern von Trier. Doch der Erzbischof und Kurfürst war ein kriegerischer Herr; er leitete selber die Verteidigung. Und so nutzten Abschnürung der Stadt und Sturmversuche gar nichts. Franz mußte im September 1522 abziehen.

Nun aber organisierte der Trierer den Gegenschlag. Verbündete fand er leicht: Der Landgraf von Hessen, der Kurfürst von der Pfalz, ihnen war die Gelegenheit nur recht, die übermütigen und rauf- und raublustigen Ritter zu ducken. Noch im Winter wurden zahlreiche Burgen erobert. Und im Frühling 1523 standen die drei Verbündeten vor Burg Landstuhl. Man wußte, sie galt für uneinnehmbar, und man hatte deshalb reichlich Geschütz herangeschafft. Der Chronist berichtet: „Auf Donnerstag den 30. April 1523 sind aus den Schanzen und Lagern soviele Schüsse aus allen Rohren auf die Burg geschehen, wie man es in diesen Landen noch nie erlebt hat.“ – Täglich sollen mehr als 600 Kanonenkugeln gegen die Mauern und Türme von Landstuhl geschleudert worden sein.

Auch das für ganz unüberwindlich gehaltene „Große Rondell“ wurde am 2. Mai zusammengeschossen. Von hier aus hatte Franz von Sickingen die Verteidigung geleitet.

Ein herabstürzender Balken soll ihn getroffen haben; andere sagen, er sei von einem Schuß, der eine Scharte traf, durch die er Ausschau hielt, zurückgeschleudert worden.

Die Verwundung war tödlich. Ritter Franz kapitulierte. Er lag in einem dunklen Gewölbe, als der Kaplan ihm die Beichte abnehmen wollte. Er sagte in gutem protestantischem Geist: „Ich habe schon in meinem Herzen gebeichtet." – Und zu seinen Gegnern, die um sein Todeslager standen, sagte er: „Ich werde nicht lange euer Gefangener sein."

Manch einer hatte gehofft, von Ritter Franz von Sickingen würde die so notwendige Reichsreform ausgehen; aber die hatten ihn überschätzt, wie er sich selber.

Bildnachweis

Seite 260: Wegelin: Ansicht von Bingen

Seite 280: Bamberger: Ansicht von Mainz

Beilage: Aus Karte „Neues Panorama des Rheins von Mannheim bis Cöln“

Schutzumschlag: Rolandseck, Insel Nonnenwerth und Siebengebirge. Gemählde von N. von Astudien

Die Bildvorlagen stellte freundlicherweise die Kunsthandlung Manfred Menzel, Bad Honnef, zur Verfügung.

Leonhard
Reinirkens

Geschichtspunkte

Geschichte vor Ort:
Rheinland-Pfalz

Von der Römerzeit
bis zum Ende der
Kurfürstlichen Herrschaft

K. H. Bock

Leonhard
Reinirkens

Geschichtspunkte II

Geschichte vor Ort: Rheinland-Pfalz

Von der Franzosenzeit
bis zu den Anfängen
von Rheinland-Pfalz
1794–1954

K. H. Bock

Rose Marie
Lehnhof

Geschichtspunkte III

Geschichte vor Ort:

Der Niederrhein

K. H. Bock

Bernd
Eichmann

Denkmale deutscher Vergangenheit

K. H. Bock